철학의 위안

불안한 존재들을
위하여

철학의 위안

알랭 드 보통
정명진 옮김

The
Consolations
of Philosophy

청미래

역자 **정명진**
한국외국어대학교를 졸업한 뒤 「중앙일보」 기자로 사회부, 국제부, 「LA 중
앙일보」, 문화부 등에서 20년간 근무했다. 현재는 출판기획자와 번역가로 활
동 중이다. 옮긴 책으로는 『칼 융 레드 북』, 『독서의 역사』, 『흡수하는 정신』,
『삶을 변화시키는 질문의 기술』, 『디 아워스』 등이 있다.

철학의 위안 — 불안한 존재들을 위하여

저자 / 알랭 드 보통
역자 / 정명진
발행처 / 도서출판 청미래
발행인 / 김실
주소 / 서울시 용산구 서빙고로 67, 파크타워 103동 1003호
전화 / 02 · 739 · 1661
팩시밀리 / 02 · 723 · 4591
홈페이지 / www.cheongmirae.co.kr
전자우편 / cheongmirae@hotmail.com
등록번호 / 1-2623
등록일 / 2000. 1. 18
초판 1쇄 발행일 / 2012. 4. 5
제2판 1쇄 발행일 / 2023. 10. 25
　　　2쇄 발행일 / 2024. 3. 20
값 / 뒤표지에 쓰여 있음

ISBN　978-89-86836-91-2　03840

차례

1장   인기 없는 존재들을 위하여

1

몇 년 전 지독히도 추웠던 겨울 뉴욕. 그때 나는 런던행 비행기 출발 시간까지 오후 반나절의 여유가 있어 메트로폴리탄 미술관 위층의 휑한 전시실을 찾았다. 조명이 밝은 전시실에서 들리는 소리라고는 마룻바닥 아래 난방장치에서 나는 훅훅 하는 소리가 전부였다. 인상파 전시실의 엄청나게 많은 그림들 앞에 이르러 카페테리아 안내판을 찾고 있었는데—그 당시 내가 매우 좋아했던 미국산 초콜릿 우유를 마시기 위해서—캔버스 하나가 나의 눈길을 사로잡았다. 그것은 자크-루이 다비드가 서른여덟 살 때인 1786년 여름 파리에서 그린 그림이었다.

아테네 시민들로부터 사형선고를 받은 소크라테스(470-399 기원전)가 슬픔에 잠긴 친구들에게 둘러싸인 채 막 독약을 들이키려는 참이다. 기원전 339년 봄 아테네 시민 세 사람이 이 철학자를 상대로 소송을 제기했다. 그들은 그가 아테네의 신들을 숭배하지 않을 뿐만 아니라 종교적으로 이단적인 것들을 소개하여 젊은이들을 타락시켰다고 비난했다. 소크라테스에 대한 고소는 사형에 처할 것을 요구할 정도로 심각했다.

그런데도 소크라테스는 믿기 어려울 만큼 침착했다. 법정에서 자신의 철학을 부인할 기회가 있었음에도 불구하고, 그는 대중적인 인기에 영합하지 않고 자신이 진실이라고 믿는 것을 끝까지 고수했다. 플라톤에 따르면, 소크라테스는 배심원들 앞에서 당당하게 이렇게 말했다고 한다.

> 나는 숨을 쉬는 한, 그리고 지적 능력을 잃지 않는 한, 철학을 가르치고, 사람들을 훈계하고, 만나는 모든 사람들을 위해서 진리를 명료하게 밝히는 일을 결코 멈추지 않을 것이오.……그러나 여러분……그대들이 나를 무죄로 하든 말든, 나는 나 자신의 행동을 바꾸지 않을 것임을 그대들은 알게 될 것이오, 일백 번을 더 고쳐 죽는다고 해도 말이오.   ─『변명』

그리하여 소크라테스는 아테네의 감옥에서 최후를 맞게 되었고, 그의 죽음은 철학사에서 철학의 본질이 무엇인지를 명쾌하게 보여준 한 순간으로 기록되었다.

소크라테스의 죽음이 얼마나 중요한 의미를 지니는가는 그의 죽음을 소재로 삼은 작품들의 숫자만으로도 미루어 짐작할 수 있을 것이다. 1650년에 프랑스 화가 샤를-알퐁스 뒤프레누아는 오늘날의 피렌체의 팔라티나 미술관(이곳에는 카페테리아가 없다)에 걸려 있는 「소크라테스의 죽음」을 완성했다.

소크라테스의 죽음에 대한 관심은 18세기에 절정을 이루었다. 특히 디드로(1713-1784. 프랑스의 철학자, 문학자. 18세기 프랑스의 대표적인 계몽주의 사상가/역주)가 「극시론」에서 소크라테스의 죽음이 가진 회화적 잠재력에 주목한 뒤로 그 열기가 극에 달했다.

에티엔 드 라발레-푸생, 1760?

자크 필리프 조세프 드 생-켕탱, 1762

피에르 페롱, 1787

1786년 봄, 자크-루이 다비드는 돈 많은 의회 의원이자 재능 있는 그리스어 학자였던 샤를-미셸 트뤼덴 드 라 사블리에르로부터 「소크라테스의 죽음」에 대한 그림 값을 받았다. 선불로 6,000리브르를 받고, 그림을 건넬 때 3,000리브르를 추가로 받는다는 후한 조건이었다(루이 16세는 이보다 더 큰 그림인 「호라티우스 형제의 맹세」에 고작 6,000리브르를 지불했다). 다비드의 그림이 1787년도의 살롱 Le Salon(해마다 열리는 파리의 미술 전람회/역주)에 전시되자마자 평단은 소크라테스의 최후를 그린 그림들 중에서 가장 탁월한 작품이라며 찬사를 아끼지 않았다. 조슈아 레이널즈 경은 "그 그림은 바티칸 궁전의 시스티나 성당과 라파엘로의 방* 이후에 나타난 회화 중에

서 가장 경탄할 만하고 정교하다. 그 그림은 페리클레스 시대**의
아테네 시민들의 영예를 되살려주었을지도 모른다"고 생각했다.

나는 나중에 뉴펀들랜드 빙원(보름달과 구름 한 점 없는 하늘빛을 받아
빙원은 초록 발광체로 바뀌어 있었다) 위를 비행하는 동안 조심스레 봉
투를 뜯어 메트로폴리탄 미술관의 선물가게에서 산 다섯 장의 다
비드 그림엽서 중 한 장을 살펴보았다. 내가 잠에 곯아떨어진 줄
알고 스튜어디스가 테이블 위에 조용히 놓고 간 희멀건 저녁식사
를 먹으면서…….

소크라테스의 침대 발치에는 플라톤이 펜과 두루마리를 옆에
놓고 국가가 저지르는 불법 행위를 지켜보는 증인으로 말없이 앉
아 있다. 소크라테스가 죽음을 맞이할 당시 플라톤의 나이는 겨우
스물아홉이었는데도, 다비드는 그를 희끗희끗한 머리에 근엄한
표정을 짓고 있는 노인으로 바꿔놓았다. 감방 쪽에서는 소크라테
스의 아내 크산티페가 간수들의 부축을 받고 있다. 소크라테스의
친구 일곱 명은 저마다 다양한 모습으로 비탄에 빠져 있다. 가장
가까운 동료였던 크리톤은 소크라테스 옆에 앉아 깊은 애정과 근
심 어린 눈빛으로 거장을 응시하고 있다. 그렇지만 운동선수에게

* 시스티나 성당의 천장에는 미켈란젤로의 「천지창조」가, 라파엘로의 방에는 「헬리오도로
스의 추방」 등 라파엘로의 벽화가 여러 점 그려져 있다/역주
** 아테네의 민주주의와 아테네의 경제적, 군사적(특히 해군의) 발전을 주도하여 아테네를
그리스의 중심 국가로 만든 페리클레스(495?-429 기원전)가 집권한 시대. 그는 기원전
431년에 촉발된 펠로폰네소스 전쟁을 초기에 지도했으나, 전염병으로 죽었다. 전쟁 패배
(기원전 404) 후, 아테네는 주도권을 잃고 쇠퇴하게 되었다/역주

나 기대할 법한 몸통과 이두근二頭筋의 소크라테스는 꼿꼿한 자세를 조금도 흐트리지 않은 채 불안해하거나 후회하는 기색을 전혀 내비치지 않는다. 수많은 아테네 시민들이 그를 어리석은 존재로 매도했다는 사실조차 자신의 철학에 대한 믿음을 흔들어놓지는 못했다. 당초 다비드는 소크라테스가 독약을 들이키는 장면을 그릴 작정이었으나, 시인 앙드레 셰니에가 극적 긴장감을 극도로 높일 수 있는 아이디어를 내놓자 선뜻 그의 제안을 받아들였다. 소크라테스가 이제 곧 자신의 목숨을 앗아갈 독배를 잡으려고 침착하게 손을 내밀면서 자신의 철학적 논지를 끝내는 모습이라면, 아테네 국법에 대한 복종과 자신의 소명에 대한 헌신을 동시에 상징적으로 보여줄 수 있었기 때문에 훨씬 더 극적인 그림이 되리라는 것이 셰니에의 제안이었다. 지금 우리는 비범한 한 존재가 마지막으로 던지는 교훈적인 순간을 목격하고 있다.

다비드의 그림엽서가 나에게 그처럼 강렬하게 다가왔던 것은 아마 그 그림이 묘사하고 있는 행위가 나 자신의 행위와는 너무나 대조적이었기 때문일 것이다. 타인과 대화할 때 내가 가장 중요하게 여기는 것은 진실을 밝히는 것보다는 상대방의 호감을 사는 것이다. 타인을 즐겁게 해주려는 욕망에 휘둘려 나는 마치 학예회날 학교를 찾은 학부모처럼 그다지 우습지 않은 농담에도 크게 웃는다. 낯선 사람과 함께 있으면 나는 돈 많은 손님을 맞는 호텔 수위처럼 노예 같은 태도를 취하는데, 이는 호의를 얻으려는 무분별한 욕망에서 비롯된 행동이다. 나는 대다수 사람들이 신봉하는 관념

철학의 위안

에 대해서 공개적으로 의문을 품지 않았다. 나는 권력을 쥔 인물의 동의를 추구했으며, 그들과의 만남이 있은 후에는 그들이 나를 어떤 존재로 받아들일지 노심초사했다. 세관을 통과하거나 경찰 순찰차와 나란히 차를 달릴 때면, 내 마음 밑바닥에는 어느새 제복을 입은 저 공무원이 내게 호감을 가져주었으면 좋으련만 하는 바람이 자리잡았다.

그러나 소크라테스는 자신이 대중으로부터 인기를 끌지 못하고 있다는 사실은 물론이고 국가의 유죄판결 앞에서도 조금도 흐트러짐을 보이지 않았다. 그는 다른 사람들이 자신을 향해서 비난을 퍼붓는다는 이유로 자신의 사상을 포기하지도 않았다. 더구나 그의 확신은 급한 성격이나 황소 같은 우직한 용기에서 나온 것이 아니라 그보다 더 깊은 곳에서 나온 것이었다. 그것은 다름 아닌 철학이었다. 소크라테스에게 철학은 끝까지 이성적으로 남을 수 있는 신념을, 즉 비난에 직면할 때면 흔히 보이기 쉬운 병적인 흥분이 아닌 확신을 부여했다.

그날 밤, 빙원 위를 비행하며 내가 느꼈던 정신의 자유는 하나의 계시이자 고무였다. 그것은 나에게 사회적으로 널리 인정받는 관행이나 관념을 맹목적으로 따르려는 무기력한 성향에 맞서 균형을 취할 수 있는 힘을 약속했다. 소크라테스의 삶과 죽음에는 지적 회의를 품어보자는 초대장이 들어 있는 것이다.

소크라테스의 상징이 되다시피 한 그 주제는 심오하면서도 재미 있는 임무를 수행해보자는 초대장을 내놓는 것과 같았다. 그 임무 란 바로 철학을 통해서 현명해지자는 것이다. 시대를 내려오면서 철학자로 불린 수많은 사상가들 사이에는 엄청난 차이가 보인다. 실제로 사상가라는 존재는 너무도 다양함에도 불구하고(만약 그들 을 거창한 파티에 한꺼번에 초대한다면, 서로 할 말이 한마디도 없을 뿐만 아 니라 칵테일을 몇 잔 마시고 나면 서로 주먹다짐을 벌일지도 모른다) 몇 세 기를 뛰어넘어서도 필로philo(사랑)와 소피아sophia(지혜)라는 단어 의 그리스어 어원이 암시하는 철학philosophy의 비전에 나름대로 충 실하려고 노력했던 작은 무리를 분리해내는 일은 가능할 것 같다. 우리 인간이 경험하는 가장 큰 비탄의 원인에 대해서 위안이 되거 나 실질적으로 도움이 될 만한 말을 몇 마디 건네는 일에 공통적 으로 관심을 보이는 무리가 바로 그들이다. 내가 의지하려는 이들 도 그런 사람들이다.

철학의 위안

2

어느 사회나 구성원이 타인으로부터 의심을 받지 않고 따돌림을 당하지 않기 위해서는 어떤 것을 믿어야 하고 어떤 식으로 행동해야 한다는 관념들이 있기 마련이다. 이런 사회 관습의 일부는 법전으로 명문화되기도 하고, 어떤 것들은 "상식常識, common sense"이라고 불리는, 윤리적 판단과 실용적 판단이라는 거대한 집합체 안에 보다 직관적인 것으로 녹아 있기도 하다. 이런 "상식"은 우리가 어떤 옷을 입어야 하고, 어떤 금전적 가치관을 택해야 하고, 어떤 인물을 존경해야 하고, 어떤 예절을 따라야 하며, 가정생활은 어떻게 꾸려야 하는지를 규정한다. 이런 관습에 의문을 품는 사람은 다른 사람에게 이상하게 보이기도 하고, 심지어 공격적으로 비칠지도 모른다. 상식이 의문의 대상에서 배제되는 이유는, 상식에 대한 판단 자체가 너무나 민감한 것이어서 정밀한 검증의 표적이 될 수 없기 때문이다.

예컨대 일상적인 대화를 나누다가 불쑥 "우리 사회에서 노동의 목적은 무엇인가"라는 질문을 던질 경우, 그 질문은 좀처럼 자연스러운 것으로 받아들여지지 않는다.

최근에 결혼한 부부에게 그들이 결혼하기로 결정하게 된 배경을 낱낱이 설명해보라고 하는 것이나, 휴일을 즐기는 사람들에게 그들의 여행 뒤에 숨은 의도를 꼬치꼬치 캐묻는 행위도 그렇다.

고대 그리스인들은 상식적인 관습을 많이 가졌던 만큼 그런 것들에 대한 집착 또한 꽤 강했을 것이다. 나는 어느 주말 블룸즈버리에 있는 헌책방을 뒤지다가 우연히 어린이들을 위해서 만든, 사진과 깔끔한 삽화가 많이 있는 역사책 시리즈를 발견했다. 그 시리즈 속에는 『이집트 도시 들여다보기』, 『성城 들여다보기』. 그리고 독초毒草 백과사전과 함께 『고대 그리스 도시 들여다보기』라는 책이 들어 있었다.

　이 책에는 기원전 5세기 그리스 도시국가의 일상적인 옷차림에 관한 정보가 있었다.

그리스인들은 수많은 신神, 말하자면 사랑과 사냥, 전쟁의 신들, 그

리고 수확과 불과 바다를 관장하는 신들을 믿었다. 또 어떤 모험이
든 그 일에 착수하기 전에 사원이나 자기 집의 자그마한 사당에서
신들에게 기도를 올리면서 경의의 표시로 동물들을 바쳤다. 그 의
식은 비용이 많이 들었다. 아테네의 수호신에게는 암소를, 달과 처
녀의 신 아르테미스와 미美와 사랑의 여신 아프로디테에게는 염소
를, 의술醫術의 신 아스클레피오스에게는 암탉이나 수탉을 바쳤다.

그리스인들은 노예의 소유에 대해서 아무런 거리낌이 없었고 자
랑스러워하기도 했다. 기원전 5세기에는 아테네 한 도시에만 노
예 수가 8만-10만 명을 헤아렸는데, 자유민 3명당 노예 1명이 딸
린 셈이었다.

아테네의 노예들

그리스인은 또한 대단히 군국주의적이어서 전투에서의 용기를 찬양했다. 당당한 남성으로 인정을 받으려면 적의 머리를 단칼에 베는 요령을 터득해야 했다. (제2차 페르시아 전쟁* 당시의 접시 그림처럼) 페르시아 군인의 목을 치는 아테네 군인은 그 행동이 당연하다는 점을 암시했다.

* 페르시아가 그리스를 침범했던 세 차례의 전쟁(499?-448? 기원전). 제2차 전쟁은 기원전 480년에 시작되었다. 50여 년 동안 지속된 전쟁은 그리스의 승리로 끝났다/역주

철학의 위안

또한 여성은 전적으로 남편과 아버지의 손아귀에 쥐여 지냈다. 그들은 정치나 공적 활동에 참여할 수도 없었고 부동산을 상속받거나 돈을 소유할 수도 없었다. 그리고 본인의 의사와 상관없이 아버지가 정해주는 남자와 열세 살에 결혼하는 것이 예사였다.

그러나 이런 관습 중에 그 어느 것도 소크라테스가 살았던 동시대인들에게는 거슬리는 것으로 비치지 않았다. 그런 그들에게 아스클레피오스에게 수탉을 바치는 이유를 명확히 대라거나, 남자들이 고결해지기 위해서 사람을 죽여야 하는 이유를 밝히라고 했다면, 그들은 당황해하며 화를 냈을지도 모른다. 그런 질문은 겨울 뒤에 왜 봄이 오는지, 얼음은 왜 차가운지에 대해서 의문을 가지는 것만큼이나 바보처럼 보였을 것이다.

그러나 우리가 지금 눈앞에서 벌어지는 현상에 대해서 의문을 품지 않는 것은 다른 사람의 적의敵意를 두려워해서만은 아니다.

그것에 못지않게, 사회적 관습이라는 것은 당연히 그만한 근거를 가지고 있음에 틀림없다고 치부해버리는 각자의 내적 인식에 의해서도 의문을 품으려는 의지는 곧잘 꺾여버린다. 심지어 그 근거라는 것이 무엇인지 확실히 알지도 못하면서 그런 관습들이 오랫동안 많은 사람들에 의해서 지켜져 내려왔다는 이유만으로도 우리는 좀처럼 의문을 품지 않는다. 우리는 사회가 어떤 신념을 정착시키는 과정에 중대한 실수를 저질렀을 수도 있고, 또 그런 사실을 깨달은 사람이 나 혼자일 수도 있다는 점을 인정하지 못하는 것 같다. 우리는 스스로를 지금까지 전혀 알려지지 않은, 따라서 접근하기 어려운 진실을 추구하는 선구자로 인식하지 못하기 때문에 의문이 생기더라도 쉽게 무시해버리고 그저 다수를 따른다.

우리가 철학자들에게 기대할 수 있는 것은 각자의 용렬함을 극복하는 데에 필요한 도움이다.

3

1. 소크라테스의 생애

소크라테스는 기원전 469년 아테네에서 태어났다. 그의 아버지 소프로니스코스는 조각가였던 것으로 짐작되며, 어머니 파이나레테는 산파였다. 젊은 시절 소크라테스는 철학자 아르켈라오스의 제자였으며, 그 뒤로 줄곧 철학을 실천했으나, 그것을 기록으로 남긴 적은 없었다. 물질적인 소유에는 관심이 없었던 그는 강의에 대한 대가를 받지 않았기 때문에 점점 가난에 찌들지 않을 수 없었다. 그는 일 년 내내 똑같은 외투를 걸쳤으며, (구두장이의 가정에서 태어났다는 설도 있지만) 언제나 맨발로 걸어다녔다. 죽음을 맞이할 당시 소크라테스는 아들 셋을 두고 있었다. 아내 크산티페는 변덕스러운 성격으로 악명이 자자했다(소크라테스에게 그런 여자와 결혼한 이유를 물으면, "말馬을 훈련시키는 사람은 가장 거친 말을 다룰 줄 알아야 하지 않느냐"는 식의 답변이 돌아왔다). 소크라테스는 많은 시간을 아테네의 광장에서 친구들과 담소를 나누며 보냈다. 친구들은 그의 지혜와 유머 감각을 높이 평가했다. 하지만 그의 외모를 높이 샀던 사람은 드물었을 것이다. 그는 키가 작은 데다가 턱수염을 길렀고 대머리였으며 걸음걸이도 이상해서 마치 굴러다니는 듯했다. 게다가 그의 얼굴을 아는 사람들은 게, 색마, 괴물 같은 것들로 다양하게 그를 비유하기도 했다. 코는 납작했고, 입술은 두툼했으며, 제멋대로 생긴 두 눈썹 밑에 자리잡은 눈은 양각한 듯이 툭 튀어나와 있었다.

그러나 소크라테스의 특징 중 호기심을 가장 강하게 자극하는 것은, 계급과 나이와 직업을 불문하고 모든 아테네 시민에게 다가가서 상대가 자신을 미치광이라거나 무례한 사람이라고 생각하든 말든 전혀 신경 쓰지 않고 불쑥 상식적인 믿음을 고수하는 이유나 인생의 의미에 대해서 명쾌하게 설명하기를 요구하던 버릇이었다. 이에 놀란 어느 장군은 이렇게 말한 바 있다.

> 누구든지 소크라테스와 얼굴을 마주하거나 대화를 하게 되면, 불가피하게 경험하게 되는 일이 있다. 비록 처음에는 완전히 다른 주제를 가지고 대화를 시작했더라도, 서로 대화를 나누다 보면 소크라테스는 어느새 상대방이 현재 자신의 생활방식과 과거의 삶의 방식에 대해서 설명을 하지 않고는 배겨내지 못하도록 요리조리 몰아가다가 끝내는 완전히 가두어버린다. 그렇게 가둔 뒤에 소크라테스는 상대방이 스스로의 모습을 모든 각도에서 진정으로, 그리고 정확히 재점검하기 전에는 절대로 놓아주지 않는다.   ―『라케스』

소크라테스가 그런 습관을 가진 데에는 아테네의 기후와 도시 계획의 영향이 컸다. 아네테의 날씨는 연중 6개월 정도는 따뜻했기 때문에 옥외에서 사람들과 형식에 얽매이지 않고 자연스럽게 대화를 나눌 수 있는 기회가 많았다. 북쪽 지방이었다면 어둠침침하고 연기가 자욱한 진흙 벽 안에서나 행해졌을 활동들이 온화한 아테네 하늘 아래에서는 별도의 내부 공간을 필요로 하지 않았던 것이다. 소크라테스는 벽화가 그려진 스토아(고대 그리스의 광장[아고라]에 지은 긴 주랑柱廊. 그리스인들은 스토아의 그늘 아래에서 대화를 나누고 정치를 논했다/역주)나 제우스 엘레우테리오스 스토아(페르시아와의 전쟁의 승리를 기념하고, 자유를 가져다주는 해방자 제우스의 능력을 기리기 위해서 지어졌다/역주) 사이로 광장을 배회하거나, 아니면 실용적인 일이 강조되는 한낮과 불안의 요소가 많은 밤 사이의 혜택 받은 시간인 늦은 오후에 낯선 사람들에게 말을 걸곤 했다.

도시의 크기는 쾌적한 분위기를 제공했다. 아테네와 그 항구 안에 사는 주민들은 대략 24만 명이었다. 도시 이쪽 끝에서 저쪽 끝까지, 말하자면 피레우스 항구에서 아이게우스 문까지 걷는 데에는 한 시간도 채 걸리지 않았다. 사람들은 학교에 다니는 학생들이나 결혼식에 초대받은 손님들처럼 서로 친밀했다. 따라서 광신자나 주정꾼만이 공개적인 장소에서 낯선 사람들에게 말을 거는 것은 아니었다.

만약 우리가 있는 그대로의 현상에 대해서 의문을 제기하는 일을 삼간다면—기후나 우리가 살고 있는 도시의 규모 따위는 제쳐두

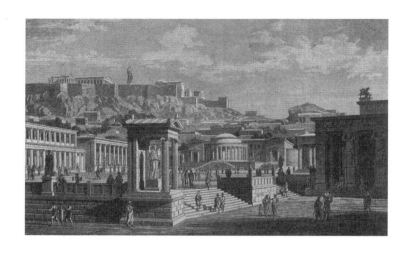

더라도―그 주된 이유는 사람들에게 널리 인기 있는 것들을 옳은 것으로 여기기 때문일 것이다. 맨발의 철학자 소크라테스는 사람들 사이에서 인기 있는 무엇인가가 이치에 닿는지를 가리기 위해서 거듭 의문을 제기했다.

2. 상식의 지배

소크라테스가 그런 식으로 의문을 가지는 데에 대해서 많은 사람들이 못마땅해했다. 일부 사람들은 소크라테스를 괴롭혔고, 몇몇은 그를 죽이고 싶어했다. 기원전 423년 봄 디오니소스 극장에서 처음으로 공연된 「구름」에서, 아리스토파네스는 어떤 상식이든 뻔뻔스러울 만큼 꼼꼼히 논리를 따지지 않고는 절대로 그것을 받

철학의 위안

아들이지 않는 이 철학자의 모습을 아테네 사람들에게 풍자적으로 보여주었다. 소크라테스 역을 맡은 배우는 기중기에 매달린 바구니에 담긴 채 무대에 모습을 나타냈는데, 그 이유는 소크라테스가 자신의 정신은 높은 곳에서 더 잘 작동한다고 주장했기 때문이다. 소크라테스는 너무도 고귀한 생각에 몰입한 나머지 자신의 몸을 씻거나 집안일을 돌볼 시간이 없었다. 그래서 그의 외투는 언제나 고약한 냄새를 풍겼고, 그의 집에는 벌레들이 득시글거렸다. 그러나 그는 적어도 인생에서 가장 중대한 문제들을 파고들 수 있었다. 그가 천착한 문제들 중에는 이런 것들이 있었다. "벼룩은 자기 몸 길이의 몇 배나 뛸 수 있을까?" "모기는 입으로 소리를 낼까 아니면 항문으로 소리를 낼까?" 소크라테스가 품었던 이런 의문이 어떤 결말을 맺었는지에 대해서 아리스토파네스는 침묵했지만, 관객들은 자신들도 그런 의문과 어떤 식으로든 관련되어 있다는 것을 틀림없이 느꼈을 것이다.

아리스토파네스는 지식인들에 대한 비판을 교묘하게 전했다. 말하자면 지식인들은 의문을 제기함으로써 오히려 분별력 있는 관점과는 더욱 멀어지는데, 그 정도는 지금까지 한번도 체계적인 방식으로 사물을 분석하려고 시도하지 않았던 보통 사람들보다 더 심각하다는 지적이 그것이다. 극작가와 철학자를 구별짓는 것은 일상적인 설명들의 적절성에 대한 대조적인 평가였다. 아리스토파네스의 눈에는 사리분별을 할 줄 아는 사람이라면 빈대가 자신의 몸 길이보다 훨씬 더 높이 뛰고 모기들은 어딘가에서 소리를 낸다는 정도의 지식에 안주하지만, 소크라테스는 상식을 광적으로 의심할 뿐만 아니라 또 복잡하고 공허하기 짝이 없는 대안을 찾는 데에 별난 욕망을 품었기 때문에 비난을 받았다.

그런 사실에 대해서 소크라테스는 이렇게 대답했을지도 모른다. (비록 빈대와 관련된 문제는 아니었다고 해도, 어떤 경우에는) 상식이 훨씬 심오한 탐구를 요구할 수도 있다고 말이다. 소크라테스가 수많은 아테네 사람들과 짧은 대화를 나누고 나면, 훌륭한 삶을 사는 방식에 대한 시민들의 관점들은, 말하자면 다수에 의해서 정상으로 여겨지고 의문의 여지가 없는 것으로 받아들여졌던 관점들은, 그런 것들을 옹호하는 사람들의 확신에 찬 태도와는 상관없이 종종 부적절하다는 사실이 드러났다. 아리스토파네스가 기대했던 것과는 반대로, 소크라테스가 말을 걸었던 사람들은 자신들이 무엇에 대해서 이야기를 나누고 있는지를 어렴풋이나마 알았던 것 같다.

3. 대화 두 토막

플라톤의 『라케스』에 따르면, 소크라테스는 어느 날 오후 아테네에서 당시 존경받던 두 명의 장군, 니키아스와 라케스를 우연히 만났다. 펠로폰네소스 전쟁(431-404 기원전. 페르시아의 원조를 받은 스파르타 동맹군이 아테네 동맹군을 패퇴시켰다/역주)에서 스파르타 군대와 맞서 싸웠던 그 장군들은 원로들이 존경하고 젊은이들이 동경하던 인물들이었다. 훗날 모두 전장에서 죽게 되는데, 라케스는 기원전 418년 만티네이아 전투에서, 니키아스는 기원전 413년 비운의 시칠리아 원정에서 죽음을 맞았다. 그들의 상이 전해오지 않아 짐작할 뿐이지만, 전투에 임하는 그들의 모습은 파르테논 신전 벽에 조각된 두 명의 기병을 닮았을 것 같다.

그 장군들은 한 가지 상식적인 관념에 고착되어 있었다. 용맹스러운 존재가 되려면 군대에 몸을 담아야 하고, 전장으로 진군하여 적을 죽여야만 한다는 믿음이 바로 그것이었다. 탁 트인 하늘 아래에서 그들을 만난 소크라테스는 몇 가지 질문을 던지고 싶은 충동을 느꼈다.

소크라테스 : 라케스, 진정한 용기란 무엇인지 말해주겠소?

라케스 : 이런, 소크라테스, 그건 하나도 어려울 것이 없소! 군의 대열 속에서 적을 마주하고도 달아나지 않을 자세가 되어 있다면, 그 사나이는 용감하다고 할 수 있소.　　　　　　　　　　　－『라케스』

소크라테스는 기원전 479년에 벌어진 플라타이아이 전투에서 스파르타의 장군 파우사니아스의 지휘를 받던 그리스 군이 처음에는 퇴각했다가 나중에 마르도니우스 지휘하의 페르시아 군을 용맹스럽게 물리쳤다는 사실을 기억했다.

> **소크라테스**: 그 이야기대로라면, 플라타이아이 전투에서 스파르타 군은 [페르시아 군과] 맞닥뜨렸지만, 저항하며 싸울 뜻이 없었기 때문에 물러났소. 그들을 뒤쫓던 페르시아 군의 대열이 무너지자 스파르타 군은 방향을 틀어 싸웠고, 결국 전투를 승리로 이끌지 않았소.
> —『라케스』

그러자 라케스는 두 번째 상식적인 관념을 들고 나왔다. 용기는 일종의 인내라는 것이었다. 그러나 소크라테스는 인내도 경솔한 결과를 부를 수 있다는 점을 꼬집었다. 격하게 흥분한 상태와 진정한 용기를 구분하는 데는 또다른 요소가 필요할 것이다. 이제 라케스의 동료인 니키아스가 금방 소크라테스의 영향을 받았는지 모르지만, 용기에는 지식, 즉 선과 악에 대한 인식이 필요하고, 또 용기를 전쟁에 국한시켜서는 곤란하다는 의견을 내놓았다.

열린 공간에서 나눈 짧은 대화만으로도, 당시 아테네 시민들이 숭상했던 미덕인 용기에 대한 정의에서도 중대한 부적절함이 발견되었던 것이다. 전쟁터 이외의 장소에서도 용기를 보일 수 있다는 점, 그리고 인내에 대한 지식의 중요성을 고려하지 않았음이 드러났던 것이다. 이 논쟁은 대수롭지 않게 보일 수도 있지만 그것이 내포하고 있는 의미는 매우 크다. 만약 라케스 장군이 그런 대화를 나누기 전에 심지어 후퇴가 유일하게 분별 있는 작전으로 비칠 때조차도 자신의 군대에 후퇴를 명령하는 것이 겁쟁이의 짓이라는 가르침을 받았다면, 그런 재再정의는 앞으로 그에게 선택의 폭을 넓혀주고 비판에 맞설 힘을 줄 것이기 때문이다.

플라톤의 『메논』을 보면, 소크라테스는 상식적인 관념이 진실이라고 맹목적으로 믿는 누군가와 또다시 대화를 나누었다. 메논은 당시 고향 테살리아를 떠나 아티카를 방문 중이던 오만방자한 귀족으로, 돈과 미덕의 상호관계에 대해서 확고한 신념을 가지고 있었다. 그가 소크라테스에게 설명하기를, 사람은 누구나 덕이 높은 존재가 되려면 아주 큰 부자여야 하고, 빈곤은 우연의 산물이라기보다는 언제나 한 개인의 실패의 결과라는 것이었다.

메논의 초상 역시 전해오지는 않지만, 나는 어느 아테네 호텔의 로비에서 그리스의 남성 잡지를 뒤적이다가, 조명을 밝힌 수영장 안에서 샴페인을 마시고 있는 남자와 닮지 않았을까 상상해 보았다.

메논은 덕이 높은 사람은 훌륭한 것들을 손에 넣을 수 있을 만큼 대단히 부유한 존재라고 소크라테스에게 확신에 찬 목소리로 주장했다. 그러자 소크라테스가 몇 가지 질문을 던졌다.

소크라테스 : 훌륭한 것이라. 그렇다면 건강과 재화 같은 것을 의미하는가?

메논 : 황금과 은을 획득하는 것도 포함되지요. 높고 영광스런 관직도 마찬가지고요.

소크라테스 : 그대가 인정하는 훌륭한 것들은 그것이 전부인가?

메논 : 그렇죠. 그런 종류의 모든 것들을 의미합니다.

소크라테스 : ……그대에게는 "획득"이라는 단어 앞에 "정당한" 과 "정직한"이라는 형용사를 덧붙여도 아무런 차이가 없는가? 그리고 그대가 훌륭하다는 것들을 정당하지 못한 방법으로 얻었다고 해도 그대는 여전히 그것을 미덕이라고 부를 것인가?

메논 : 절대 그럴 수는 없지요.

소크라테스 : 그렇다면 황금과 은의 획득에는 정의나 절제, 경건함, 아니면 미덕의 다른 요소들이 덧붙여져야 할 것 같군.……실제로 황금과 은을 가지지 못했다는 사실은, 만약 그런 결과가 그것을 구입할 수 없었던 상황에 따른 것이라면……이를테면 그런 것을 구입하는 것이 정당하지 못한 일일 수도 있었던 상황이라면, 황금과 은을 가지지 않았다는 것은 그 자체로 미덕이 되지 않을까?

메논 : 그럴 것 같군요.

소크라테스 : 그렇다면 그런 것들을 소유하는 것이 그런 것들을 소유하지 못하는 것보다 더 덕이 있다고는 말할 수 없지 않은가.……

메논 : 선생의 결론엔 도저히 반박할 수가 없군요.   -『메논』

소크라테스는 짧은 시간에 돈과 영향력은 그 자체로는 미덕의 필요충분조건이 아니라는 사실을 메논에게 논증했다. 부유한 사람은 존경을 받을 수는 있지만, 그 존경은 어디까지나 그들이 부를 축적한 방식에 달려 있다. 빈곤이 그 자체로 한 개인의 도덕적 가치의 한 자락을 들추는 것이 아닌 것처럼 말이다. 부유한 사람이 자신의 재산을 보면서 자신의 미덕을 증명해줄 것이라고 단정할 아무런 이유가 없듯이, 가난한 사람도 자신의 궁핍을 악행의 신호로 생각할 이유가 전혀 없는 것이다.

4. 왜 다른 사람들은 모르는가

이야기는 케케묵었을지는 몰라도, 이 이야기의 바탕에 깔려 있는 교훈은 전혀 그렇지 않다. 이를테면 나 아닌 다른 사람들도, 심지어 중요한 지위에 있는 사람들도, 아니면 몇 세기 동안 절대다수에게 지켜져 내려오는 신념을 굳게 신봉하는 사람들이더라도 어떤 일에 틀릴 수 있다는 가르침이 그것이다. 사람들이 틀릴 수 있는 이유는 간단하다. 자신의 신념을 논리적으로 검증하지 않기 때문이다.

메논과 앞에서 말한 장군들은 불완전한 관념들을 가지고 있었는데, 그 이유는 널리 받아들여지던 규범을 논리적으로 점검하지 않고 그대로 흡수했기 때문이다. 그런 수동성의 특성을 꼬집기 위해서 소크라테스는 사람들이 체계적인 사고를 하지 않은 채 인생을 사는 것을, 도자기를 굽거나 구두를 만들면서도 그 기술적 과정을 모르고 있거나 따르려고 하지 않는 것에 비유했다. 직관에만 의존해서는 훌륭한 도자기나 구두는 상상조차 할 수 없다. 하물며 한 인간의 삶을 영위하는 더욱 복잡한 일을 어떻게 근거나 목표에 대한 지속적인 반성 없이 수행할 수 있다고 단언할 수 있을까?

아마도 그것은 우리가 각자의 삶을 영위하는 것이 실은 복잡한 문제라고 생각하지 않기 때문일 것이다. 어떤 힘든 작업들은 겉으로 보기에도 매우 어려워 보이는 반면, 똑같이 힘든 일인데도 매우 쉽게 보이는 일들이 있다. 삶을 어떻게 살 것인가에 대해서 건전한 관점을 확보하는 것이 두 번째 범주에 속한다면, 도자기를 굽거나 구두를 만드는 것은 첫 번째 범주에 속한다.

도자기를 만드는 일은 분명히 만만찮은 작업이었다. 먼저 점토를, 보통 아테네에서 남쪽으로 7마일 떨어진 콜리아스 곶에 있던 커

철학의 위안

다란 구덩이에서 아테네로 옮겨와야 했다. 그리고 그 점토를 녹로轆轤 위에 올려놓고 분당 50–150회 속도로 회전시켰는데, 그 속도는 항아리의 직경에 반비례했다(항아리의 폭이 좁으면 좁을수록 녹로는 더 빨리 돌았다). 그런 다음에는 스펀지로 닦고, 파내고, 솔질을 하고, 손잡이를 만드는 작업이 이어졌다.

이제 항아리는 잿물이 섞인 매우 부드러운 점토로 만든 검정 유약으로 덧입혀졌다. 유약이 마르고 나면 그 항아리를 가마에 넣고 통풍 구멍을 열어놓은 채 800도까지 열을 가했다. 그러면 점토가 산화제이철$_{Fe_2O_3}$로 환원되어 굳게 되고 항아리는 짙은 적색으로 변했다. 그런 다음에는 통풍 구멍을 닫고 습기를 주기 위해서 가마에 젖은 나뭇잎을 넣은 뒤 다시 950도까지 불을 땠다. 그러면 항아리의 몸통은 희끄무레한 검은색이 되고 유약은 검정 자철광磁鐵鑛, Fe₃O₄으로 변했다. 그리고 몇 시간 뒤, 통풍 구멍을 다시 열고 나뭇잎을 긁어낸 뒤에 온도가 900도까지 떨어지도록 두었다. 이제 유약은 두 번째 굽기로 나타난 검은색을 되찾는 한편 항아리의 몸통은 첫 번째 굽기의 짙은 적색으로 돌아갔다.

별다른 생각 없이 항아리를 빚었던 아테네 시민이 한 사람도 없었다는 사실은 그리 놀라운 일이 아니다. 도자기는 실제 제작과정만큼 겉보기에도 제작이 어려워 보인다. 그런데 불행하게도, 훌륭한 윤리적 관념에 도달하는 일은, 실제로는 복잡하기 짝이 없는 일임에도 불구하고, 겉으로는 전혀 그렇게 보이지 않는다.

소크라테스는 이런 복잡성을 존중하지 않고, 또 최소한 도공만큼의 엄격한 태도도 보이지 않은 채 자신의 견해를 거리낌 없이 드러내는 사람들의 확신에 절대로 주눅 들지 말도록 우리에게 용기를 불어넣는다. 너무도 명백한 것이라거나 "당연한" 것으로 선언된 것들 중에서 실제로 그런 것은 거의 없다. 이런 사실을 인정하면, 우리는 이 세상도 겉으로 보이는 것보다 훨씬 더 유연하다는 진리를 배우게 될 것이다. 왜 그런가 하면, 기존의 확고한 견해들도 완벽한 추론 과정을 통해서 태어난 것이 아니라 종종 몇 세기에 걸친 지적 혼란 상태에서 나타났기 때문이다. 모든 것들이 현재의 모습 그대로여야 할 이유는 결코 없다.

5. 자기 자신을 위해서 사고하는 방법

소크라테스는 우리에게 다른 사람들도 잘못 알 수 있다는 사실을 가르칠 뿐만 아니라, 우리 스스로 어떤 것이 옳은지를 판단할 수 있는 간단한 방법까지 제시한다. 사고하는 삶을 시작하는 데에 필요한 것들에 대해서 소크라테스보다 더 소박한 의견을 내놓은 철학자는 없었다. 소크라테스에 따르면 몇 년에 걸쳐 정규교육을 받거나 시간적 여유가 많은 존재가 될 필요도 없다. 상식으로 통하는 신념을 평가하고 싶어하는, 호기심 많고 차분한 정신의 소유자라면, 누구나 거리에서 친구와 대화를 시작할 수 있다. 그렇게 소크라테스의 방식을 따르다 보면, 30분 안에 고정관념을 깨뜨릴 새로운 아이디어 한두 가지를 얻게 될 것이다.

상식을 검증하는 소크라테스의 방식은 플라톤의 초기와 중기의 대화편에서 찾을 수 있다. 그리고 그 방식은 일관된 절차를 따르고 있기 때문에 요리책이나 기도서에 쓰인 언어로도 아무런 훼손 없이 그대로 설명될 수 있으며, 또 타인으로부터 수용할 것을 요구받는 어떤 확신이나 반박하고 싶은 확신 그 어떤 것에나 적용할 수 있을 것이다. 소크라테스의 방식은 어떤 진술이 정확한지 여부는 그것이 과반수에 의해서 받아들여지느냐 또는 오랜 세월 동안 중요한 인물들에 의해서 믿어져왔느냐에 따라서 결정되어서는 안 된다고 암시한다. 정확한 진술이란 이성적으로 결코 모순되지 않는 것을 말한다. 하나의 진술은 오류가 증명될 수 없어야 진리가 될 수 있다. 제아무리 많은 사람들이 믿고, 그들이 제아무리 저명한 인물이라고 해도 오류가 증명되는 진술이라면 그것은 거짓임에 틀림없고, 그러면 그것에 대해서 의문을 품는 것은 지극히 당연하다.

소크라테스식 사고방식

1. 확고하게 상식으로 인식되는 의견을 하나 찾아보자.

- 용기 있는 행동에는 전투에서 후퇴하지 않는 것도 포함된다.
- 덕을 쌓기 위해서는 돈이 필요하다.

2. 잠시 상상해보자. 이런 의견을 내놓는 사람의 확신이 강함에도 불구하고 그것이 거짓이 될 수도 있다고 말이다. 그 의견이 진실일 수 없는 상황이나 환경을 찾아보자.

- 용기가 있으면서도 전투에서 후퇴하는 사람은 정말로 없을까?
- 전투에 꿋꿋하게 임하면서도 용기가 없는 사람은 없을까?
- 부유하면서도 덕을 쌓지 못한 사람은 없을까?
- 돈은 없지만, 덕이 높은 사람도 있지 않을까?

3. 예외가 발견되면, 그 정의는 틀렸거나 아니면 최소한 불명확한 것임에 틀림없다.

- 용기가 있으면서도 후퇴하는 것이 가능하다.

- 전투에 꿋꿋하게 임하고 있지만, 용기가 없는 경우도 있을 수 있다.

- 돈을 가진 악한도 있다.

- 가난하지만, 덕은 높을 수 있다.

4. 최초의 진술은 이런 예외까지 고려할 수 있도록 새롭게 고쳐져야 한다.

- 용기 있는 행동은 전투에서의 후퇴와 전진을 동시에 뜻할 수 있다.
- 돈을 가진 사람은 그 돈을 고결한 방식으로 획득한 경우에만 덕이 있는 존재로 묘사될 수 있다. 그리고 돈을 가지지 못한 사람들도 덕을 추구했으되 돈을 버는 일이 불가능한 환경에서 살아왔다면, 역시 덕이 높을 수 있다.

5. 그렇게 새로 정리한 주장에서 또다시 예외가 발견된다면, 앞에서 거쳤던 과정을 되풀이해야 한다. 진리는, 만약 그것이 인간이라는 존재가 손에 넣을 수 있는 것이라면, 언제나 더 이상 논박할 수 없는 주장 속에 존재해야 한다. 어떤 주장에 대한 이해에 가장 가까이 다가가는 것은 곧 그 주장에 담긴 오류들을 발견해 나가는 일이다.

6. 극작가 아리스토파네스가 무엇을 빗대어 말했든지 간에, 사고의 산물은 직관의 산물보다 더 우월하다.

물론 철학적 사색을 하지 않고도 진리에 도달할 수는 있다. 소크라테스의 방식을 따르지 않고도 우리는, 돈이 없는 사람도 덕을 추구하면서 돈을 버는 일이 도저히 불가능한 상황을 살아왔다면 덕이 있는 사람으로 불릴 수도 있고, 전투에서 후퇴하는 것도 용기 있는 행동이 될 수 있다는 사실을 깨달을 수 있다. 그러나 우리는 각자의 의견이 장래 부딪히게 될지도 모르는 반론들을 사전에 논리적으로 검토하지 않을 경우, 우리의 뜻에 동의하지 않는 사람들에게 적절히 대응할 방법을 찾지 못할 위험에 빠지게 된다. 그러면 우리는 돈이 덕을 실천하는 데에 없어서는 안 되는 것이라든지, 아니면 오직 나약한 자만이 전투에서 후퇴한다고 강하게 고집하는 위압적인 인물에 눌려 입을 다물게 될지도 모른다. 우리에게 힘이 될 반론(플라타이아이 전투와 부패한 사회에서의 부의 축적)을 알지 못한 가운데 우리는 그 이유를 설명하지 못한 채 막연히, 아니면 기분 나쁜 표정으로 어쨌든 자신이 옳다고 고집해야 할 것이다.

소크라테스는 반론에 이성적으로 대응할 방법을 알지 못한 채 신봉되는 올바른 신념을 순수 의견true opinion이라고 했다. 그는 진실한 이유뿐만 아니라 그 대안들이 왜 허위인지에 대한 이해까지 수반하는 지식knowledge과 그 순수 의견을 대비시켰다. 소크라테스는 그와 같은 진실의 두 가지 버전을 (그리스 신화에 나오는) 명장名匠 다이달로스(대장간의 신 헤파이스토스의 자손. 여신 아테나로부터 기술을 전수받은 건축과 공예의 명장이다/역주)가 만든 아름다운 작품들에 비겼다. 직관에서 나온 진실은 버팀대도 없이 옥외 대좌臺座에 놓인 조각상과 같았다.

그 조각상은 강한 바람이 불면 언제라도 쓰러질 수 있었다. 그러나 반론에 대한 자각과 이성에 의해서 지탱되는 진실은 쇠줄로 땅에 고정된 조각상과 같았다.

소크라테스의 사고방식은 우리에게 여론을 만들어나가는 방법 한 가지를 약속했는데, 그런 여론이라면 우리는 비록 폭풍우를 만난다고 하더라도 끄떡없이 진정으로 신뢰할 수 있을 것이다.

4

소크라테스는 70세가 되던 해에 인생의 소용돌이에 휘말렸다. 아테네 시민 세 사람—시인 멜레토스, 정치인 아니토스, 웅변가 리콘—은 소크라테스가 괴상하고 사악한 인간이라고 낙인을 찍었다. 그들은 소크라테스가 아테네의 신들을 숭배하지 않았고, 아테네의 사회적 기틀을 깨뜨렸으며, 젊은이들이 아버지에게 대들도록 만들었다고 비난했다. 따라서 그들은 소크라테스의 입을 다물게 만들고, 더 나아가서 그 한 사람쯤은 죽여도 괜찮다고 믿었다.

아테네에서는 옳고 그른 것을 판단하는 절차가 확고했다. 광장 남쪽에 자리잡은 큰 법정의 한쪽 끝에는 배심원을 위한 나무 벤치가, 다른 한쪽 끝에는 기소자와 피고인이 설 연단이 각각 놓여 있었다. 재판은 기소자의 연설로 시작되었으며 곧 피고인의 연설이 뒤따랐다. 그러면 200명에서 2,500명 사이인 배심원단의 투표나 거수擧手로 어느 쪽이 진실한지를 가렸다. 이처럼 한 가지 제안을 놓고 그것을 지지하는 사람의 수를 헤아려서 옳고 그름을 결정하는 방식은 아테네의 정치와 사법 분야에 두루 통용되었다. 한 달에 두세 번, 약 3만 명에 이르는 남성들이 거수로 중요한 국가 문

철학의 위안

제를 결정하기 위해서 광장 남서쪽의 프닉스 언덕에 모였다. 아테네의 입장에서 보면 과반수의 의견은 곧 진리였다.

소크라테스의 재판이 열리던 날, 시민 500명이 배심원이 되었다. 재판은 기소자가 배심원들에게 그들 앞에 서 있는 철학자가 불성실한 존재인지를 판단해줄 것을 요청하는 것으로 시작되었다. 소크라테스는 지하에 있는 것들과 천상에 속하는 것들을 탐구했고, 이단이며, 허약한 논법으로 강력한 논법을 타파하기 위해서 엉터리 수사적 장치에 의존했고, 또 대화를 통해서 젊은이들을 의도적으로 타락시킴으로써 나쁜 영향을 미쳤다는 것이 기소의 골자였다.

　이런 기소 내용 하나하나에 대해서 소크라테스는 일일이 해명하려고 노력했다. 그는 그때까지 천상에 관해서 어떤 이론異論도 품은 적이 없으며, 지하의 것들을 연구하려고 하지도 않았노라고 해명했다. 그리고 그는 자신이 이교도도 아닐뿐더러 종교적인 활동을 굳게 믿고 있으며, 결코 아테네의 젊은이들을 타락시킨 적도 없다고 항변했다. 그가 아테네 시민들에게 그렇게 비친 것은, 부유한 아버지를 두었거나 여가시간이 많은 일부 젊은이들이 그의 방식을 흉내내어 비중 있는 인물들에게 질문을 퍼부어 그들이 아무것도 아는 것이 없는 존재라는 사실을 폭로함으로써 그들을 당혹스럽게 만들었기 때문이었을 것이다. 설령 그가 누군가를 타락시켰다고 하더라도 거기에는 어떤 의도도 개입되지 않았을 것이다. 왜냐하면 동료들에게 의도적으로 나쁜 영향력을 미치려고 한다고 해서 쉽게 되는 것도 아니고, 그런 영향력을 행사하려는 본인 또한 동료들로부터 피해를 입을 각오를 해야 하기 때문이다. 그리고 비록 소크라테스가 사람들을 자신도 모르는 사이에 타락시켰다고 하더라도, 올바른 절차는 결코 재판이 아니라 조용히 말로써 그에게 경각심을 일깨워주는 것이어야 했다.

소크라테스는 자신이 다른 사람들에게 이상하게 비칠 수 있는 삶을 살았다는 점은 인정했다.

> 나는 대부분의 사람들이 관심을 가질 일들을 게을리 해왔소. 돈을 버는 일, 재산을 관리하는 일, 군대나 일반 시민들로부터 존경을 받거나 권력 있는 자리를 차지하는 일, 아니면 오늘날 여러 도시에서 조직된 정치적 모임이나 정당에 가입하는 일 등이 그것이오.
>
> ─『변명』

그러나 소크라테스의 철학적 추구는 아테네 시민들의 삶을 개선하겠다는 소박한 소망에서 비롯되었다.

> 나는 그들 모두가 정신적, 도덕적 행복보다 실용적 이점을 앞세우지 않도록 설득하려고 노력해왔소.　　　　─『변명』

철학에 전념하는 동기가 이러했기 때문에 소크라테스는 배심원들이 자신을 석방하는 조건으로 그런 활동을 포기할 것을 요구한다고 해도 결코 그 제안을 받아들일 수 없노라고 설명했다.

> 나는 늘 해왔던 방식 그대로 사람들과 대화를 계속할 것이오. "너무나 훌륭한 친구여, 그대는 아테네 시민이오. 이 세상에서 위대한 지혜와 힘으로 가장 유명한 도시에서 살고 있소. 그런 마당에 가능

한 한 많은 돈을 모으고 명성과 명예를 차지하는 데에 관심을 쏟다니, 부끄럽지도 않은가? 그러면서 그대의 영혼의 진실과 이해, 완성에는 전혀 관심을 가지지 않다니." 그리고 그대들 중 누구라도 그런 일들을 돌보았노라고 공언하거나 반박하는 사람이 있다면, 나는 그를 그냥 가도록 내버려두거나 외면하지 않고 그에게 질문을 던지고 검증을 하여 시험할 것이오.……이 일을 나는 만나는 모든 사람들에게, 젊은이든 늙은이든 외국인이든, 아니면 친애하는 시민이든 불문하고 똑같이 할 것이오.　　　　　　　　ー『변명』

500명의 배심원들이 판결을 내릴 차례가 되었다. 잠시 숙고한 뒤에 배심원 220명은 소크라테스의 무죄를, 280명은 유죄를 결정했다. 그러자 소크라테스는 찡그린 얼굴로 말했다. "표 차이가 이렇게 적으리라고는 생각지 않았소"(『변명』)라고. 그래도 그는 대담함을 잃지 않았다. 주저하거나 겁을 먹은 기색은 하나도 없었다. 그는 결과적으로 청중 56퍼센트의 오해를 받은 자신의 철학적 과제에 대한 신념을 끝내 굽히지 않았다.

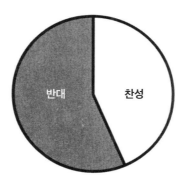

이와 비슷한 상황에서 소크라테스처럼 평정을 유지하지 못한다면, 그리고 각자의 성격이나 성취에 대해서 불쾌한 평가를 들었다고 해서 금방 눈물이 핑 돌기라도 한다면, 그 이유는 아마 우리 스스로 옳다고 믿기 위해서는 다른 사람의 찬성이 절대적으로 필요하다고 믿기 때문이 아닐까? 우리가 다른 사람으로부터 배척당하는 것을 심각하게 받아들이는 심리에 대해서 나름대로 정당성을 부여하는 배경에는 승진과 생존 같은 실질적인 이유만이 있는 것이 아니다. 그보다 더 중요한 이유는 다른 사람으로부터 조롱을 당하고 있다는 사실이야말로 나 자신이 정도正道에서 벗어났음을 말해주는 명백한 신호로 비칠 수 있기 때문이다.

소크라테스는 인간 존재란 살다보면 잘못된 길로 접어들 때도 있기 때문에 간혹 자신의 관점에 대해서 의문을 품어야 한다는 점을 자연스레 인정했을지도 모른다. 그러나 그는 진실과 인기가 없는 것의 관계에 대한 우리의 판단을 바꾸는 데에 결정적인 요소를 하나 더 덧붙였다. 곧, 우리의 사고와 삶의 방식이 어떤 반대에 봉착했다는 사실 하나만으로 그것을 오류라고 확신해서는 절대로 안 된다는 가르침이 그것이다.

우리를 초조하게 만드는 것은 우리에게 반대하는 사람들의 수가 아니라 그들이 그렇게 하면서 내세운 이유들이 얼마나 훌륭한가라는 점이다. 그렇기 때문에 우리는 인기가 없는 현상 그 자체에 관심의 초점을 둘 것이 아니라 인기를 잃게 된 배경에 대한 설명에 주목해야 한다. 공동체의 구성원 대부분으로부터 자신이 그릇된 존재라는 비난을 받는다면, 무척 놀랄지도 모르겠다. 그러나 자신의 입장을 포기하기 전에 우리는 먼저 다른 사람들이 그런 결론에 도달하게 된 논법을 고려해야 한다. 다른 사람들의 반대에 얼마만큼의 무게를 부여할지를 결정하는 요소는 그런 의견이 나오게 된 사고방식의 건전성이다.

그러나 슬프게도 우리는 이와는 정반대의 경향에 의해서 괴로워하는 것 같다. 모든 사람의 말에 귀를 기울이고, 그러다가 자신에게 호의적이지 않는 말이나 빈정거리는 의견이라도 들으면 금방 당황하게 된다. 그러면 우리는 자신에게 가장 기본적이면서도 위안이 되는 질문을 던지는 데에 실패하고 만다. 도대체 무슨 근거에서 이런 혹평을 할까? 우리는 진솔하고 치열하게 사고하는 비평가의 반대와 그저 염세와 질투심에 사로잡혀 행동하는 비평가의 반대를 똑같은 비중으로 취급하려고 하는 것이다.

우리는 비평의 뒤에 도사리고 있는 것을 살필 수 있는 시간적 여유를 가져야 한다. 소크라테스가 간파했듯이, 그런 사고는 제아무리 그럴듯하게 위장한다고 해도, 그 뿌리가 심하게 뒤틀려 있을지도 모른다. 그리고 우리를 비난하는 사람들도 일시적인 분위기에 사로잡혀서 서투르게 결론에 도달했을지도 모른다. 충동과 편견에 사로잡혀 행동했을지도 모르고, 자신의 육감을 고상하게 꾸미기 위해서 자신의 지위를 이용했을지도 모른다. 그들은 술에 취한 아마추어 도공들처럼 자신의 사고를 마구잡이로 형성할 수도 있다.

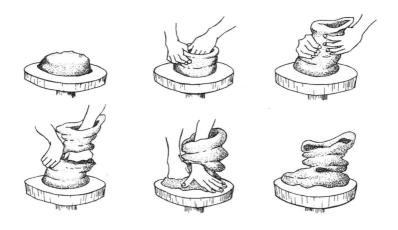

불행하게도 도자기 굽는 기술과는 달리, 사고의 산물들 중에서 훌륭한 것과 그렇지 못한 것을 가려내기란 대단히 어려운 일이다. 술에 취한 장인의 손으로 만든 항아리와 맑은 정신을 가진 장인이 빚은 항아리를 정확히 구분하는 것은 그다지 어렵지 않다.

그러나 보다 고차원적인 정의定義를 즉각 구분하는 일은 그보다 훨씬 더 어렵다.

철학의 위안

용기는 지적 인내이다.

군대의 대열에 서서 적과 맞서 싸우는 사람은 용맹스럽다.

권위적으로 제시된 나쁜 사고도, 비록 그것이 탄생하게 된 과정에 대하여 구체적인 증거 자료를 내놓지 못한다고 하더라도, 얼마 동안은 올바른 사고가 가지는 무게를 가질 수 있다. 그러나 그 사고의 결론만에라도 생각을 집중하게 되면, 우리는 자신의 존경심이 엉뚱한 사람에게로 향했다는 사실을 깨닫고 존경심을 거두어들일 수 있다. 소크라테스가 우리에게 다른 사람들이 어떤 결론을 내리기까지 동원한 논법을 곰곰이 따져보라고 촉구한 것도 그런 이유에서이다. 그렇게 하면 비록 다른 사람의 반대로 빚어진 결과에서는 벗어날 수 없다고 하더라도, 적어도 우리의 생각이 틀렸다는 자괴감에서는 해방될 수 있을 것이다.

이 아이디어는 소크라테스의 재판이 열리기 전 어느 때인가, 당시 유명한 수사학 선생으로 시칠리아를 떠나 아테네를 방문하고 있던 폴루스와 소크라테스 사이에 오간 대화에서 처음 모습을 드러냈다. 소름 끼치는 정치관을 가지고 있었던 폴루스는 자기 관점의 진실성을 소크라테스에게 납득시키려고 애썼다. 그 관점이란 인간에게는 독재자가 되는 것보다 진정으로 더 행복한 삶은 없다는 것이었다. 독재권력은 그 권력을 쥔 사람에게, 하고 싶은 일이라면 무엇이든 할 수 있게 하고, 적들을 감옥에 넣고, 그들의 재산을 몰수하고, 그들의 처형을 가능하게 할 수 있다는 이유에서였다.

소크라테스는 예의 바르게 폴루스의 이야기를 경청한 뒤에 행복이란 선한 일을 하는 데서 비롯된다는 점을 보여주기 위해서 일련의 논리적 반박을 했다. 그래도 폴루스는 굽히지 않고 독재자들은 종종 엄청나게 많은 사람들의 존경을 받는다는 점을 내세우면서 오히려 자신의 논리를 강화하려고 들었다. 그가 구체적인 증거로 내세운 인물은 삼촌과 사촌, 그리고 겨우 일곱 살밖에 안 된 적법한 후계자를 살해하고도 아테네에서 대중적 지지를 누렸던 마케도니아의 왕 아르켈라오스였다. 폴루스는 아르켈라오스를 좋아하는 사람들의 수가 독재에 대한 자신의 이론이 옳음을 뒷받침하는 것이라는 결론을 내렸다.

소크라테스는 아르켈라오스를 좋아하는 사람을 발견하는 일은 매우 쉬운 반면에, 선한 일을 하는 것 자체가 행복을 안겨준다는 관점을 지지하는 사람을 찾기는 어려울지 모른다는 점을 정중하게 인정했다. "만약 내가 하는 말들이 그르다는 주장을 뒷받침할 수 있는 증인들을 불러모으고 싶다면, 그대는 여기서 태어나서 성장한 사람이든 아니면 다른 곳에서 성장한 사람이든 불문하고 아테네의 거의 모든 사람들로부터 지지를 받고 있는 그대의 지위에 의존하면 될 것이오."

그대는 원하기만 한다면 니케라투스의 아들 니키아스는 물론 그 형제들의 지지까지 받을 수 있겠지요. 그 형제들은 디오니소스 신전 경내에 한 줄의 청동제단을 가지고 있소. 그대는 또한 스켈리우스의 아들인 아리스토크라테스의 지지도 얻을 수 있소.……그대는 페리클레스의 모든 식솔뿐만 아니라, 그대가 좋다면야 아테네의 어떤 가족이라도 선택할 수 있을 것이오.　　　―『고르기아스』

그러나 소크라테스는 폴루스의 논리에 대한 폭넓은 지지 자체를 그 논법이 옳다는 점을 입증하는 증거로 보는 관점을 단호히 거부했다.

폴루스여, 문제는 그대가 법정의 사람들에게나 먹힐 수 있는 그런 수사학적인 반박을 나에게 사용하려 하고 있다는 점이오. 하기야 상대방이 겨우 한 사람의 증인을 확보했거나 전혀 찾지 못하고 있을 때, 탁월한 인물들이 많은 사람들에게 자신의 관점을 지지하도록 만드는 방식 그 자체가 상대방의 오류를 증명하는 것이라고 여기는 사람들이 많긴 할 것이오. 그렇지만 이런 식의 논박은 진리라는 측면에서 보면 한푼어치의 가치도 없는 것이오. 왜냐하면 법정에서는 오직 인습적인 체면만을 차리려다가 피고에게 불리한 증언을 하는 무리에 의해서 피고가 패배하는 일이 언제나 일어날 수 있기 때문이오.　　　―『고르기아스』

진정한 체면은 다수의 의지에서 나오는 것이 아니라 적절한 논법에서 나오는 것이다. 항아리를 구울 때에는, 800도에서 유약을 자철광Fe_3O_4으로 바꾸는 기술을 아는 사람들의 충고에 귀를 기울여야 한다. 또한 배를 건조할 때도 우리가 신경을 써야 하는 것은 3단 노를 가진 갤리선을 건조하는 사람들의 판단이다. 그리고 윤리적인 문제―어떻게 사는 것이 행복하고 용기 있고 정당하고 선한 길인가―를 고려할 때 우리는 그릇된 사고로부터 위협을 받아서는 안 된다. 비록 그 문제가 수사학 선생이나 막강한 장군, 혹은 근사하게 차려입은 테살리아 출신 귀족의 입에서 나온 것이라고 하더라도 말이다.

이런 말은 엘리트주의elitism로 들렸고, 또 실제로도 그랬다. 모든 사람들의 말이 다 경청할 만한 가치가 있는 것은 아니다. 그래도 소크라테스의 엘리트주의에는 속물근성이나 편견의 흔적이 보이지 않았다. 그는 자신이 정성껏 지켜온 견해에 대해서는 차별적인 태도를 보인 경우도 있지만, 그 차별은 계급이나 돈, 군대 기록이나 국적에 바탕을 둔 것이 아니라―그가 강조했듯이―누구나 접근 가능한 정신의 기능인 이성에 바탕을 둔 것이었다.

소크라테스의 예를 따르면, 우리는 다른 사람의 비난에 봉착할 때 올림픽 경기를 앞두고 훈련에 매진하는 운동선수처럼 행동해야 한다. 올림픽 경기에 관한 정보는 『고대 그리스 마을 들여다보기』에서 얻은 것이다.

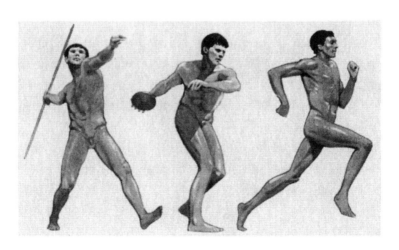

철학의 위안

우리 모두가 운동선수라고 상상해보자. 우리의 트레이너는 투창을 위해서 장딴지를 강화하는 운동을 제안한다. 그 운동은 한쪽 발로 서서 바벨을 들어올리는 것이다. 그런 모습이 문외한들의 눈에 참으로 기이하게 비쳤기 때문에 문외한들은 우리를 조롱하면서 "성공의 기회를 내팽개치고 있다"고 비난한다. 목욕탕에서 우리는 한 남자가 다른 남자에게 이렇게 말하는 소리를 엿듣는다. "저 사람들은 우리 아테네가 경기에서 승리하는 것보다 자신의 장딴지 근육을 자랑하는 데에 관심이 더 많군." 정말 잔인한 험담이지만, 이제 소크라테스가 자신의 친구 크리톤과 나누는 대화를 들어보면, 그런 비난에도 불안해할 이유가 하나도 없다.

> **소크라테스** : 한 남자가……[훈련을] 진지하게 받고 있다고 가정해보자. 그러면 그는 모든 사람들이 보내는 찬사와 비난, 그리고 의견에 마구잡이로 관심을 기울이겠는가, 아니면 그럴 만한 자격을 갖춘 사람, 이를 테면 의사나 트레이너의 의견에만 관심을 가지겠는가?
>
> **크리톤** : 자격을 갖춘 사람의 말에 귀를 기울이겠지.
>
> **소크라테스** : 그렇다면 그 선수는 자격이 있는 사람의 비난은 두려워하고 칭찬은 환영하겠지만, 일반 대중의 소리에는 꿈쩍도 않겠지.
>
> **크리톤** : 분명히 그렇겠지.
>
> **소크라테스** : 그 선수는 대중의 의견이 아니라 전문적인 지식을 가진 지도자의 판단에 따라서 자신의 행동과 운동, 그리고 먹는 것과 마시는 것을 통제해야만 하는 거야. ─『크리톤』

비판의 가치는 비평가들의 숫자나 지위 고하가 아닌, 그들의 사고 과정에 달려 있다.

모든 사람의 의견을 다 존중할 필요 없이 단지 몇 명의 의견만 존중하고 다른 사람들의 의견은 무시해도 된다는 사실이야말로……훌륭한 의견은 존중하되 나쁜 의견은 그렇게 하지 않아도 좋다는 사실이야말로 참 멋진 원칙이라고 자네는 생각하지 않는가?……훌륭한 의견은 이해력을 갖춘 사람들의 것인 반면, 나쁜 의견은 이해력을 갖추지 못한 사람들의 것이지.……

그러니 훌륭한 나의 친구여, 우리는 민중이 우리에 대해서 어떤 말을 하든 마음 쓸 필요가 없겠지. 하지만 전문가들이 정의와 불의의 문제에 대해서 하는 말에는 신경을 써야 하겠지. —『크리톤』

헬리아스테스의 법정에 앉아 있던 배심원들은 전혀 전문가들이 아니었다. 그들 가운데는 노인과 상이군인이 상당수 포함되어 있었다. 그들은 손쉽게 부수입을 올릴 수 있는 수단으로 배심원 자리를 노리던 사람들이었다. 급여는 하루에 3오볼obol(옛 그리스의 은화/역주)로 육체노동자보다는 적었지만, 나이가 예순셋이거나 집에 있는 것이 피곤한 사람이라면 상당히 도움이 될 만한 액수였다. 유일한 자격은 시민권과 건강한 마음, 그리고 빚이 없으면 되었다. 비록 마음의 건강을 소크라테스의 기준으로 판단하지는 않았더라도, 일직선으로 걸을 능력이 있고 요구받을 때마다 즉각 자신의 이름을 댈 수 있으면 마음의 건강이 좋다는 평가를 받았다. 배심원들은 재판 도중에 잠에 곯아떨어지기도 했으며, 비슷한 재판이나 관련 법에 경험이 있는 사람도 찾아보기 힘들었다. 그런데도 그들이 평결을 내릴 때까지 그 누구도 재판과정에 대해서 그들

철학의 위안

에게 설명을 해주지 않았다.

소크라테스의 재판에 배심원으로 참여한 사람들은 무서운 편견을 가진 채 법정에 들어섰다. 그들은 아리스토파네스가 소크라테스를 풍자적으로 그린 연극에 영향을 받은 터라 한때 막강했던 도시에 들이닥친 세기말적 재앙에 그 철학자가 어떤 역할을 했다고 막연히 느끼고 있었던 것이다.

펠로폰네소스 전쟁은 참패로 끝났고, 스파르타-페르시아 동맹에 아테네는 무릎을 꿇게 되어 봉쇄당했으며, 아테네 함대는 파괴되고 제국은 분할되었다. 가난한 도시 근교에는 전염병이 창궐했고, 민주주의는 시민 1,000여 명을 처형한 독재정권에 억압당했다. 소크라테스의 적들의 입장에서 보면, 많은 독재자들이 한때 그 철학자와 함께 시간을 보낸 적이 있다는 사실은 우연 이상의 것이었다. 크리티아스와 카르미데스는 소크라테스와 도덕적 문제를 논의했는데, 그 결과로 독재자들이 얻은 것은 살인에 대한 갈망뿐이었던 것 같았다.

고귀했던 아테네의 극적인 몰락을 무엇으로 설명할 수 있었을까? 헬라스에서 가장 위대했던 도시, 불과 75년 전에 플라타이아 지상전에서, 그리고 미칼레의 해전에서 페르시아 군을 패퇴시킨 이 도시가 치욕적인 굴욕을 감내해야 했던 이유는 무엇이었을까? 불결한 외투를 걸치고서, 눈살을 찌푸리게 하는 질문을 던지며 거리를 떠돌던 소크라테스는 이미 잘 준비된 결점투성이의 제물이었다.

소크라테스는 자신에게 더 이상 기회가 없다는 것을 깨달았다. 심지어 그에게는 자신을 변호할 시간조차 부족했다. 피고인에게는 배심원들 앞에서 연설할 시간이 몇 분밖에 주어지지 않았다. 법정 시간으로는 이 항아리에 담긴 물이 저 항아리로 다 흐를 때까지뿐이었다.

나는 의도적으로 그 누구도 잘못된 길로 안내하지 않았다고 확신하오. 그러나 나는 그 점을 그대들에게 납득시킬 수가 없소. 그 이유는 우리가 논의할 시간이 너무 짧기 때문이오. 만약 여기서도, 이를테면 다른 나라에서처럼 사형재판의 심문에 하루가 아니라 며칠을 허락하는 것이 관행이라면, 그대들을 충분히 납득시킬 수 있으리라고 믿지만, 지금과 같은 조건에서는 아주 짧은 시간 안에 중대한 증언들을 반박하기가 그렇게 쉽지 않기 때문이오.　　　—『변명』

아테네의 법정은 진실을 가리기 위해서 노력하는 공개 토론장은

　　　　　　　　　　철학의 위안

결코 아니었다. 그곳은 자신의 신념을 이성의 검증에 맡기지 않은 채 그저 이 항아리에서 저 항아리로 물이 다 흘러가기만을 기다리는, 늙은이와 외다리 상이군인 집단의 만남이 신속히 이루어지는 공간일 뿐이었다.

이런 현실을 마음속에 담아두기가 무척 어려웠을 것임에 틀림없다. 소크라테스에게는 아마도 몇 년 동안 아테네의 보통시민들과 대화를 하면서 축적한 힘까지 필요했을 것이다. **특정 상황에서 다른 사람의 의견을 심각하게 받아들이지 않을 수 있는 힘 말이다.** 소크라테스는 괴팍하지 않았다. 그가 다른 사람의 의견들을 무시했던 것은 인간을 싫어해서가 아니었다. 소크라테스가 인간을 싫어한다는 것은, 인간 존재는 모두가 합리성을 확보할 수 있는 잠재력을 지니고 있다는 평소의 자신의 믿음에 정면으로 배치되는 것이었을지도 모른다. 그러나 그는 자신의 일생 대부분을 아테네 시민들과 대화를 나누느라 새벽녘까지도 잠자리에 들지 못했다. 그는 아테네 시민들의 마음이 어떤 식으로 움직이는지를 알았을 뿐만 아니라 불행하게도 그들의 마음이 종종 제대로 작동하지 않는다는 사실까지도 목격했다. 비록 그는 시민들의 마음이 언젠가는 제대로 작동하게 될 것이라는 기대를 버리지는 않았지만 말이다.

소크라테스는 아테네 시민들이 변덕스러울 만큼 자신들의 입장을 잘 바꾸고, 기존의 의견을 받아들일 때는 그것의 진실성에 대해서 전혀 의심을 품지 않는 경향까지 관찰했던 터였다. 자신을 향한 반대가 정점에 달한 시점에, 자신의 운명보다 이런 현실을 더 중요하게 생각하는 것은 오만이 아니었다. 그는 적들이 올바른 사고를 하기가 쉽지 않다는 사실까지 이해하는 이성적인 인간으로서의 자신감을 가지고 있었다. 비록 그도 자신의 생각이 반드시 건전하다고 주장할 수는 없는 노릇이었다고 하더라도, 적들의 반대는 그를 죽일 수도 있었다. 그렇지만 그런 반대가 있다고 해서 소크라테스가 나쁜 존재임을 입증하는 것은 아니었다.

물론 소크라테스는 자신의 철학을 부정하고 목숨을 구할 수도 있었을 것이다. 유죄판결을 받은 뒤에도 소크라테스는 사형을 피할 수 있었지만, 비타협적인 태도를 굽히지 않아 그럴 기회를 놓쳤다. 우리는 소크라테스로부터 사형을 피하는 데에 유익한 조언을 기대해서는 곤란하다. 우리는 비논리적인 반대에 부딪혀서도 자신의 입장에 대한 확신을 굽히지 않는 극단적인 예로 그를 받아들여야 한다.

소크라테스의 연설은 감동적인 대단원을 향해서 치달았다.

만약 그대들이 나를 죽음으로 몰아넣는다면, 그대들은 나의 자리를 대신할 사람을 쉽게 발견하지 못할 것이오. 약간 우스꽝스럽게 표현하자면, 사실 나라는 존재는 신에 의해서 글자 그대로 이 도시에 달라붙어 있소. 아테네로 말할 것 같으면, 커다란 순종 말[馬]처럼 거대한 몸집 때문에 게을러지기 쉬운데 그래서 쇠파리의 자극이 필요한 곳인 것 같소.……만약 그대들이 나의 충고를 받아들인다면, 그대들은 나의 생명을 구해주겠지요. 그러나 나는 곧 그대들이

졸음에서 깨어나서 성가셔하며 아니토스의 조언을 받아들여 일격
에 나를 해치우고는 계속 잠을 청하리라 생각하오.　　　―『변명』

소크라테스의 예견은 빗나가지 않았다. 판사가 두 번째이자 마지
막 평결을 주문하자 배심원 중에서 360명이 소크라테스에게 사형
판결을 내렸다. 그후 배심원들은 집으로 돌아갔고, 유죄선고를 받
은 철학자는 감옥으로 끌려갔다.

5

감옥은 문이 굳게 닫힌 채 컴컴했을 것이다. 거리에서 들려오는 소리에는 사티로스(주신酒神 바커스를 섬기는 반인반수의 숲의 신/역주)의 얼굴을 닮은 그 사색가의 종말을 예고하는 아테네 주민들의 조롱도 섞여 있었을 것이다. 만약 소크라테스에 대한 판결에서 그의 사형 집행일이 아테네 시민들이 해마다 델로스(아폴론과 아르테미스 남매가 태어난 섬/역주)의 아르테미스를 기리던 날과 우연히 일치하지 않았다면, 아마 소크라테스는 그 즉시로 죽음을 당했을 것이다. 아테네의 전통에 따르면 그 기간에는 아무도 사형할 수 없었다. 소크라테스의 선한 본성은 간수의 동정까지 끌어냈다. 그 간수는 소크라테스가 방문객을 만날 수 있도록 배려함으로써 소크라테스의 마지막을 약간이나마 편안하게 해주었다. 방문객들의 발길이 끊이지 않았다. 파이돈, 크리톤, 크리톤의 아들 크리토불로스, 아폴로도로스, 헤르모게네스, 에피게네스, 아이스키네스, 안티스테네스, 크테시포스, 메넥세노스, 시미아스, 세베스, 파에돈다스, 에우클리데스, 테르프시온 등⋯⋯언제나 다른 사람에게 더할 나위 없는 친절을 베풀고 호기심을 보였던 한 남자가 마치 죄인처럼 자신의 종말을 기다리는 모습을 지켜보면서, 그들은 고통을 숨길 수 없었다.

비록 다비드의 캔버스는 망연자실해하는 친구들에 둘러싸인 소크라테스를 그렸지만, 우리는 그 친구들의 헌신이야말로 오해와 혐오가 난무하는 현실에서 특히 두드러진다는 것을 기억해야 한다.

감옥 안의 분위기를 생생하게 살려내기 위해서 디드로는 당대의 유명한 화가들에게 소크라테스의 죽음에 대해서 다른 아테네 시민들은 과연 어떻게 느꼈을지를 상상해보도록 권했을지도 모른다. 그리고 그 결과는 「법정에서 하루를 보낸 뒤 카드놀이를 즐기고 있는 다섯 명의 배심원들」이나 「저녁식사를 끝내며 잠자리를 고대하는 고발인들」과 같은 제목의 그림으로 나타났을지도 모른다. 비애감에 대한 감각을 지닌 화가였다면, 그런 장면을 두고 보다 노골적으로 「소크라테스의 죽음」이라는 제목을 선택했을지도 모른다.

사형 집행이 예정된 날이 왔을 때 평상심을 지킬 수 있었던 사람은 소크라테스뿐이었다. 아내 크산티페와 세 자녀들이 그를 만나러 왔지만, 크산티페가 너무 격렬하게 통곡하는 바람에 소크라테스는 아내를 내보내달라고 부탁했다. 그의 친구들은 크산티페보다는 조용했지만, 비통한 마음은 조금도 덜하지 않았다. 심지어 많은 사람들이 죽음을 맞는 것을 보아온 간수까지 감동을 받아 마음이 거북한 작별인사를 건넸다.

"당신이 여기 있는 동안 늘 지켜보면서 나는 당신이야말로 지금까지 이곳을 거쳐간 사람들 중에서 가장 관대하고, 가장 점잖고, 가장 선한 사람이라는 사실을 깨달았습니다.……내가 가지고 온 메시지가 뭔지 당신은 아실 테죠. 잘 가십시오. 그리고 피할 수 없는 것은 가능한 한 쉽게 생각하시길." 이 말을 남기고 그는 눈물을 흘리며 돌아갔다.
　　　　　　　　　　　　　　　　　　　　　　　　　　　　　　　　　—『파이돈』

이어서 사형집행인이 으깬 독미나리가 든 잔을 들고 나타났다.

"그대는 이런 일에는 전문가일 테지. 그래, 어떻게 하면 되는가?"

"그냥 들이켜면 됩니다"라고 그가 대답했다. "그리고 두 다리가 뻐근해질 때까지 걷다가 드러누우면 약효가 저절로 나타납니다." 이 말과 함께 사형집행인은 독배를 소크라테스에게 내밀었다. 소크라테스는 그 잔을 말없이 받았는데……한 점 떨림이나 낯빛의 변화, 자세의 흐트러짐이 없었다.……소크라테스는 잔을 입술에 갖다대고 싫은 기색도 없이 가뿐한 마음으로 비웠다. 그때까지 우리 대부분은 그래도 눈물을 참을 수 있었다. 하지만 그가 실제로 독약을 마시는 것을 보게 되자 우리도 더 이상 눈물을 참을 수 없었다. 나로 말할 것 같으면, 아무리 자제하려고 해도 눈물이 샘솟듯이 솟아나왔다.……심지어 내 앞에서조차 크리톤은 도저히 눈물을 참을 수 없게 되자 밖으로 나가버렸다. 그리고 일찍부터 눈물을 끊임없이

쏟던 아폴로도로스는 마침내 울부짖었고 비탄에 휩싸여 그곳에 있
던 모든 사람들을 동요하게 만들었다. 그러나 소크라테스만은 전
혀 동요하지 않았다.　　　　　　　　　　　　　　　　　—『파이돈』

소크라테스는 동료들에게 마음의 평정을 찾도록 간청했다. "무슨
짓들인가, 딱한 친구들 같으니라고!" 하며 그는 친구들을 나무랐
다. 그리고는 벌떡 일어서서 독약이 전신으로 퍼지도록 감옥 안
을 돌아다녔다. 사형집행인의 말대로 두 다리가 뻐근해오자 소크
라테스는 똑바로 누웠다. 두 발과 다리에서 감각이 느껴지지 않았
다. 독약이 위로 퍼져 가슴에 닿자 그는 점점 의식을 잃어갔고, 호
흡도 느려졌다. 크리톤은 가장 절친한 친구의 두 눈이 초점을 잃
어가는 것을 보고 친구에게 다가가서 눈을 감겨주었다.

　　그리고 그것으로[파이돈의 말을 빌리면]……우리의 친구, 분명히
　　말하건대 우리가 아는 사람들 중에서 가장 용감했고, 현명했고, 고
　　결했던 존재는 종말을 고했다.　　　　　　　　　　　—『파이돈』

그런 상황에서 울음을 터뜨리지 않기는 참으로 어렵다. 전해오는
이야기에 따르면, 소크라테스의 머리는 주먹 같았고 두 눈 사이가
특별히 넓었다고 해서 나는 그가 죽어가는 모습을 상상하다가 나
도 모르게 「엘리펀트 맨」이라는 비디오를 보며 흐느껴 울었던 어
느 날 오후를 떠올렸다.

소크라테스와 그 영화의 주인공은 가장 슬픈 운명으로, 말하자면 선한 존재인데도 다른 사람들로부터 악한 존재라고 비난받는 운명으로 인해서 고통을 감내해야 했던 것이다.

어떤 인물이 오해를 받게 되는 시나리오에는 보편적인 무엇인가가 있는데, 소크라테스의 이야기는 그중에서도 가장 비극적인 예에 속한다. 모두가 더불어 사는 과정에서 어려움을 겪는 까닭은 다른 사람의 평가와 자신의 실제 사이의 간극 때문이다. 이를테면 신중하게 처신하다가 우유부단하다는 비난을 받기도 한다. 수줍음은 간혹 교만으로, 남의 마음에 들려는 욕망은 아첨으로 오해받는다. 누구나 그런 오해를 지우려고 노력하지만, 그때마다 목구멍은 바짝 타들어가고 머릿속에 떠오르는 단어들은 의도했던 것들이 아니기가 십상이다. 가혹한 적들은 힘있는 자리에 올라 다른 사람들에게 우리를 비난하는 말을 한다. 무고한 철학자에게 불공평하게 쏟아지는 혐오에서 우리는, 정의를 실천할 능력도 없고 의지도 없는 사람들의 손아귀에서 시달리게 될 때 느끼는 고통을 확인할 수 있다.

그러나 이 이야기에도 구원의 빛은 있다. 소크라테스의 죽음 직후 그리스 사회의 분위기가 바뀌기 시작했다. 이소크라테스는 에우리피데스의 「팔라메데스」를 보던 청중들이 소크라테스의 이름이 언급되는 대목에서 울음을 터뜨렸다고 보고했고, 디오도로스는 소크라테스를 고발했던 사람들이 결국에는 아테네 주민들에게서 벌을 받았다고 말했다. 플루타르코스는 그 고발자들을 향한 아테네 주민들의 적대감이 너무나 깊어 주민들이 함께 목욕탕에 들어가기를 거부했고 사회적으로 매장시켰기 때문에 고발자들은 결국 절망감에서 목을 매어 자살했다고 전하고 있다. 디오게네스 라에르티오스는 소크라테스가 죽고 얼마 지나지 않아 아테네 시가 멜레토스를 사형에, 아니토스와 리콘을 유형에 처하는 한편, 거장 리시포스에게 부탁하여 소크라테스의 동상을 세웠다고 전한다.

소크라테스는 결국에는 아테네도 자신의 방식에 따라서 사물을 보게 될 것이라고 예측했는데, 그것이 현실로 드러났던 것이다. 그런 구원은 참으로 믿기 어렵다. 우리는 편견이 사라지고 질투가 사라지기까지는 시간이 필요하다는 사실을 쉽게 잊는다. 소크라테스의 이야기는, 우리가 다른 사람으로부터 인정을 받지 못하는 것을 그 지역 배심원들의 눈이 아닌 다른 무엇을 통해서 해석하도록 해준다. 소크라테스는 제한된 지식을 가진 500명의 시민들에게 재판을 받았는데, 그들은 당시 아테네가 펠로폰네소스 전쟁에서 패한 데다가 몰골이 이상하다는 이유로 소크라테스에게 비이성적인 의심을 품고 있었다. 그래도 소크라테스는 다른 어떤 형태보다 더 많은 사람들의 의견이 수렴되는 법정의 판단을 존중했다. 이 예를 통해서 우리는 비록 특정한 시점에 어느 한 곳에 거주하게 되더라도, 상상 속에서나마 우리 자신을 보다 객관적으로 판단해주는 다른 지역으로, 그리고 다른 시대로 우리 자신을 투사할 수 있을 것이다. 우리는 지역 배심원들이 적시에 우리를 돕도록 설득하지 못할 수도 있지만, 그래도 후대의 심판이 가능하다는 사실에서 위안을 얻을 수 있다.

그러나 소크라테스의 죽음에는 우리로 하여금 옳지 못한 명분을 품게 할 수 있는 위험이 도사리고 있다. 그 사건은 자칫 많은 사람들에게 다수의 미움을 사는 것과 옳은 것의 관계에 대한 감상적인 믿음을 조성할 수도 있을 것이다. 또 초반에 오해를 받았다가 훗날 리시포스가 제작한 동상으로 보상을 받는 것이 마치 천재와 성인의 운명처럼 비칠 수도 있다. 우리 대부분은 천재도 아니고 성인도 아니다. 우리가 만약 다른 사람들로부터 잘못되었다고 비난받을 때 무조건 자신이 옳다는 식으로 어린아이처럼 고집을 부린다면, 우리는 소크라테스의 이야기에서 거부의 정당한 명분보다는 단순히 거부하는 자세를 미화하고 있는 것인지도 모른다.

소크라테스의 의도는 이런 것이 아니었다. 인정받지 못한다는 것을 진실과 동의어로 보는 것은, 인기가 없는 것을 오류와 동의어

철학의 위안

로 믿는 것만큼이나 고지식한 짓일 것이다. 하나의 관념이나 행동이 유효하느냐 않느냐는 그것이 폭넓게 믿어지느냐 아니면 매도당하느냐에 따라서 결정되는 것이 아니고 논리의 법칙을 지키느냐의 여부로 결정되는 것이다.

소크라테스는 우리에게 두 가지 강렬한 환상에서 벗어날 수 있는 길을 제시했다. 두 가지 환상이란 바로 대중의 여론에 귀를 기울여야 한다는 것과 절대로 귀를 기울여서는 안 된다는 것이다.

소크라테스의 예를 따라서, 늘 이성의 명령에 귀를 기울이려고 노력한다면, 우리는 최고의 보상을 받을 수 있을 것이다.

2장

가난한 존재들을 위하여

1

행복, 구매 리스트

1. 켄징턴 첼시 지구와 홀란드 파크, 그 런던 중심부에 자리잡은, 조지 왕조 시대의 신고전주의 양식으로 지은 주택 한 채. 외양으로는 애덤 형제가 1772-1774년에 설계한 왕립예술원의 정면과 비슷하다. 런던의 늦은 오후의 희미한 햇살을 그윽히 잡아들이기 위해서 베네치아풍을 택한 커다란 창문들은 이오니아식 기둥(그리고 방사선 모양으로 꽃무늬 장식을 한 아치형 팀파눔[박공 등의 삼각면 부분 또는 아치 머리에서 문미 상부의 반원면 부분/역주])에 의해서 단이 지도록 했다.

2층 응접실의 천장과 벽난로의 선반 장식은 로버트 애덤이 설계한 켄우드 하우스 서고의 장식과 비슷했다.

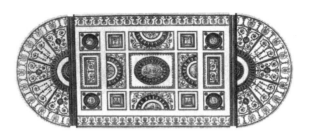

2. 판버러 혹은 비긴 힐에 세워져 있는 제트기(다설트 팰컨 900c 혹은 걸프스트림 IV). 신경이 날카로운 여행자를 위해서 항공전자 공학을 최대한 적용했고, 지상접근 경보 시스템과 난류 탐지 레이더, CAT II 자동 조종장치를 갖추고 있다. 꼬리 부분 수직판에는 수직으로 난 접합선들을 가리기 위해서 훌륭한 정물화, 즉 벨라스케스가 그린 물고기나 산체스 코탄이 그린 「과일과 채소들」(프라도 미술관 소장)에 있는 레몬 3개를 옮겨놓았다.

3. 피렌체 지방의 루카 시 근처의 말리아에 있는 오르세티 저택. 침실에서도 물이 내려다보이고 분수 소리가 들린다. 오르세티

저택의 뒤뜰에는 델라바이 목련 한 그루가 담을 끼고 자라고 있고, 겨울철을 위한 테라스와 여름철에 그늘을 드리우기 위한 거목이 자리잡고 있고, 그리고 잔디밭이 갖추어져 있다. 정원의 외진 부분에는 무화과와 복숭아 나무가 무성하다. 정방형의 측백나무 숲, 줄지어 선 라벤더, 오렌지 나무 숲, 그리고 올리브 과수원을 볼 수 있다.

4. 커다란 책상과 난로가 있으며, 정원이 보이는 서재. 책장이 누렇게 바래 꺼칠꺼칠한 촉감이 느껴지는, 은은한 냄새를 풍기는 초기 판본들. 서가 맨 위에는 위대한 사상가들의 흉상이 놓여 있고 천체가 새겨져 있다. 네덜란드의 빌렘 3세를 위해서 지은 저택 서재의 디자인과 비슷하다.

5. 링컨셔에 있는 벨튼 하우스의 식당을 닮은 식당. 열두 명이 앉을 수 있는 기다란 오크 식탁. 똑같은 친구들과 자주 함께하는 만찬. 대화는 지적이면서도 유쾌하다. 또 언제나 애정이 흐른다. 사려 깊은 주방장(주키니[서양 호박의 일종/역주] 팬케이크, 하얀 송로 버섯을 넣은 탈리아텔리[계란을 넣어 만든 가늘고 납작한 국수/역주], 리조토, 메추라기 요리, 바닷고기 요리와 닭구이가 일품이다)과 아주 하찮은 관리상의 문제조차도 없애려고 노력하는 친절한 직원이 있다. 그리고 차나 초콜릿을 차분히 즐길 수 있는 작은 응접실이 갖추어져 있다.

6. 벽의 벽감 안에 짜넣은 침대 하나(파리의 장 프랑수아 블롱델이 디자인한 것과 비슷하다). 빳빳이 풀을 먹인 리넨 시트는 매일 갈아 두 뺨을 상쾌하게 한다. 침대는 커서 발가락이 침대 끝에 닿지 않는다. 한번 **뒹굴어본다**. 붙박이 장식장 하나는 물과 비스킷을 넣는 공간이고, 다른 하나는 텔레비전을 놓는 공간이다.

철학의 위안

7. 거대한 욕실. 그 한가운데에는 약간 높은 단 위에, 코발트 블루 색깔의 조개껍질 문양이 있는 대리석으로 만든 욕조가 자리잡고 있다. 발바닥으로도 작동할 수 있는, 부드러운 물줄기를 넓게 쏟아내는 수도꼭지. 욕조에서는 채광창이 보인다. 따뜻하게 데워진 석회석 바닥. 벽에는 폼페이의 이시스 신전 경내에 있던 프레스코 화의 복제품이 장식되어 있다.

8. 한 사람이 자신의 관심에 따라서 살기에 충분한 돈.

9. 시테 섬(파리 시의 센 강에 있는 섬/역주)의 가장자리에 자리잡은 주
   말용 고급 아파트 한 채. 프랑스 가구 역사에서 가장 숭고한 시
   기인 (그리고 가장 허약한 정부가 구성되었던) 루이 16세 통치하에
   만들어진 가구들로 장식되어 있다. 그레브니치의 작품인 반달
   형 실내 변기, 소니에가 만든 캐비닛, 방데크루-라 크루아가 만
   든 테이블. 침대에 누운 채 『파리스코프』를 읽고, 세브르 자기
   그릇에 담긴 초콜릿빵을 먹고, 인간 존재에 대해서 한담을 나
   누고, 그러다가 간혹 성가셔하기도 하는 나른한 아침들, 그리고
   (베니스 아카데미아 미술관에 소장되어 있는) 조반니 벨리니의 「마돈
   나」. 그 작품 속의 여인은 우수에 젖은 표정과는 달리 유머 감각
   이 있고 활동적이었을 것이다. 그리고 마이레아 주변을 산책하
   기 위해서 명품 아네스 비와 막스 마라를 입었을 것이다.

철학의 위안

2

대체로 쾌락을 혐오하며 매사에 엄격하게 굴었던 철학자들 중에 별종이 한 사람 있었는데, 그는 인생을 잘 이해했을 뿐만 아니라 다른 사람을 도우기도 했다. 그는 이렇게 썼다. "만약 미각의 쾌락을 빼앗고, 성적 쾌락을 빼앗고, 듣는 쾌락을 빼앗고, 또 아름다운 형태를 볼 때 일어나는 달콤한 감정들을 빼앗는다면, 나는 행복의 본질을 어떻게 이해해야 할지 모르겠다."

에피쿠로스는 기원전 341년 소아시아 서쪽 해안에서 몇 킬로미터 떨어진 사모스라는 초록빛 섬에서 태어났다. 일찍이 그는 철학에 전념하여 열네 살부터 플라톤주의자인 팜필로스와 원자론자인 나우시파네스에게서 배우기 위해서 여행을 다녔다. 그러나 그는 그 철학자들이 가르쳐주는 내용의 상당 부분에 자신이 동의할 수 없다는 사실을 깨닫고는 이십대 후반에 자신의 사상을 정리하여 자신의 삶의 철학으로 정리하려고 작정했다. 전해오는 바에 따르면, 에피쿠로스는 거의 모든 주제에 걸쳐 300권의 책을 집필했다고 한다. 비록 잇따른 재난으로 인해서 거의 모든 기록이 사라져버려 그의 철학은 남은 몇몇 단편들과 후세의 에피쿠로스 학파

들의 증언에 의해서 재구성되었지만, 그가 쓴 책으로는『사랑론』,
『음악론』,『정당한 협상론』,『인생론』그리고『자연론』이 있었다고
한다.

에피쿠로스의 철학이 단번에 두드러지게 되었던 것은 감각적 쾌
락을 강조한 점 때문이었다. 에피쿠로스는 많은 사람들이 오랫동
안 생각해왔으면서도 정작 철학으로는 좀처럼 수용하지 않았던
것을 받아들여서 "쾌락은 행복한 삶의 시작이자 목표이다"라고
단언했다. 에피쿠로스는 훌륭한 음식에 대한 자신의 사랑을 고백
했다. "모든 행복의 시작과 뿌리는 위胃의 쾌락이다. 심지어 지혜
와 문화까지도 여기에 귀착된다." 말하자면, 철학은 잘 실천하기
만 하면 쾌락으로 인도하는 안내인에 다름 아니라는 것이었다.

> 아직 철학을 할 준비가 되어 있지 않다거나 철학을 할 시기가 지나
> 가버렸다고 말하는 사람은, 행복을 맞이하기에는 너무 젊거나 늙
> 었다고 말하는 사람과 같다.　　　—『메노이케우스에게 보내는 서한』

그때까지 유쾌한 삶의 방식에 대한 관심을 이처럼 진술하게 털어
놓았던 철학자는 거의 없었다. 그 고백은 많은 사람들에게 충격으
로 와닿았다. 특히 에피쿠로스가 처음에 다다넬즈 해협에 있는 람
프사코스에서, 나중에는 아테네에서 몇몇 부유한 사람들의 후원
으로 행복을 증진하기 위한 철학 학교를 열었다는 이야기는 더욱
큰 충격이었다. 그 학교는 남녀 모두에게 입학을 허락했으며 함께
어울려 살면서 쾌락을 연구하도록 장려했다. 그 학교 안에서 어떤

일이 벌어지고 있는지 상상하는 일은 기분 좋은 자극이면서 동시에 윤리적으로 비난받을 만한 것이었다.

에피쿠로스의 추종자들 중 일부 불만을 품은 사람들이 학교 안에서 벌어지는 사소한 일들을 외부에 발설하기도 했다. 에피쿠로스의 친구 메트로도로스의 형제인 티모크라테스는 에피쿠로스가 너무 많이 먹은 나머지 하루에 두 번꼴로 구토를 한다는 소문을 퍼트렸다. 그리고 스토아 학파의 디오티모스는 에피쿠로스가 술에 취하거나 성적 광란에 빠져 썼다는 음탕한 내용의 편지 50통을 책으로 출판하는 몰인정한 짓을 했다.

이런 비난에도 불구하고 에피쿠로스의 가르침은 널리 전파되었다. 그의 가르침은 마침내 지중해를 건너가서, 시리아와 옛 유대, 이집트, 이탈리아, 갈리아 지역에까지 쾌락을 가르치는 학교가 세워졌으며, 그후로도 500년 동안이나 영향력을 미쳤다. 그러다가 그의 철학은 서양에서 로마 제국 쇠퇴기에 험악한 이방인들과 기독교도들의 적개심에 눌려 점차 자취를 감추게 되었다. 그런 상황에서도 에피쿠로스라는 이름만은 훗날 많은 언어에 형용사 형태로 들어갔다(『옥스퍼드 영어사전』에는 'Epicurean'이 '쾌락 추구에 몰두하는; 그러므로 안일을 좋아하고, 감각적이고, 탐욕스러운'으로 풀이되어 있다).

에피쿠로스가 죽고 2,340년(기원후 2000년)이 흐른 지금 나는 런던의 어느 신문 판매점을 두리번거리다가 우연히 『에피큐리언 라이프』라는 이름의 계간지와 마주쳤다. 호텔과 요트, 식당에 관한 글들이 실려 있고, 종이는 반들반들하게 닦은 사과만큼이나 반짝거렸다.

그리고 에피쿠로스가 품었던 관심의 성격은 우스터셔의 한 작은 마을에 있는 식당 "더 에피큐리언"에 의해서 한층 더 생생하게 암시되는데, 그지없이 조용한 그 식당은 등받이가 높은 의자에 앉은 단골손님들에게 구운 바다 가리비와 이탈리아식 스튜를 내놓는다.

철학의 위안

3

스토아 학파의 디오티모스에서부터 『에피큐리언 라이프』의 편집 인들까지 수많은 세월 동안 에피쿠로스의 철학 하면 떠오르는 것들은 항상 일관성을 띠어왔다. 그것은 "쾌락pleasure"이라는 단어가 언급될 때면 쾌락을 얻는 어떤 삶의 방식이 있음을 입증하는 것이다. "행복한 삶을 위해서 나에게는 무엇이 필요할까?"라는 물음은 돈이 인생의 목적이 아닐 때에는 도전적인 질문과는 거리가 한참 멀다.

그래도 "**건강한** 삶을 위해서 나에게는 무엇이 필요할까?"라는 질문은, 예컨대 저녁식사 후 복부에 격렬한 경련을 느낀다거나 정기적으로 찾아오는 기괴한 두통으로 괴롭힘을 당하고 있다면, 훨씬 더 대답하기 어려운 질문이 될 것이다. 이런 경우 우리는 건강에 분명히 어떤 문제가 있다는 사실을 잘 안다. 그렇지만 그 해결책을 알기는 무척 어려울 수도 있다.

통증에 시달리면 사람들은 거머리, 출혈, 쐐기풀 스튜, 두개골 절개 따위의 이상야릇한 치료방법까지 고려하기 쉽다. 관자놀이, 아니면 뒷골에 찌르는 듯한 통증이 요동칠 때면 두개골 전체가 어

떤 무거운 더미에 짓눌린 듯하다. 머리는 금방이라도 터져버릴 것처럼 느껴진다. 그때 직관적으로 가장 필요하다고 생각되는 것은 당장 두개골 속으로 공기를 불어넣는 일이다. 그래서 통증에 신음하는 사람은 자신의 머리를 테이블 위에 대고 친구에게 옆으로 자그마한 구멍을 뚫어달라고 부탁한다. 그러면 몇 시간 뒤에 그는 뇌출혈로 죽게 된다.

비록 많은 외과병동의 분위기가 칙칙하다고 해도, 훌륭한 의사의 진찰을 받는 것이 일반적으로 권장된다면, 그것은 그저 직감을 따랐던 사람보다는 인간의 육체가 어떻게 작동하는지에 대해서 이성적으로, 그리고 깊이 있게 생각해본 누군가가 건강한 삶을 누리는 방식에 대해서 약간이라도 더 훌륭한 진단과 처방을 내놓을 수 있기 때문이다. 의학은 보통사람들이 자신의 건강 문제로 인해서 당할 수 있는 혼란과, 논리적으로 판단하는 의사들의 보다 정확한 지식 사이에 어떤 계층적인 차이가 존재한다는 것을 전제로 하고 있다. 의사에게는 치명적인 순간에 자신의 육체에 대해서 알지 못하는 환자의 무지를 깨우쳐줄 의무가 있다.

쾌락주의Epicureanism의 핵심에는, "무엇이 나를 건강하게 만들까?"라는 질문 못지않게 "무엇이 나를 행복하게 만들까?"라는 질문에 대해서 직관적으로 대답하는 데에 우리 모두가 서툴다는 생각이

철학의 위안

깔려 있다. 가장 쉽게 머릿속에 떠오르는 대답은 자칫 틀린 대답이 되기 쉽다. 우리의 영혼은 그 자체가 안고 있는 문제를 육체보다 더 명확하게 드러내지 않으며, 직관적인 진단들은 좀처럼 정확하지 않다. 두개골 뚫기는 심리적 자아를 이해하는 것 또한 육체적 자아를 해독하는 일 못지않게 어렵다는 사실을 상징적으로 말해주고 있다.

삶에 만족하지 못하는 한 남자가 있다. 그는 아침에 잠자리에서 일어나기가 무척 어렵고, 표정을 늘 찌푸리고 있고, 가족과도 거리감을 느낀다. 직관적으로 그는 그 원인을 직업을 잘못 선택한 탓으로 돌렸으며, 값비싼 대가를 감수해가면서 그 해결책을 모색하기 시작한다. 그리고 그는 마지막으로 『고대 그리스 마을 들여다보기』를 참조했다.

대장장이   제화공   생선 장수

고기잡이를 하면 행복해질지도 모른다고 성급하게 결정하고서 그 남자는 시장에서 그물과 비싼 진열대를 하나 샀다. 그래도 그의 우울증은 누그러지지 않는다.

에피쿠로스파 시인 루크레티우스의 표현을 빌리면, 우리 인간은 종종 "자신이 앓는 병의 원인을 모르는 병자"와도 같다.

우리가 의사들을 찾는 것은 그들이 육체의 병을 우리보다 더 잘 이해하기 때문이다. 그와 똑같은 이유로, 영혼이 편치 않을 때 우리는 철학자들에게 의지해야 하고 의사와 비슷한 기준에 따라서 그들을 판단해야 한다.

의학의 경우, 육체의 병을 물리치지 못하면 아무런 이점을 주지 못하듯이, 철학 역시 마음의 고통을 물리치지 못하면 소용이 없다.

—『단상』

에피쿠로스의 시각에서 보면, 철학의 임무는 우리 각자가 원인 모를 우울증과 욕망의 충동을 해석하도록 도와주고, 또 그렇게 함으로써 행복을 추구할 때에 그릇된 계획을 세우지 않도록 돌보아 주는 것이었다. 우리 인간은 당장의 충동에 따라서 행동하는 것을 그만두고, 그 대신 에피쿠로스보다 백 년도 더 전에 소크라테스가

에피쿠로스

도덕적 정의들을 평가할 때에 동원했던 것과 비슷한 질문 방식에 따라서 우리의 욕망을 합리적으로 조절할 수 있도록 해야 한다. 에피쿠로스가 약속한 대로, 철학은 우리의 고통을 합리적으로 조절함으로써, 우리의 병을 치유하고 우리를 행복하게 해줄 것이다.

4

그런 소문을 들었던 사람들은 쾌락을 추구했던 철학자들의 진정한 취향을 확인하고는 아마 무척 놀랐을 것이다. 그곳에는 으리으리한 집도 없었다. 음식도 소박했다. 에피쿠로스는 포도주보다는 물을 마셨으며, 빵과 채소와 한줌의 올리브로 꾸며진 만찬으로도 행복해했다. "마음 내킬 때마다 잔치를 베풀 수 있도록 내게 치즈 한 단지를 보내주게"라고 그는 한 친구에게 부탁했다. 쾌락을 인생의 목적으로 그렸던 한 남자의 진솔한 취향은 이러했다.

그는 누군가를 속일 뜻은 전혀 없었다. 쾌락에 대한 그의 애착은 말많은 비판자들이 상상할 수 있었던 것보다 훨씬 더 위대했다. 합리적인 분석 끝에 그는 삶을 쾌락적으로 만드는 실질적인 것이 무엇인가에 대해서 놀랄 만한 결론을 얻었다. 그리하여 큰 수입을 올리지 못하는 사람들에게는 퍽 다행스럽게도, 쾌락의 기본적인 요소들은 비록 손에 넣기는 어렵다고 하더라도, 그렇게 비싸지만은 않은 것으로 여겨지게 되었다.

행복, 에피쿠로스의 구매 리스트

1. 우정

기원전 306년, 서른다섯의 나이에 아테네로 돌아오자마자 에피쿠로스는 평범하지 않은 생활방식을 추구하며 정착을 꾀했다. 그는 아테네의 중심부에서 몇 킬로미터 떨어진 곳에 위치한 시장과 피레우스 항구 사이에 자리잡은 멜리트 지구에 커다란 집을 거처로 정하고 한 무리의 친구들과 함께 그곳으로 이사했다. 메트로도로스와 그의 여동생, 수학자 폴리에누스, 헤르마쿠스, 레온테우스와 그의 아내 데미스타, 그리고 이도메네오스라는 상인(이 사람은 곧 메트로도로스의 여동생과 결혼한다)이 에피쿠로스의 거처에 합류했다. 그 집은 친구들이 각 방을 쓸 수 있을 만큼 공간이 넓었으며, 식사를 함께 하고 대화를 나눌 수 있는 거실까지 있었다. 에피쿠로스는 이렇게 말했다.

> 한 인간이 일생을 행복하게 살 수 있도록 하기 위해서 지혜가 제공
> 하는 것 중에서 가장 위대한 것은 우정이다. ─『주요 교설』

마음 맞는 동료들에 대한 애착이 이러했으므로 에피쿠로스는 사람들에게 절대로 혼자 음식을 먹지 말도록 권했다.

> 먹거나 마시기 전에, 무엇을 먹고 마실지를 생각하기보다는 누구
> 와 먹고 마실 것인가를 조심스레 고려해보라. 왜냐하면 친구 없이
> 식사를 하는 것은 사자나 늑대의 삶이기 때문이다.
>
> ─세네카의 『서한집』에서 인용

에피쿠로스의 식솔들은 대가족을 연상시켰으나, 집안에는 우울한

기분이나 구속감은커녕 호감과 친절만이 가득했다.

우리 인간은 자신이 존재하고 있음을 지켜봐줄 누군가가 없다면, 존재하지 않는 것이나 마찬가지이다. 우리가 내뱉는 말은 다른 누군가가 이해할 수 있을 때까지는 아무런 의미를 가지지 못한다. 그리고 친구들에게 둘러싸여 지낸다는 것은 끊임없이 우리의 정체성을 확인받는 것이다. 친구들은 우리를 알아주고 돌봄으로써 우리에게 무력함에서 벗어날 수 있는 힘을 불어넣는다. 많은 친구들은 짧은 말로나마(그중 상당수는 우리를 괴롭히는 말들이지만) 우리의 단점을 지적해줄 뿐만 아니라 그런 단점을 기꺼이 받아들이기까지 한다는 점을 밝히고, 그렇게 함으로써 서로가 이 세상에서 설자리를 확보하고 있음을 확인한다. 친구들에게 "그 사람 참 무섭지 않아?"라든가 "너는 이런……느낌을 받지 않았어?"라는 질문을 던지면, "뭐, 별로"라는 시큰둥한 대답보다는 이해한다는 대답을 들을 수 있다. 혹시 시큰둥한 반응을 듣기라도 하면, 우리는 무리 속에 섞여 있을 때조차도 극지極地를 여행하는 탐험가만큼이나 극심한 외로움을 느끼게 된다.

진정한 친구들은 절대로 우리를 세속적인 잣대로 평가하지 않으며, 그들이 관심을 가지는 것은 우리의 내면적인 자아이다. 이상적인 부모처럼, 우리를 향한 친구들의 사랑은 우리의 외모나 사회적인 지위에 전혀 영향을 받지 않을 수 있다. 그래서 우리는 친구 앞에서는 낡은 옷을 걸치거나, 올해는 돈을 거의 벌지 못했다는 사실을 밝히면서도 전혀 불안을 느끼지 않는다. 아마 부에 대한 욕망도 호화로운 생활을 향한 단순한 갈증으로만 이해해서는 곤란할 것이다. 더 중요한 동기는 다른 사람의 좋은 평가를 받고 싶고 훌륭한 존재로 대접받고 싶은 마음일 수도 있다. 우리는 단지, 만약 돈을 모으지 않았더라면, 우리를 무시했을 사람들로부터 존경심과 관심을 끌어내려는 이유만으로도 부를 추구할 수 있을 것이다. 에피쿠로스는 삶의 기초가 되는 우정의 필요성을 인식하면서 진정한 친구는 큰 재산으로도 얻을 수 없는 사랑과 존경을 베푼다는 점을 인정했다.

2. 자유

에피쿠로스와 그의 친구들은 두 번째 급진적인 변화를 일궈냈다. 그들은 자신들이 좋아하지 않는 자들을 위한 일을 하지 않기 위해서, 그리고 자기들에게 치욕을 안겨줄지도 모르는 변덕스러운 자들의 요구를 들어주지 않기 위해서 아테네 상업 세계의 고용관계에서 자신들을 제외시키고("우리는 일상과 정치라는 감옥으로부터 스스로를 해방시켜야 한다"), 독립을 누리는 대가로 보다 검소한 생활방식을 택하면서 일종의 공동체라고 할 수 있는 새로운 생활을 시작했다. 그들이 가진 돈은 보잘것 없었을지 몰라도 대신 그들은 다시는 불쾌한 상관들의 명령을 따르지 않아도 되었다.

그래서 그들은 집 근처의 옛 디필론 문에서 약간 떨어진 곳에 정원을 사서 찬거리로 약간의 채소들을 가꾸었다. 아마도 양배추, 양파, 키나라(오늘날의 아티초크의 조상으로, 아랫부분은 먹을 수 있지만, 껍질은 먹지 못하는 식물) 같은 것을 재배했을 것이다. 그들의 식단은 호화롭지도 않았고 풍성하지도 않았지만, 먹음직스럽고 영양이 풍부한 음식으로 채워졌다. 에피쿠로스가 친구 메노이케우스에게 설명했듯이, "[현명한 사람은] 가장 많은 양의 음식이 아니라 가장 맛있는 음식을 선택한다."

그러한 소박함은 친구들의 위신에 전혀 영향을 미치지 못했는데, 그 이유는 아테네가 중히 여기는 가치들로부터 거리를 둠으로써 그들은 더 이상 물질적인 기준으로 자신들을 판단하지 않았기 때문이다. 집의 담을 높이 쌓지 않는다고 해서 걱정할 필요도 없었고, 황금을 자랑삼아 내보여도 아무런 이득이 없었다. 아테네의 정치적, 경제적 중심에서 벗어난 곳에 사는 친구들 사이에서는, 서로에게—경제적 의미에서—입증해 보일 것은 아무것도 없었다.

3. 사색

불안을 다스리는 데는 사색보다 더 좋은 처방은 없다. 문제를 글로 적거나 대화 속에 늘어놓으면서 우리는 그 문제가 지닌 근본적인 양상들을 직접 확인할 수 있다. 그리고 그 문제의 본질을 파악함으로써 우리는, 비록 문제 그 자체는 아니라고 하더라도, 부차적으로 일어날 수 있는 부정적인 것들, 말하자면 혼란, 배제, 마음의 고통 등을 예방할 수 있다.

에피쿠로스의 공동체가 널리 알려지게 되면서, 그 "정원"에서 사색하고 토론하기를 원하는 사람들이 늘어났다. 에피쿠로스의 친구들 중 상당수는 작가였다. 디오게네스 라에르티오스에 따르면, 한 예로 메트로도로스는 12권의 저작을 남겼는데, 그중에는 지금은 전해지지 않는『지혜의 길』과『에피쿠로스의 허약한 건강에 관하여』가 있었다고 한다. 멜리트에 있던 그 집의 공동 휴게실과 채소밭에서는 지적이고 동정심 넘치는 사람들이 둘러앉아서 여러 가지 문제들에 관해서 토론하는 자리가 계속되었을 것이다.

에피쿠로스는, 자신은 물론이고 친구들이 돈, 질병, 죽음, 그리고 초자연에 대한 두려움들을 분석하는 데에 지대한 관심을 보였다. 누구도 죽음을 면할 수 없는 인간의 운명에 대해서 합리적으로 생각해본다면, 죽음 뒤에는 망각밖에 없다는 것을 깨닫게 될 것이라고, 그리고 "실제로 일어날 시점에 아무 문제도 야기하지 않을 어떤 일(죽음/역주)을 두고 미리 걱정하는 것은 부질없는 짓"이라고 에피쿠로스는 주장했다. 인간이 결코 경험하지 못할 어떤 상태를 두고 미리 자신을 놀라게 하는 것은 어리석은 짓이다.

> 삶이 지속되지 않을 죽음 이후에는 전혀 무서워할 것이 없다는 사실을 진정으로 이해한 사람에게는 삶 또한 무서워할 것이 하나도 없다. ─『메노이케우스에게 보내는 서한』

냉정한 분석은 마음을 평온하게 만들었다. 그런 마음은 에피쿠로스의 친구들에게 "정원" 밖의 무분별한 환경 속에서 살았다면 그들을 괴롭혔을지도 모를 많은 내밀한 어려움을 피할 수 있도록 해주었다.

철학의 위안

부유하다는 것이 누군가를 비참하게 만드는 것은 물론 아니다. 그러나 에피쿠로스가 펼쳤던 주장은, 만약 우리에게 돈은 있는데 친구와 자유, 사색하는 삶이 없다면, 우리는 결코 **진정으로 행복할 수 없을 것**이고, 비록 부는 얻지 못한다고 하더라도, 친구와 자유, 사색을 누린다면 우리는 **결코 불행하지 않을 것**이라는 것이다.

행복하기 위해서 꼭 갖춰야 하는 요소가 무엇인지, 그리고 굳이 가지고 있지 않더라도 그다지 서운해하지 않고 지낼 수 있는 것들에는 어떤 것이 있는지를 극명하게 보여주기 위해서 에피쿠로스는 행복에 필요한 것들을 3개의 범주로 나누었다.

욕망에 대해서 말하자면, 어떤 것들은 자연스럽고 또 필요하다. 또 다른 것들은 자연스럽기는 하지만 불필요하다. 그리고 자연스럽지도 않고 필요하지도 않는 욕망이 있다.
　　　　　　　　　　　　　　　　　　　　　　　　　　　　　　—『주요 교설』

행복에 필수적인 것과 그렇지 않은 것

자연스럽고도 필요한 것	자연스럽기는 하지만 필요하지 않는 것	자연스럽지도 않고 필요하지도 않는 것
• 우정 • 자유 • (불안을 만드는 주요 근원인 죽음, 질병, 빈곤, 미신에 대한) 사색 • 의식주	• 좋은 집 • 개인용 목욕시설 • 연회 • 하인 • 생선, 육류	• 명성 • 권력

돈을 벌지 못하거나, 가진 돈을 잃을까 노심초사하는 사람들에게 에피쿠로스의 세 가지 분류는 행복이란 몇몇 복합적인 심리적 재산에 크게 좌우되는 것이지, 물질적인 결과물과는 상대적으로 관계가 적다는 점을 암시하는 것이었다. 물질적으로는 따뜻한 옷 몇 벌과 거처할 만한 공간, 그리고 먹을 음식을 구입할 수 있는 수단 정도만 있으면 충분하다는 주장이었는데, 이는 행복을 훌륭한 재정적 설계의 산물로 생각하고 비참함을 낮은 수입과 동일시했던 사람들을 사색하도록 자극하기 위해서 중요도 순서로 구상했던 목록이었다.

돈과 행복의 관계를 에피쿠로스적인 시각에서 그래프로 그려보면, 돈이 행복을 안겨주는 능력은 급여가 낮을 때에는 강력한 힘을 발휘하지만, 일정 수준에 도달했을 때에는 더 이상 증가하지 않는다. 경비를 더 많이 지출한다고 해서 행복이 멈추는 것은 아닐 테지만, 제한된 소득으로 사는 사람들에게 허용된 행복의 수준

친구와 자유 같은 것을 가진 사람의 경우에 행복과 돈의 관계

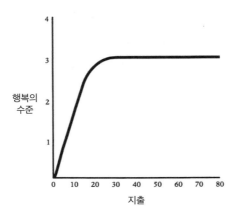

철학의 위안

을 결코 넘어서지는 못할 것이라고 에피쿠로스는 주장했다.

이 분석은 행복에 대한 특별한 이해를 바탕으로 하고 있다. 에피쿠로스의 시각으로 보면, 우리는 실제로 고통을 당하지 않는다면, 언제나 행복하다. 만약 영양분이나 옷이 부족하다면 실제적인 고통을 당하기 때문에, 우리에게는 그런 것들을 살 만큼의 충분한 돈이 반드시 있어야 한다. 그렇지만 고통이라는 단어는 너무나 강렬할 것이기 때문에, 고급 캐시미어 스웨터를 입을 형편이 되지 않아 평범한 카디건을 걸쳐야 할 때나, 바다 가리비 대신에 샌드위치를 먹어야 하는 상황을 묘사하는 데는 적절한 단어가 아니다. 그래서 이런 주장이 나온 것이 아닐까?

 결핍에서 오는 고통만 제거된다면, 검소하기 짝이 없는 음식도 호
 화로운 식탁 못지않은 쾌락을 제공한다.

                                    ―『메노이케우스에게 보내는 서한』

다음의 오른쪽 그림 또는 왼쪽 그림과 같은 식사를 정기적으로 하고 안 하고는 우리의 마음의 상태를 결정하는 주요한 요인이 될 수 없다.

육식에 대해서 말할 것 같으면, 그것은 우리의 타고난 스트레스를 전혀 누그러뜨리지 못할뿐더러 어떤 욕망을, 말하자면 채워지지 않을 경우에는 고통을 수반할 그런 욕망을 달래주지도 못한다.……육식이 기여하는 것은 삶의 부양이 아니고, 이를테면 이국의 포도주를 마시는 것처럼 쾌락의 변주인데……우리의 본성은 그런 것들 없이도 잘 활동할 수 있다.

—『절제에 관하여』에서의 에피쿠로스의 견해에 대한 포르피리오스의 기록

이처럼 에피쿠로스가 사치품을 폄하하는 것을, 헬레니즘 시대 그리스의 발달되지 않은 경제 조건에서 부유한 사람들이 누릴 수 있었던 생산품의 종류가 변변치 않았던 탓으로 돌리는 것도 그럴듯한 설명이 될 수 있다. 그러나 에피쿠로스의 주장은 그 뒷 시대의 생산품에서 느끼는 행복과 가격의 비율에 나타나는 불균형에도 여전히 유효할 수 있을 것이다.

최고급 자동차를 가졌다고 하더라도 친구가 없다면, 훌륭한 별장을 소유했다고 하더라도 자유를 만끽하지 못한다면, 리넨 시트를 가졌다고 하더라도 고민이 너무 많아 잠을 이룰 수 없다면, 우리는 결코 행복하지 못할 것이다. 가장 기본이 되는 비물질적인 요소들을 갖추지 못하는 한, 행복 그래프의 선은 줄곧 낮은 곳에 머물 것이다.

필요하지 않은 물건을 사는 일을 피하기 위해서, 또 살 수 없는 것들에 대한 미련을 떨치기 위해서 우리는 값비싼 물건을 갈망하는

친구와 자유 같은 것을 가지지 못한 사람의 경우에 행복과 돈의 관계

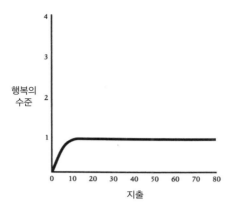

순간에 그것을 사는 것이 옳은지를 자신에게 엄숙히 물어야 한다. 우리는 장래에 있을 행복의 정도를 측량하기 위해서 우리의 욕망이 현실이 되는 그 순간으로 우리 자신을 투사해놓고 일련의 사고실험을 거쳐야 한다.

> 모든 욕망에는 다음과 같은 조사방법이 적용되어야 한다. 내가 갈 망해마지않는 것들이 성취될 경우, 나에게는 어떤 일이 벌어질까?
>
> 만약 그 욕망이 이뤄지지 않을 경우에는, 어떤 일이 일어날까?
>
> ─『바티칸 어록』•

구체적인 예는 전해오지 않지만, 그 조사방법은 적어도 다섯 단계는 넘었을 것임에 틀림없고, 교육용 책자나 요리책자의 언어로도 아무 문제 없이 묘사할 수 있었을 것이다.

• 바티칸 교황청 도서관의 14세기 문서에 기록되어 있는 에피쿠로스와 에피쿠로스 주의자들의 말들의 컬렉션. 그중 일부는 『주요 교설』과 중복된다/역주

1. 행복을 위한 설계를 한 가지 세워라.

   • 휴일에 행복해지기 위해서 나는 별장에 살아야 한다.

2. 그 설계가 잘못일 수도 있다고 상상해보자. 욕망의 대상과 행복
   을 연결하는 것에서 예외적인 것들을 찾아보라. 욕망의 대상을
   소유해도 행복해지지 않을 수 있는 사람이 있지 않을까? 욕망의
   대상을 소유하지 않고도 행복해질 수 있는 사람이 있지 않을까?

   • 별장을 구입하는 데에 돈을 쓰고도 여전히 불행할 수도 있지 않을까?
   • 별장에 그렇게 많은 돈을 쏟아붓지 않고도 휴일에 행복할 수 있지 않을까?

3. 한 가지 예외라도 발견된다면, 그 욕망의 대상은 행복의 필요충
   분조건이 될 수 없다.

   • 예컨대 친구가 없어서 외로움을 느낀다면, 별장에서도 비참한 시간을 보
     낼 수 있다.
   • 예컨대 사랑하는 누군가와 함께하거나, 나라는 존재가 누군가로부터 높
     은 평가를 받고 있다고 느낀다면, 나는 텐트에 묵더라도 행복할 수 있다.

4. 행복을 엮어내는 데에 정확성을 기하기 위해서, 최초의 설계는
   지금까지 나타난 예외까지 고려하여 수정되어야 한다.

철학의 위안

- 호화 별장에서 나는 행복해질 수 있다. 다만, 그 행복은 사랑하는 누군가와 함께 있고 내가 누군가로부터 좋은 평가를 받고 있다는 기분을 느끼느냐 여부에 달려 있다.
- 사랑하는 누군가와 함께 있고 내가 누군가로부터 좋은 평가를 받고 있다는 기분을 느끼는 한에서, 나는 별장에 많은 돈을 투자하지 않고도 행복할 수 있다.

5. 이제 진짜 필요한 것은 혼란스러웠던 애초의 욕망과는 매우 다른 것인 것 같다.

- 행복은 훌륭하게 장식한 별장보다는 마음이 맞는 친구가 있느냐에 더 많이 좌우된다.

엄청난 부의 소유도 영혼의 동요를 해결하지도 못하고, 큰 기쁨을 낳지도 못한다.

5

그렇다면 값비싼 물건들이 크나큰 기쁨을 안겨주지 못하는데도, 우리가 그런 것들에 그렇게 강하게 끌리는 이유는 무엇일까? 그것은 자신의 두개골 옆면에 구멍을 뚫게 만든 편두통 환자가 저지른 것과 비슷한 오류 때문이다. 말하자면 값비싼 물건들이, 우리에게 진짜 필요한 것은 따로 있는데도 그것이 무엇인지 정확하게 이해하지 못할 때에 그럴듯한 해결책으로 느껴지기 때문이다. 물건들은 우리가 심리적 차원에서 필요로 하는 어떤 것들을 마치 물질적 차원에서 확보하는 듯한 환상을 준다. 우리는 자신의 마음을 다시 정리할 필요가 있는데도 그렇게 하지는 않고, 새로운 물건이 진열된 선반으로 끊임없이 이끌린다. 우리는 친구들의 우정 어린 충고 대신에 캐시미어 카디건을 구입한다.

이러한 혼돈의 책임을 전적으로 우리가 짊어질 필요는 없다. 우리에게 진정으로 필요한 것이 무엇인지를 우리가 제대로 이해하지 못하고 있는 현실은, 에피쿠로스의 표현을 빌리자면, 우리를 둘러싸고 있는 사람들의 "쓸데없는 의견들"로 인해서 더욱 악화된다. 그런 의견들은 우리에게 필요한 것들의 우선순위를 반영하지 못하고 호화스러움과 부富만을 내세울 뿐, 우정이나 자유, 사색은 좀처럼 강조하지 않는다. 쓸데없는 의견들이 널리 횡행하는 것은 결코 우연이 아니다. 우리에게 필요한 것들의 우선순위를 왜곡하고, 행복의 물질적 환상을 높이 평가하는 한편, 잘 팔리지 않는 것은 경시하게 만드는 것이 영리를 추구하는 기업들의 생리이다.

그리고 영리를 추구하는 기업들이 우리를 유혹하는 방식을 보면, 우리에게 진정으로 필요하지만, 까마득히 잊고 있었던 그 어떤 것과 잉여 생산품을 교활하게 연결시키는 전략을 활용한다.

우리가 결국 구입하는 것은 지프일 것이다. 그러나 에피쿠로스의 입장에서 보면, 그것은 우리가 추구해왔던 자유이다.

우리가 구입하는 것은 아페리티프aperitif(식사 전에 마시는 술/역주)일 것이다. 그러나 에피쿠로스의 입장에서 보면, 그것은 우리가 찾고 있었던 우정이다.

우리가 구입하는 것은 멋진 목욕탕과 목욕 도구일 것이다. 그러나 에피쿠로스의 입장에서 보면, 그것은 우리에게 평온을 가져다주는 사색이다.

철학의 위안

사치스러운 이미지들의 힘을 깨뜨리기 위해서 에피쿠로스는 홍보의 중요성을 통찰했다.

120년대, 소아시아 남서쪽 귀퉁이에 있던 인구 1만 명의 도시 오이노안다의 중심에 자리잡은 장터에 길이 80미터, 높이 4미터의 거대한 석벽이 세워졌는데, 장을 보러 나온 사람들의 관심을 끌기 위해서 거기에는 에피쿠로스의 슬로건들이 새겨졌다.

> 사치스러운 음식과 음료들은······절대로 해악에서 자유롭게 하지 못하고 육신에 건강을 가져다주지 못하리라.
>
> 누구나 필요 이상의 부는, 물이 흘러넘치는 물동이에 붓는 물만큼 이나 소용없는 것으로 보아야 한다.
>
> 진정한 가치는 극장과 목욕탕, 향수, 연고······따위에 의해서 생기는 것이 아니라 자연과학에 의해서 생겨난다.

그 석벽을 세우는 비용은 오이노안다에서 가장 부유했던 시민 중 한 사람인 디오게네스가 부담했는데, 그가 그렇게 한 이유는 에피쿠로스와 그의 친구들이 아테네에서 "정원"을 연 지 400년이나 지난 시점에 자신이 에피쿠로스의 철학에서 발견한 행복의 비결을 동료 시민들과 나누어 즐기기 위해서였다. 그 석벽의 한쪽 귀퉁이에 그는 이렇게 설명했다.

> 이미 인생의 황혼녘에 다다른 마당에 (늙은 나이 때문에 이 세상을 하직할 시점에 거의 닿아 있는) 나는 원하노라. 죽음이 덮치기 전에 쾌락의 충만함을 축하할 훌륭한 송가를 하나 만들어 마음이 차분하게 정리된 사람들을 돕기를, 그런데 오직 한 사람 혹은 둘, 셋, 넷, 다섯 아니면 여섯 명만이······어려움에 처해 있다면, 나는 개인적으로 일일이

찾아다니면서 그 문제에 대해서 의견을 나눠야겠지만……대다수
의 사람들이 마치 전염병에 걸린 것처럼 사물에 대한 그릇된 관념
이라는 공통의 질병을 앓고 있는 데다가 그 숫자가 점점 늘어나고
있기 때문에……(그 이유는 사람들이 마치 양들처럼 서로 흉내를 내면서 서
로에게서 그 질병을 옮기 때문이다) 나는 그런 사람들에게 구원을 가져
다줄 약을 공개적으로 광고하는 데에 이 스토아를 이용하고 싶다.

그 거대한 석회암 벽은 에피쿠로스 사상의 전모를 전파하는 단어
를 2만5,000개 정도 사용하여 우정의 중요성과 근심을 분석하는
작업의 중요성을 설파했다. 오이노안다의 가게에서 물건을 사던
주민들은 자신들의 행위로부터 그다지 행복을 얻지 못할 것이라
는 경고를 조목조목 들어야 했다.

우리 인간이 그토록 쉽게 암시에 걸려드는 존재가 아니라면, 아마
광고가 그처럼 널리 유행하지는 못했을 것이다. 물건들이 아름답

철학의 위안

게 진열되어 있으면, 우리는 그것을 가지기를 원하고, 그러다가 그 물건이 흔해지거나 좋은 평가를 받지 못하게 되면 금방 관심을 잃어버리고 만다. 루크레티우스는 "우리 자신의 분명한 분별력에 의해서가 아니라 풍문에 의해서" 필요한 물건을 결정하는 방식을 개탄했다.

불행하게도, 이 세상에는 사치스러운 생산품과 비용이 많이 드는 생활환경을 선택하도록 유혹하는 이미지가 흘러넘치는 반면에, 검소한 분위기나 검약을 실천하는 개인들은 매우 부족하다. 우리는 소박한 희열, 말하자면 어린이와 어울려 즐기는 놀이나 친구와의 대화, 오후의 햇살, 깨끗한 집, 갓 구운 빵에 치즈를 바르는 행위("마음 내킬 때마다 잔치를 베풀 수 있도록 내게 치즈 한 단지를 보내주게") 등에 정성을 쏟으라는 권고는 좀처럼 듣지 못한다. 잡지 『에피큐리언 라이프』가 찬양하고 있는 것들도 결코 이런 것들이 아니다.

예술이 이런 편견을 바로잡아줄 수 있을지도 모른다. 루크레티우스는 너무나도 훌륭한 고대 로마의 시구詩句를 통해서 우리가 값싼 물건에서도 쾌락을 느낄 수 있도록 도와줌으로써 소박함에 대한 에피쿠로스의 지적 옹호에 힘을 실어주었다.

우리는 육체적 본성이 요구하는 것들이야말로 참으로 보잘것없다는 사실을 깨달았노라. 겨우 고통을 떨치고, 스스로에게 많은 즐거움을 줄 정도면 충분하구나. 본성은 그것 이상으로 더 많은 만족을 주는 것은 절대로 추구하지 않노라. 깊은 밤까지 이어질 연회를 밝힐 횃불을 오른손에 든 젊은이들의 모습이 새겨진 황금 조각상이

집에 없어도 우리의 본성은 아무런 불만을 터뜨리지 않노라. 현관의 넓은 방이 은으로 반짝거리지 않거나 황금으로 번들거리지 않는다고 해서 또 류트 가락에 여린 울림으로 반향할 금박 서까래가 없다고 해서 무엇이 그리 문제가 될 것인가. 커다란 나무 가지들 아래로 졸졸 흐르는 시내 옆의 부드러운 풀밭에 사람들이 무리지어 드러누워, 별로 돈을 들이지 않고도 자신의 몸을 상쾌하게 가꿀 때면 본성은 결코 이런 호사스러움을 놓치지 않으리라. 날씨까지 그들을 향해서 미소 짓고, 계절이 푸른 초원을 꽃들로 점점이 장식할 때라면 금상첨화가 아니겠는가. —『만물의 본성에 대하여』

그리스-로마 세계의 상행위에 루크레티우스의 시가 미친 영향을 측정하기는 어렵다. 또 오이노안다에서 물건을 샀던 사람들이 도심에 버티고 있던 거대한 "광고탑"으로 인해서 자신들에게 진정으로 필요한 것들이 어떤 것인지를 깨닫고 물건 사기를 포기했는지 또한 알기는 어렵다. 그렇지만 에피쿠로스파의 홍보 운동이 제대로 먹힌다면, 글로벌 경제의 폐해를 경고하는 힘을 가질 수도 있을 것이다. 그 이유는, 에피쿠로스의 시각에서 보면, 대부분의 상업 활동이야말로 진정으로 필요한 것들이 무엇인지를 모르는 사람들의 마음속에 도사리고 있는 불필요한 욕망을 자극하기 때문에, 보다 성숙한 자기인식과 소박함에 대한 존중이 확산될 경우 소비 수준은 결국 크게 위축될 것이 분명하기 때문이다.

삶의 본연의 목적이라는 잣대로 측정하면, 빈곤은 거대한 부이고 무한한 부는 거대한 빈곤이다. —『바티칸 어록』

철학의 위안

이 말은 우리를 선택의 기로에 서도록 만든다. 한쪽에는 불필요한 욕망을 자극하기는 하지만 그 결과로 거대한 경제력을 획득하는 사회가 있고, 다른 한쪽에는 꼭 필요한 물질적 욕구만 만족시킬 뿐 생활수준은 그야말로 생존의 차원 이상으로는 결코 끌어올리지 못하는 에피쿠로스적인 사회가 있다. 에피쿠로스적인 세상에서는 절대로 기념비적인 일들이 없고 기술 발전도 없으며 먼 대륙과 교역을 할 동기도 별로 없다. 사람들이 자신에게 필요한 것들을 얻는 데에 많은 제한을 받는 사회는 당연히 자원이 넉넉하지 않은 사회일 것이다. 그러나 이 철학자를 믿는다면, 그런 사회는 그럼에도 불구하고 불행하지 않을 것이다. 루크레티우스는 그런 선택을 효과적으로 표현했다. 에피쿠로스적인 가치가 없는 세상에서는,

> 인류는 영원히 무의미하고 무익한 고통의 희생자가 된다. 물건의 구입이나 순수한 쾌락의 증대에 어떤 제한이 있다는 사실을 모르는 탓에, 쓸데없는 불안으로 안달복달한다.　　―『만물의 본성에 대하여』

그렇지만 그와 동시에,

> 꾸준히 삶을 앞으로, 파도 거센 바다를 헤치고 나아가도록 몰아붙였던 것도 바로 이런 불안이었다.……　　―『만물의 본성에 대하여』

우리는 에피쿠로스의 반응을 상상할 수 있다. 먼 바다를 향한 인간의 모험이 제아무리 인상적이라고 해도, 그 모험의 공적을 평가하는 유일한 기준은 그 모험이 고취한 쾌락이다.

　　기분을 모든 선한 것을 판단하는 기준으로 삼으면서, 우리가 의지

하는 것은 쾌락이다.　　　　　─『메노이케우스에게 보내는 서한』

그리고 사회적 부의 축적이 행복의 증대를 보증하는 것처럼 보이지 않기 때문에, 에피쿠로스는 값비싼 재화들이 만족시켜줄 수 있는 욕구들은 우리 인간의 행복을 좌우할 그런 욕구가 될 수 없다는 점을 암시하고 있는지도 모른다.

6

행복, 구매 리스트

1. 오두막 한 채.

2.

3. 우월감과 거만함, 내분, 경쟁 등을 피하는 것.

4. 사색.

5. 조반니 벨리니의 「마돈나」의 환생. 그녀의 우울한 표정은 노골
   적인 유머 감각이나 자연스러움과는 어긋나며, 그녀는 수수한
   백화점의 할인 코너에서 구입한, 인조 섬유 옷을 걸칠 것이다.

행복은 이루기 어려울지도 모른다. 행복을 가로막는 주요한 장애
는 대부분 금전적인 것이 아니다.

3장

좌절한 존재들을 위하여

1

「소크라테스의 죽음」을 그리기 13년 전, 자크-루이 다비드는 역시 친구들과 가족들이 이성을 잃고 흐느끼는 가운데 너무나 평온하게 최후를 맞이했던 또다른 고대 철학자에게 주목했다.

다비드가 스물다섯 살이 되던 1773년에 그린 「세네카의 죽음」은 65년 4월 로마 외곽의 별장에서 일어난 한 스토아 철학자의 마지막 순간들을 묘사했다. 몇 시간 전에 "세네카•"는 즉시 스스로 목

- 기원전 4?-기원후 65. 스페인 태생. 아우구스투스(재위, 기원전 27-기원후 14), 티베리우스(재위, 14-37), 칼리굴라(재위, 37-41), 클라우디우스(재위, 41-54), 네로(재위, 54-68)의 치세를 겪은 철학자, 정치가, 연설가, 비극작가. 네로 초기에는 동료들과 함께 네로의 어머니이자 섭정인 소(小) 아그리피나의 후원하에서 로마를 실질적으로 통치했다/역주

숨을 끊어야 한다"는 황제의 명령서를 가지고 백부장百夫長이 그의 집에 도착한 터였다. 스물여덟 살의 네로 황제를 권좌에서 몰아내려는 음모가 탄로나자 황제는 고삐 풀린 말처럼 광적으로 날뛰면서 무자비한 복수를 자행하던 중이었다. 세네카가 그 음모에 가담했다는 증거를 잡지도 못했고, 또 5년 동안 황제의 가정교사로 일한 데에 이어 10년 동안 충성스러운 보좌역을 맡았지만, 네로는 후환이 두려웠던지 그에게 죽음을 명령했다. 그때 이미 네로는 의붓동생이자 매제인 브리탄니쿠스와 어머니 아그리피나,* 그리고 아내 옥타비아를 살해했으며, 많은 원로원 의원들과 기사들(에퀴테스)을 악어와 사자의 밥으로 던져버렸다. 그리고 64년 대화재 때는 로마가 잿더미로 변하는 동안 노래를 불렀다.

세네카의 동료들은 네로의 명령을 눈치채고는 얼굴이 창백해지면서 흐느끼기 시작했다. 그래도 세네카는, 타키투스(55?-117? 역사가. 97년에 집정관이 되었다. 로마 제정을 비판하는 역사서 등을 저술했다/역주)가 남긴 설명과 다비드의 해석에 따르면, 전혀 동요하지 않은 채

• 15-59. 네로의 어머니인 아그리피나는 아우구스투스의 손녀인 대(大) 아그리피나의 딸로서 소(小) 아그리피나라고 하며, 클라우디스 황제의 셋째 부인인 메살리나(22?-48)와 함께 역사상 악명이 드높다. 그녀는 칼리굴라("작은 군화"라는 뜻)와 남매지간이다. 그녀는 악행과 음행을 일삼던 메살리나가 처형당한 후 삼촌인 클라우디우스와 세 번째 결혼을 하는데, 네로는 그녀의 첫 남편의 소생이다. 황후가 된 후에 클라우디우스 황제(그녀가 독살했다는 설이 있다. 역시 두 번째 남편도 독살했다고 한다)를 설득하여 네로를 그의 후계자로 삼았고, 네로가 16세로 즉위하자 섭정이 되었으나, 네로가 친정하게 되자 권력을 잃고 쿠데타를 꾀하다가 결국 아들의 손에 죽임을 당한다. 브리탄니쿠스와 옥타비아는 메살리나와 클라우디스의 자식이다. 옥타비아는 네로의 의붓여동생이었으나, 아내가 되었다/역주

친구들의 눈물을 나무라면서 도리어 용기를 북돋우려고 애썼다.

그들의 철학은 다 어디로 갔는가라고 그는 물었다. 그리고 눈앞에 닥치는 불행에 맞서겠다던 그들의 결심은, 그렇게 오랜 세월 서로 격려해온 그들의 결심은 어떻게 되었단 말인가? "네로가 잔혹하다는 사실을 몰랐던 사람은 아무도 없거늘!" 그리고 덧붙였다. "자기 어머니와 형제를 죽인 마당에 자기 선생과 가정교사를 죽이는 것은 시간문제일 뿐이었네."

ㅡ『타키투스』

세네카는 아내 파울리나 쪽으로 몸을 돌려 그녀를 부드럽게(타키투스의 표현에 따르면 "그의 철학적 태연함과는 매우 다르게") 포옹하면서 남편이 훌륭한 삶을 살아왔다는 데에서 위안을 얻으라고 당부했다. 그래도 그녀는 남편 없는 삶을 받아들일 수 없었기 때문에 남편에게 자신의 정맥을 끊도록 허락해달라고 부탁했다. 세네카는 아내의 소원을 거절하지 않았다.

나는 더할 나위 없이 훌륭한 본보기가 될 그대의 무대를 시샘하지 않겠소. 우리 둘은 똑같이 꿋꿋하게 죽음을 맞이할 수 있을 거요. 비록 당신의 죽음이 좀더 숭고하지만 말이오.

ㅡ『타키투스』

그러나 황제의 악명이 더 높아지는 것을 원하지 않았기 때문에 파울리나가 정맥에 칼을 들이댄 것을 눈치챈 황제의 근위병들은 그녀의 뜻을 무시하고 칼을 빼앗고는 팔목에 붕대를 감았다.

세네카의 자살도 순조롭지 않았다. 나이가 든지라 발목과 무릎 뒤쪽의 정맥을 끊었으나, 피가 빨리 흘러나오지 않았다. 그래서 세네카는 464년 전 아테네에서 있었던 한 죽음을 떠올리면서 의사에게 독약을 달라고 부탁했다. 철학으로 외부환경을 극복해야 할 상황이 벌어질 경우, 소크라테스의 모범을 따르리라던 생각을 그는 오랫동안 품어왔던 터였다(그리고 네로의 명령이 내려지기 몇 년 전에 쓴 편지에서 그는 소크라테스에 대한 자신의 찬양을 피력했다).

> 그는 가정에서 수많은 시련을 겪었다. 태도가 거칠고 앙앙거리는 말투의 아내나 그의 자녀들을 생각해보라.……그는 또한 전쟁 아니면 압제자의 폭압 아래에서 살았으나……이런 모든 조건들도 소크라테스의 영혼에는 거의 영향을 미치지 못했으며, 심지어 그의 얼굴 표정을 구기지도 못했다. 얼마나 멋있고 희귀한 인격인가! 그는 이런 태도를 끝까지 견지했는데……운명의 여신이 온갖 훼방을 놓았음에도 불구하고, 그는 전혀 동요하지 않았다.   —『도덕에 관한 서한』

그러나 아테네 철학자의 예를 따르려던 세네카의 소망은 이루어지지 않았다. 독약까지 마셨건만, 아무런 효과가 나타나지 않았던 것이다. 두 번의 헛된 시도 끝에 마침내 그는 자신을 증기탕 안에 넣어달라고 요구했고, 거기서 그는 고통스럽지만 평정을 잃지 않은 채 운명의 여신의 훼방에도 전혀 동요하지 않은 채 서서히 질식해 죽어갔다.

그 장면을 다비드가 로코코식으로 해석한 것은 처음도 아니었고, 또 그의 해석이 가장 훌륭한 것도 아니었다. 다비드의 그림에 나타난 세네카는 죽어가는 철학자라기보다는 드러누우려는 군사령관의 모습에 더 가깝다. 드러난 오른쪽 젖가슴을 앞으로 내밀고 있는 그의 아내 파울리나의 옷차림은 제정 로마 시대보다는 19세기에 그랜드 오페라를 관람하러 나선 옷차림으로 보인다. 그러나 아무리 어색하다고 하더라도, 그 순간에 대한 다비드의 표현은 그 당시 로마 사람들이 세네카의 비통한 죽음을 견뎌낸 방식에 대한 기나긴 찬양의 역사와 잘 조화를 이룰 수 있었다.

루아세 리에데, 1462

루벤스, 1608

후세페 리베라, 1632

루카 조르다노, 1680?

세네카는 자신의 희망이 갑작스럽게 현실과 극단적인 갈등을 빚을 때에도 결코 의지박약한 모습을 보이지 않았다. 현실의 강요에도 위엄으로 맞섰던 것이다. 다른 스토아 사상가들과 더불어 세네카는 자신의 죽음을 통해서 "철학적"이라는 단어와 재앙에 대한 냉정하고 중용적인 접근 사이에 어떤 영속적인 연결을 창조하는 데에 이바지했다. 처음부터 그는 **철학**을 각자의 희망과 현실 사이의 괴리를 극복하려는 인간을 도와주는 수양으로 인식했다. 타키투스가 기록했듯이. 슬퍼하는 동료들에게 세네카가 보인 반응은, 결국 그 두 가지 반응이 기본적으로는 같은 것이지만, 하나는 그들의 **철학**을 어디에다 내팽개쳤느냐는 힐난이었고, 다른 하나는 언제든 들이닥칠 불운에 맞서겠다는 결심이 어디 갔느냐는 힐난이었다.

평생 동안 세네카는 자신의 주변에서 뜻밖의 재앙을 많이 겪었고 또 목격했다. 지진이 폼페이를 초토화시켰는가 하면, 로마와 루그두눔(지금의 리옹)이 불로 잿더미가 되었다. 로마와 제국의 시민들은 네로에게 속박되었으며, 네로 이전에는 칼리굴라[수에토니우스의 더 정확한 표현을 빌리면 "몬스터Monster(괴물)"]에게 속박되었는데, 칼리굴라는 "일찍이……분노에 치를 떨며 '너희 로마인들은 목이 두 개인가!'라고 소리쳤다"고 한다.

세네카는 개인적인 상실감도 맛보았다. 그는 정계 진출을 위해서 훈련을 받았지만, 20대 초반에 결핵으로 의심되는 병에 걸려 6년 동안이나 앓는 바람에 자멸적인 우울증에 빠지기도 했다. 그의 늦깎이 정계 입문은 우연히 칼리굴라가 권좌에 오른 시기와 일치했다. 41년에 몬스터(재위 기간은 4년이었다/역주)가 살해당한 뒤에도 그의 입지는 위태로웠다. 세네카는 아무 잘못도 없이 메살리나 황후(22?-48. 황제 클라우디우스의 세 번째 아내. 방종과 음모로 역사적

철학의 위안

으로 악명이 높다/역주)의 음모로, 불명예 속에 코르시카 섬에서 8년 동안 유배생활을 했다. 마침내 그가 로마로 다시 부름을 받았을 때 자신의 의지와는 상관없이 그에게 떨어진 직책은 제국의 관리 중에서도 가장 숙명적인 자리인, 아그리피나의 열두 살이 된 아들 루키우스 도미티우스 아헤노바르부스의 가정교사였다. 이 인물이 바로 15년 뒤에 세네카에게 아내와 가족이 지켜보는 앞에서 자살 하도록 명령을 내리게 되는 네로 황제이다.

세네카는 자신이 불안을 이겨낼 수 있었던 이유를 알고 있었다.

> 나는 내 삶을 [철학의] 덕택으로 돌린다. 그리고 그렇게 하는 것이
> 철학에 대한 나의 최소한의 의무이다.　　　　　—『도덕에 관한 서한』

그의 경험들은 그에게 좌절이 어떤 것인지를 가르치는 큰 사전이 되었고, 그의 지적 능력은 그런 좌절에 대한 대응을 가르쳤다. 여러 해에 걸쳐 완성된 그의 철학은 세네카에게 네로의 백부장이 별장의 문을 두드리던 파멸의 날에 대해서 준비하도록 했다.

세네카와 소크라테스의 이중 흉상

2

좌절을 설명하는 세네카의 사전辭典

서론

이를테면 발을 밟히는 것에서부터 뜻하지 않은 죽음에 이르기까지 좌절의 영역은 엄청나게 넓을 수 있지만, 모든 좌절의 핵심에는 우리의 희망과, 그 실현을 가로막고 있는 현실 사이에 빚어지는 갈등이라는 기본적인 구조가 자리잡고 있다.

그 충돌은 아주 어린 유아시절부터 시작한다. 예컨대 우리에게 만족을 주는 원천이 우리가 마음대로 통제할 수 없는 것이라든지, 이 세상이 우리의 갈망에 순순히 응하지 않는다는 사실을 확인하는 순간부터 시작된다.

철학의 위안

그런데도 세네카에게는 인간이 지혜를 얻는 것은 어디까지나 그런 현실에 격노와 자기연민, 고뇌, 분노, 독선과 편집증 등으로 반응하지 않음으로써 세상을 더욱 완고하게 만들지 않는 요령을 터득함으로써 가능하다.

세네카의 저작 전편을 살펴보면 한 가지 관념이 되풀이해서 나타나는 것을 볼 수 있다. 즉 우리 인간은 평소에 마음의 준비가 되어 있는 또 납득할 수 있는 좌절에 봉착할 경우에는 잘 참아넘기는 반면, 예상하지 못한 좌절을 겪으면 엄청난 상처를 입는다는 것이다. 철학은 우리로 하여금 현실세계의 진정한 모습과 조화를 이루게 하고, 좌절 그 자체는 아니라고 하더라도 적어도 그런 좌절에 수반되는 유해한 것들로부터 우리를 구해주어야 한다.

철학의 임무는 우리의 바람이 현실세계의 단단한 벽에 부딪힐 때에 가능한 한 부드럽게 안착할 수 있도록 준비시키는 것이다.

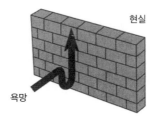

현실

욕망

분노

분노는 이루 말할 수 없이 유치한 것이다. 리모컨이나 열쇠를 찾지 못해 허둥대고, 길이 막히고, 가까스로 찾아간 식당에 빈자리가 보이지 않는다. 그럴 때 우리는 거칠게 식당 문을 닫고 나오며 불만의 소리를 내지른다. 분노를 표현하는 것이다.

1. 세네카는 그런 분노를 일종의 광기로 보았다.

> 분노보다 더 신속히 광기에 이르는 길은 없다. [분노한] 많은 사람들은……마치 미친 사람이 자신의 광기를 부인하듯이 자신이 분노에 떨고 있다는 사실을 부인하면서, 자식들을 죽어라 꾸짖고, 자신을 정신박약자로 끌어내리고, 가정에 저주를 퍼붓는다. 그들은 가장 가까운 친구들에게도 적이 되고……법을 무시하고……모든 일에 주먹다짐을 한다.……병 중에서도 가장 심각한 병이 그들을 엄습했는데, 그 병은 다른 모든 악을 압도한다.
>
> —『분노에 관하여』

2. 어느 정도 평정을 찾고 나면 분노했던 사람은 곧 미안해하면서 제어할 수 없는 어떤 힘에 짓눌렸다고 해명할 수도 있을 것이

다. 그들의 이성적인 자아는 주위 사람들을 모욕하거나 꽥꽥 소리를 지를 뜻이 전혀 없었는데도, 그만 자신의 내부에 도사리고 있던 어떤 음흉한 힘에 통제력을 빼앗기고 말았다고 해명한다. 이렇게 볼 때 분노를 폭발시킨 사람들은 정신의 지배력에 호소하고 있다고 할 수 있다. 이 관점에서는 진정한 자아의 영역인 추론의 기능은 경우에 따라서는 이성이 식별하지도 못하고 또 어떻게 하지도 못하는 격정적인 기분의 공격을 받는 것으로 묘사된다.

이런 설명은 세네카가 정신을 보는 관점과 정면으로 부딪힌다. 세네카에 따르면 분노는 열정의 통제 불가능한 촉발에서 비롯되는 것이 아니라, (수정 가능한) 추론의 오류에서 나온다. 이성이 언제나 우리의 행동을 관장하지는 않는다는 점을 그도 인정했다. 만약 차가운 물 세례를 받으면 우리에게는 몸을 부르르 떠는 것 외에 달리 선택의 여지가 없다. 다른 사람이 우리의 두 눈 앞으로 손가락을 홱 움직이면 우리는 눈을 깜빡거릴 수밖에 없다. 그러나 분노는 육체적 반사反射의 범주에 들지 않는다. 그것은 오직 이성적인 사고를 거쳐 고수하게 된 어떤 관념들에 근거하여 터져나올 수 있다. 그렇기 때문에 그 관념들을 변화시킬 수만 있다면, 우리는 화를 쉽게 내는 성격도 바꿀 수 있을 것이다.

3. 그리고 세네카에 따르면 우리를 분노하게 만드는 것들은 다른 것이 아니라 바로 우리 자신이 이 세상과 다른 사람들의 존재 유형에 대해서 품고 있는 위험천만한 낙천적인 견해들이다.

4. 좌절에 봉착할 때, 우리가 얼마나 서투르게 반응하느냐는 우리
   가 어떤 것을 정상으로 보느냐에 따라서 단적으로 결정된다. 비
   가 내리면 당혹스러워할 수도 있다. 그렇지만 소나기와 친숙해
   지면 비가 내려도 분노의 반응을 보이지 않을 것이다. 우리의
   좌절은 이 세상으로부터 어떤 것을 기대할 수 있는지, 그리고
   어떤 것을 기대하는 것이 정상인지를 깨닫게 해주는 경험에 의
   해서 대부분 누그러진다. 인간은 자신이 갈망하는 대상을 거부
   당할 때마다 어김없이 분노로 몸을 가누지 못하게 되지는 않는
   다. 오직 우리 자신이 그 대상을 손에 넣을 자격을 충분히 갖추
   었다고 굳게 믿을 때만 그렇게 된다. 가장 격한 분노는 존재의
   기본 원칙에 대한 상식을 뒤엎는 사건이 일어날 때 터져나온다.

5. 고대 로마 시대에도 사람들은 돈이 있으면 매우 안락한 삶을 영
   위할 수 있다고 기대했을 것이다. 세네카의 친구 중에서 많은
   사람들은 로마에도 대저택을 두고 시골에도 별장을 가지고 있

철학의 위안

었다. 욕조, 주랑이 있는 정원, 분수, 모자이크, 프레스코 화와 황금빛 소파가 있었다. 또 노예들이 음식을 준비하고, 아이들을 돌보고 정원을 손질했다.

6. 그럼에도 불구하고 그런 특권을 누리는 사람들 사이에도 엄청난 분노가 있었던 것 같다. 인생살이가 자신의 뜻대로 돌아가지 않는다고 부유한 친구들이 고래고래 악을 쓰는 것을 지켜본 뒤에 세네카는 "부유해지면, 성격이 난폭해지는 법"이라고 썼다.

세네카는 아우구스투스 황제의 친구이며 매우 부자였던 베디우스 폴리오라는 사람을 알았다. 그런데 언젠가 폴리오의 노예가 파티가 한창 무르익을 때쯤 그만 수정 유리잔을 떨어뜨리고 말았다. 유리 깨지는 소리를 혐오했던 폴리오는 화가 치밀어 올라 그 노예에게 장어가 우글거리는 연못으로 뛰어들라고 명령했다.

7. 그런 격노도 결코 설명할 수 없는 것은 아니다. 베디우스 폴리오는 분명히 설명이 가능한 이유로 화를 냈는데, 그 이유란 그가 파티 중에 유리잔이 깨지지 않는 세상이 존재할 수 있다고 믿었기 때문이다. 우리가 리모컨을 찾지 못할 때 고함을 지르는 것도 리모컨이 다른 자리에 잘못 놓일 수 없는 세상을 은근히 믿고 있기 때문이다. 이처럼 분노란 우리 앞에 닥친 좌절이 결코 삶의 계약서에 씌어 있지 않다는 확신에서 일어난다. (결과야 제아무리 비극적일지라도) 그 확신의 낙천적인 기원을 따져보면,

거의 희극 같지만 말이다.

8. 우리는 보다 신중해야 한다. 세네카는 다음과 같은 일들이 닥치더라도 맹렬한 목소리로 고함지르지 않도록 우리가 이 세상에 대해서 품는 기대의 높이를 조절해주려고 애썼다.

> **저녁식사가 몇 분 늦게 나올 경우 :** 식탁을 발로 차서 뒤엎을 마땅한 이유가 될 수 있는가? 술잔을 던져 깨뜨릴 이유가, 기둥에 머리를 박을 이유가 될 수 있는가?　　　　　—『분노에 관하여』

> **윙윙거리는 소리가 들릴 때 :** 아무도 내쫓으려고 하지 않는데, 유독 당신만이 파리 한 마리가 그렇게 성가신 이유는? 아니면 당신의 앞길을 방해하는 개 한 마리, 혹은 부주의한 하인이 떨어뜨린 열쇠 하나에 그렇게 날카롭게 구는 이유는?　　　—『분노에 관하여』

> **무엇인가가 식당의 고요를 방해할 때 :** 노예들이 잡담을 나눈다는 이유만으로 저녁식사를 하다가 그쪽으로 가서 채찍을 휘두를 필요가 있는가?　　　　　　　　　　　—『분노에 관하여』

> 우리는 인간 존재의 피할 수 없는 불완전성과 화해해야만 한다. 심술궂은 존재들이 심술궂은 짓을 하는 것이 그렇게 놀랄 만한 일인가, 아니면 당신의 적들이 당신을 해코지하고, 당신의 친구들이 당신에게 성가시게 굴고, 또 당신의 아들이 잘못을 저지르거나 당신의 하인이 못된 짓을 한 적이 한번도 없었단 말인가?
> 　　　　　　　　　　　　　　　　　　—『분노에 관하여』

지나치게 높은 기대를 포기하기만 하면 우리가 그렇게 분노하는 일은 없어질 것이다.

충격

229명을 태운 스위스 국영항공 소속 비행기 한 대가 제네바를 향해서 비행 스케줄대로 뉴욕을 이륙한다. 케네디 공항을 떠난 지 50분 후, 승무원들이 맥도널드 더글라스 MD-11의 통로에서 수레를 밀고 있을 쯤, 기장이 조정실에서 연기가 난다고 보고한다. 그리고 10분 후, 비행기는 레이더에서 사라진다. 양쪽 날개의 길이가 각각 52미터나 되는 이 거대한 기계 덩어리는 캐나다의 노바 스코샤 주 핼리팩스의 잔잔한 앞바다에 추락한다. 비행기 안에 타고 있던 승무원과 승객들은 모두 죽는다. 구조대원들은 불과 몇 시간 전까지만 해도 생명과 희망을 가지고 있었던 인간이라는 존재들을 찾아내는 데에 어려움을 겪고 있다고 토로한다. 바다에는 서류가방들이 둥둥 떠 있다.

1. 우리가 갑작스런 재앙을 겪을 위험을 생각하지 않았는데도 그런 무방비에 대한 대가를 치르지 않는다면, 그 까닭은 이 세상의 현실이 매우 혼란스러운 두 가지 특성을 가지고 있기 때문이

다. 그 한쪽은 세대를 이어 계속되는 연속성과 확실성이고, 다른 한쪽은 예고 없는 격변이다. 우리는 내일도 오늘과 상당히 비슷할 것이라는 그럴싸한 유혹과, "아니지, 어쩌면 가공할 만한 사건을 목격하게 될지도 몰라"라는 가능성 사이를 넘나들고 있음을 발견한다. 세네카가 한 여신에게 간절히 호소했던 이유는 우리 인간에게는 후자를 무시하고 싶은 강렬한 동기가 있기 때문이다.

2.

그 여신은 한 손에는 풍요의 뿔을, 다른 한 손에는 방향타를 잡은 모습으로 고대 로마 시대의 수많은 동전의 뒷면에 새겨졌다. 그녀는 아름다웠으며 늘 얇은 가운을 걸치고 수줍은 미소를 머금고 있었다. 그녀의 이름은 운명의 여신Fortuna이었다. 그녀는 주피터의 첫 아이이자 다산의 여신으로 5월 25일에 축제를 통해서 기려졌다. 이탈리아 전역에 널려 있던 그녀의 신전에는 아이를 낳지 못하는 여인들과 비를 기원하는 농부들의 발길이 끊이지 않았다. 그러나 점차 그녀가 관장하는 범위가 넓어지면서 그녀는 돈과 출세, 사랑, 건강과 결부되었다. 풍요의 뿔은 은전을 베풀 수 있는 힘을 상징했고, 방향타는 운명을 바꿀 수 있는 보다 불길한 힘을 상징했다. 그녀는 선물을 뿌릴 수 있었으며, 그러다가도 가공할 만한 속도로 방향타의 방향을 바꿀 수 있었다. 그러면서 그 여신은 우리 인간이 생선가시가 목에 걸려 질식해 죽어가거나 산사태에 묻혀 사라지는 모습을 지켜보며 차가운 미소를 흘린다.

3. 우리 인간은 스스로가 예상치 못했던 것에 가장 큰 상처를 받기 때문에, 또 따라서 모든 것을 예상해야 하기 때문에 ("운명의 여신이 감히 하지 못하는 것은 없으므로"), 우리는 늘 마음속에 재앙을 당할 가능성을 생각해야 한다고 세네카는 제안했다. 자동차로 여행을 하거나, 계단을 걸어내려갈 때, 아니면 친구에게 작별인사를 전할 때에는 누구나 마음속으로 운명을 가를 만한 사건의 가능성을 인식해야 하는데, 세네카라면 그 사건들이 지나치게 섬뜩하거나 필요 이상으로 극적이지 않았으면 하고 바랐을지도 모른다.

우리는 모든 것을 예상해야 한다. 우리의 마음을 앞으로 나아가게 해서 모든 문제들을 미리 만나게 해야 한다. 그리고 우리는 일어나지 않을 일이 아니라 일어날 수 있는 일들을 고려해야 한다.

4. 인간이라는 존재를 무無로 돌리는 데에 필요한 것들이 얼마나 하찮은 것인지를 확인하려면, 자신의 손목을 눌러 연약하고 푸르스름한 정맥 속을 흐르는 피의 맥박을 잠시 살펴보라.

> 인간이란 무엇인가? 약간의 충격, 약간의 타격에도 터질 수 있는 혈관……자연 그대로의 상황에서는 무방비이고 다른 사람의 도움에 의존해야 하고, 운명의 여신이 내리는 온갖 모욕에 고스란히 노출된, 허약하고 부서지기 쉽고 발가벗은 육체.
>
> ─『마르키아에게 보내는 위로문』

5. 루그두눔(지금의 리옹)은 갈리아 지역에서는 가장 번창했던 로마 정착촌의 하나로 꼽혔다. 아라르 강과 론 강이 만나는 지역적 특색 때문에 루그두눔은 무역과 군사 도로의 요충지로서 특권적인 지위를 누렸다. 그 도시에는 화려한 목욕탕과 극장, 그리고 화폐를 찍는 국가기관이 있었다. 그런데 64년 8월 어디에선가 튀어온 불똥이 화재로 번져 좁은 길들을 삼켰으며 이에 놀란 주민들은 공포에 떨면서 창문을 타고 피신했다. 불꽃은 이 집에서 저 집으로 혓바닥을 날름거리며 번져갔고, 이튿날 해가 떠올랐을 때 루그두눔의 전 시가지는 교외에서부터 장터까지, 신전에서부터 목욕탕까지 몽땅 잿더미로 변해버렸다. 살아남은 사람들에게 남은 것이라고는 화재 순간에 입고 있었던, 검댕으로 뒤덮인 옷 한 벌밖에 없었으며 그들의 소중한 집들은 형체를 알아볼 수 없을 만큼 타버렸다. 불길이 얼마나 빨랐던지, 그 소식이 로마에 닿았을 때는 이미 도시가 잿더미로 변한 뒤였다.

그대는 말하겠지. "나는 그런 일이 일어나리라고는 생각지 못했어"라고. 그렇다면 그대는 이미 그런 일이 일어났다는 것을 두 눈으로 보았고, 그것이 다시 일어날 수도 있다는 사실을 알고 있으면서도 아직도 이 세상에는 일어날 수 있는 무엇인가가 없다고 생각한단 말인가……? ─『마르키아에게 보내는 위로문』

6. 62년 2월 5일에는 비슷한 재앙이 캄파냐 지방을 강타했다. 땅이 흔들렸고, 폼페이의 여러 지역이 붕괴했다. 그후 몇 달 동안 많은 주민들은 캄파냐를 떠나 반도의 다른 곳으로 옮겨가기로 결정했다. 세네카에게는 주민들의 이런 움직임이 이 지구의 어딘가로, 예컨대 리구리아나 칼라브리아로 가면 운명의 여신의 의지가 닿지 않아 완벽하게 안전한 삶을 꾸릴 수 있다고 믿는 것처럼 비쳤다. 그런 분위기에 세네카는 하나의 논증으로 대응했는데, 그 논증은 지질학적으로는 모호한 구석이 있음에도 불구하고 상당히 설득력이 있었다.

어느 누가 그들에게 보다 나은 땅을 약속할 수 있을까? 모든 지역은 똑같은 조건을 가지고 있다. 지금까지 지진이 한번도 일어나지 않은 지역이라고 하더라도, 지진은 언제라도 일어날 수 있다. 아마도 오늘밤 아니 오늘 밤이 되기도 전에 그대가 안전하게 서 있는 그곳을 갈라놓을지도 모른다. 앞으로는 운명의 여신이 이미 힘을 써버린 곳이나 폐허 위의 조건들이 더 좋아질지 어떻게 아는가? 만약 이 세상 어딘가에 운명의 여신의 손길이 닿지 않는 안전한 곳이 있다고 믿는다면, 그것은 큰 잘못이다.……자연은 그와 같이 정지된 것은 아무것도 만들지 않았다. ─『자연의 의문들』

7. 칼리굴라가 티베리우스 황제를 계승하여 권좌에 오늘 때, 로마
의 정치변동과는 거리가 먼 곳에서 한 어머니가 아들을 잃었다.
메틸리우스는 스물다섯 번째 생일을 눈앞에 두고 있던, 장래가
촉망되는 비범한 젊은이였다. 그의 어머니인 마르키아는 갑작
스러운 아들의 죽음에 그만 실성하고 말았다. 그녀는 모든 사회
활동을 접고 비탄에 빠져 지냈다. 그녀의 친구들은 동정 어린
눈으로 그녀를 지켜보면서 평정을 되찾을 날이 빨리 왔으면 하
고 빌었다. 그러나 그녀는 결코 평정을 찾지 못했다. 1년이 가
고, 2년이 가도 여전히 마르키아는 비탄을 극복할 기미를 보이
지 않았다. 3년이 지났는데도 그녀는 아들의 장례식 날과 똑같
이 눈물을 흘리며 비통해했다. 그런 그녀에게 세네카가 편지를
보냈다. 세네카는 깊은 동정을 표한 뒤에 상대가 마음 상하지
않게 덧붙였다. "우리 사이에 논쟁의 대상이 되고 있는 질문은
바로 비탄이라는 것이 그토록 **깊어야** 하고, 또한 **끝없이 지속되어
야 하는** 것인가라는 점이오"라고.

　마르키아는 무시무시하면서도 무척 드물기까지 한 사건―그
것은 드문 사건이어서 더 무시무시하다―에 저항하고 있었던
것이다. 그녀 주변의 다른 어머니들은 여전히 자식을 잃지 않았
고, 그리고 청년들은 군에서 복무를 하거나 정계에 입문함으로
써 사회활동을 시작하고 있었다. 그런데 왜 하필 마르키아의 아
들만 그녀의 곁을 떠나야 했단 말인가?

8. 죽음은 결코 평범하지 않고 두려운 것이기는 해도―세네카가 과감하게 말했듯이―결코 비정상적인 것은 아니다. 만약 마르 키아가 제한된 틀을 벗어나서 넓은 곳으로 눈을 돌렸다면, 그녀 는 운명의 여신이 앗아간 아들들의 이름이 적힌 긴 명단을 보 았을 것이다. 옥타비아도 아들을 잃었고, 리비아도 아들을 잃었 다. 코르넬리아도 그랬고, 크세노폰, 파울루스, 루키우스 비불루 스, 루키우스 술라, 아우구스투스, 스키피오도 아들을 잃었다. 다른 자식들의 요절에 눈길을 주지 않음으로써 마르키아는 자 신이 정상이라고 인식하는 범주에 아들의 요절을 받아들이기 를 거부했는데, 그런 심리는 이해할 수 없는 것은 아니지만, 위 험스럽기 짝이 없다.

> 우리 인간은 악惡들이 실제로 자신에게 닿기 전에는 절대로 악을
> 예상하지 않는다.……그렇게 많은 장례행렬이 문 밖을 지나가도
> 우리는 절대로 죽음을 곰곰이 생각하지 않는다. 때 이른 죽음이
> 그렇게나 많은데도 우리는 아이들을 위해서 장래를 설계한다.
> 아이가 어떤 옷을 입을까, 군에서는 어떻게 처신할까, 그리고 자
> 기 아버지의 유산을 어떻게 물려받을까 등등.
>
> ―『마르키아에게 보내는 위로문』

아이들은 살아남을 것이다. 그렇지만 아이들이 성숙할 때까지, 심지어 저녁식사 시간까지 살아남는다는 보장을 받았다고 믿는 것은 너무나 순진하다.

> 그대에게 오늘밤에―아니, 유예 기간을 너무 길게 잡았소―대

한 약속은 있을 수 없소. 바로 이 순간에 대한 약속도 결코 주어

지지 않았소.　　　　　　　　　　　　—『마르키아에게 보내는 위로문』

가능성을 바탕으로 형성된 미래에 대한 낙관 속에서 우리는 위
험스러운 순진함을 찾아볼 수 있다. 인간에게 닥칠 수 있는 사
고는 어떤 것이든, 그것이 제아무리 드물고 시간적으로 멀다고
하더라도 언제나 그것에 대비하여 우리 자신을 준비해야 하는,
일어날 수 있는 일들이다.

9. 운명의 여신이 오랫동안 관대하게 대해주면, 우리는 그 유혹에
빠져 비몽사몽 헤매며 살게 된다. 그래서 세네카는 매일 약간의
짬을 내서 운명의 여신에 대해서 생각해보기를 권했다. 우리 인
간은 앞으로 어떤 일이 벌어질지 모른다. 그렇기 때문에 우리는
어떤 일이든 일어날 수 있다고 예상한다. 이른 아침에 우리는
세네카가 사전 숙고事前熟考, praemeditatio라고 불렀던, 운명의 여신
이 우리에게 안겨줄지도 모르는 정신적, 육체적 슬픔에 대해서
미리 숙고하는 일을 게을리 해서는 안 된다.

세네카의 사전 숙고

[현명한 사람들은] 하루를 생각으로 연다.……　—『분노에 관하여』
운명의 여신은 우리에게 진정으로 소유할 수 있는 것은 아무것
도 주지 않는다.　　　　　　　　　　　—『도덕에 관한 서한』
공적인 것이든 사적인 것이든, 그 어떤 것도 확실한 것은 아무것

도 없다. 인간의 운명도 도시들의 운명과 마찬가지로 소용돌이 속에 휘말려 있다. —『도덕에 관한 서한』

엄청난 노고의 대가로, 그리고 신들의 위대한 배려로 수많은 세월을 두고 착실하게 쌓아올려진 건물이더라도 하루아침에 무너져 사라질 수 있다. 아니지, "하루아침"이라고 말한 사람은 눈 깜짝할 사이에 들이닥치는 불운을 감안하면 유예기간을 지나치게 길게 잡고 있는 것이다. 한 시간, 찰나의 순간도 제국을 무너뜨릴 수 있다. —『도덕에 관한 서한』

아시아의 도시들이, 아카이아의 도시들이 얼마나 자주 단 한 차례의 지진으로 폐허가 되었던가? 얼마나 많은 시리아의 도시들이, 또 얼마나 많은 마케도니아의 도시들이 한 차례의 지진에 삼켜져버렸던가? 이런 참화가 얼마나 자주 키프로스를 쑥밭으로 만들었던가? —『도덕에 관한 서한』

우리 모두는 죽을 수밖에 없는 운명을 타고난 것들에 묻혀 살고 있다. —『도덕에 관한 서한』

누구나 죽을 수밖에 없는 운명을 타고났고, 우리 역시 죽을 수밖에 없는 운명의 아이를 낳게 되오. —『마르키아에게 보내는 위로문』

모든 것에 기대를 거는 한편으로 어떤 일이든 다 닥칠 수 있다고 예측해야 한다. —『분노에 관하여』

10. 이와 똑같은 의미의 말을 다른 방식으로도 전달할 수 있었을 것이다. 더 냉철한 철학적 언어를 동원한다면 이렇게 말할 수 있다. 한 주체의 행동은 인생의 항해에서 경험하게 될 사건들

을 결정짓는 수많은 요인들 중의 하나에 지나지 않는다고. 세
네카는 그런 방식 대신에 자신이 빈번하게 동원한 과장법에
의존했다.

> 그대의 옆이나 뒤에서 누군가가 쓰러질 때마다 이렇게 외쳐라.
> "운명의 여신이여, 그대는 나를 속이지 못할 것이다. 그대는 자
> 신만만하고 여유만만한 나를 쓰러뜨리지 못할 것이다. 나는 그
> 대가 무엇을 계획하고 있는지 알고 있다. 그대가 다른 사람을 쓰
> 러뜨린 것은 사실이지만, 정작 그대의 표적은 나였다"라고.
>
> —『마르키아에게 보내는 위로문』

11. 대부분의 철학자들이 세네카처럼 글을 쓸 필요성을 전혀 느끼
지 않는다면, 그것은 논증이 논리적인 한 그 논증을 독자들에
게 전달하는 스타일은 그 논증의 효율성을 좌우하지 않는다고
믿기 때문이다. 세네카는 사람들의 마음을 많은 철학자들과는
다르게 이해했다. 논증들은 마치 뱀장어와 같아서, 그것이 제
아무리 논리적이라고 하더라도 이미지와 스타일로써 마음속
에 각인시키지 못할 때에는 마음의 느슨한 손아귀에서 미끄러
져 빠져나갈 것이다. 눈으로 볼 수 없거나 손으로 만질 수 없는
것, 아니면 금방 잊어버리게 마련인 것을 손에 분명하게 만져
지는 감각으로 만드는 데는 은유가 더없이 적절하다.

운명의 여신은, 철학과는 거리가 먼 종교적인 뿌리를 가졌
음에도 불구하고, 우리 인간이 사고事故에 노출되어 있다는 사
실을 끊임없이 마음속에 간직하게 하는 데에는 더없이 완벽한

철학의 위안

이미지였다. 인간의 안위를 위태롭게 하는 일련의 위험들을 의인화된 하나의 무시무시한 적敵으로 묶으면서 말이다.

불공평

불공평은 정의의 규율들이 침해당했다는 느낌을 말하는데, 그 규율들이 약속하는 것은, 만약 명예로운 행위를 하면 보상을 받을 것이고 나쁜 짓을 하면 마땅히 그에 따르는 벌을 받을 것이라는 원칙이다. 정의감은 어린이들의 초기 교육 단계에서 되풀이해서 가르쳐지고 대부분의 경전에서, 예를 들면 『신명기』에서도 발견된다. "믿음이 깊은 자는 물가에 심어진 나무와 같아서……그리고 그가 하는 모든 것들은 번창할 것이요, 믿음이 깊지 못한 자들은 그렇지 못하여, 바람에 날려가는 왕겨 같노라"라고 씌어 있다.

선함 → 보상

악함 → 처벌

어떤 사람이 올바르게 행동하고 있는데도 여전히 재앙으로 고통받게 된다면, 그 사람은 어리둥절해하며 그 사건을 정의의 도식으로 풀어낼 수 없을 것이다. 그에게 세상은 부조리하게 비칠 것이다. 이렇게 되면 그는 두 가지 생각 사이를 왔다갔다 하게 된다. 말하자면 인간은 누구나 결국에는 나쁜 존재일 수밖에 없고, 자신이 벌을 받고 있는 것도 바로 그런 이유 때문이라는 생각이 마음 한 곳에 자리잡는 한편, 자신은 진정 악한 사람이 아니기 때문에 정의의 집행이 잘못되어 희생자가 되었다는 기분을 가지게 된다. 이 세상은 기본적으로 정의롭다는 줄기찬 믿음은 이 세상에는 불공평이 있어 왔다는 바로 그 불만 속에 암시되어 있다.

1. 정의는 마르키아에게 도움이 되었던 이데올로기가 아니었다.

2. 정의는 마르키아에게 한 순간에는 그녀 자신이 나빠서 아들 메틸리우스를 빼앗겼다는 기분에 사로잡히게 하다가, 또다른 순간에는 자신이 기본적으로 선하게 행동해왔다고 생각하여 메틸리우스를 죽음으로 이끈 이 세상을 향해서 격노의 감정을 품게 만들었다.

3. 그러나 우리 인간은 자신의 도덕적 가치를 언급하는 것으로 항상 자신의 운명을 설명할 수는 없다. 우리는 정의의 눈길이 지켜보지 않는 가운데 저주를 받거나 축복을 받을 수 있을 것이다. 우리에게 일어나는 것들 모두가 언제나 우리 자신에 대한 어떤 암시를 하고 있지는 않다.

   메틸리우스가 죽은 것은 그의 어머니가 사악해서가 아니었다. 어머니가 선한데 아들이 죽었다고 해서 이 세상이 불공평한 것도 아니다. 그의 죽음은, 세네카의 이미지로는, 운명의 여신의 장난이었고, 또 그 여신은 절대로 도덕적인 재판관이 아니었다. 그 여신은 『신명기』의 신처럼 자신의 희생자들을 평가하지도 않았고 그들을 공적에 따라서 보상하지도 않았다. 운명의 여신은 허리케인처럼 도덕과 상관없이 피해를 준다.

4. 세네카는 자신에게도 실패들을 그릇된 정의의 모델에 따라서
해석하려는 충동이 있다는 사실을 잘 알았다. 41년 초에 클라우
디우스가 (재위 4년 만에 암살당한 칼리굴라를 뒤이어) 즉위한 직후
세네카는 메살리나 황후가 칼리굴라의 여동생인 율리아 리빌라
를 제거하기 위해서 꾸민 계략의 인질이 되었다. 메살리나 황후
는 율리아가 간통했다고 비난하면서 거짓으로 세네카가 그녀의
연인이라고 주장했다. 이어 세네카는 가족과 돈, 친구, 명예, 정
치 경력을 박탈당했고, 거대한 로마 제국 내에서도 가장 황량한
지역 중의 하나인 코르시카 섬으로 추방당했다.

그곳에서 그는 쓰라린 감정이 교차하는 자괴의 세월을 인고
했을 것이다. 그는 메살리나와 관련한 정치적 상황을 잘못 이해
한 자신을 책망했을지도 모르고, 또 클라우디우스가 자신의 충
성심과 재능에 대응하는 방식에 분개했을지도 모른다.

이 두 감정은 외부 상황들이 내면의 상태들을 반영하는 어떤 도덕 세계의 한 심상心象에 바탕을 둔 것이다. 여기서 운명의 여신을 떠올리는 것은 이런 처벌의 도식으로부터 벗어날 수 있는 위안이 되었다.

나는 [운명의 여신이] 나에게 형을 언도하도록 내버려두지 않겠다. ─『도덕에 관한 서한』

세네카의 정치적 실패를 죄에 대한 처벌로 읽을 필요는 없다. 그의 정치적 실패는 모든 것을 볼 수 있는 신이 신성한 법정에서 증거를 검토한 끝에 내린 합리적인 처벌이 아니었다. 그것은 악의에 찬 황후의 음모에서 나온, 잔인하기는 하지만 도덕적으로는 아무런 의미가 없는 부산물이었다. 세네카는 불명예로부터만 자신을 멀리하고 있었던 것은 아니었다. 그가 봉직해왔던 제국의 관직은 그의 면목을 세워줄 만한 자리가 아니었다.

행운의 여신의 간섭은 친절한 방식이든, 극악무도한 방식이든 상관없이, 하나의 변칙적인 요인을 인간의 운명 속으로 끌어들였다.

근심

근심이란 불확실한 상황에서 심리적 동요를 느끼는 상태를 말하는데, 이런 경우 당사자의 마음에는 어떤 일이 최선의 결과로 끝났으면 하는 바람과, 최악의 결과로 끝나지 않을까 하는 두려움이 교차하게 된다. 짐작컨대 근심에 빠진 사람은 당연히 즐거움을 얻을 수 있는 문화적, 성적, 사회적 행위에서도 즐거움을 이끌어내지 못한다.

심지어 더없이 완벽한 환경에서도 노심초사하는 사람은 자신의 파멸을 곰곰이 생각하느라고 혼자 빈방에 처박혀 있기를 좋아할 수도 있다.

1. 전통적인 위안의 형태는 당사자를 안심시키는 것이다. 근심하는 사람에게 그가 느끼는 두려움은 지나치게 과장되었으며, 문제가 된 일들은 그가 원하는 방향으로 잘 풀려나갈 것이라고 설명하면 좋을 것이다.

2. 그렇지만 위안은 근심을 치유하는 대책 중에서 가장 잔인한 형태이다. 장밋빛 예언들은, 근심에 빠진 사람에게 최악의 결과를 무방비 상태로 당하게 할 뿐만 아니라, 고의는 아닐지라도 그런 위안의 말에는 최악의 결과가 닥칠 경우 매우 비참한 것일 수도 있다는 암시까지 담겨 있다. 현명하게도 세네카는 우리에게 나쁜 일들도 일어날 수 있다는 점을 고려하도록 요구하면서, 하지만 그런 결과도 우리가 두려워하는 것만큼 나쁘지 않을 수 있다

고 덧붙인다.

3. 63년 2월, 시칠리아에서 관리로 일하던 세네카의 친구 루킬리우스는 자신을 상대로 소송이 제기되었다는 사실을 알았다. 자칫 잘못하다가는 자신의 경력을 끝장내고 자신의 이름까지 영원히 더럽힐 수 있는 소송이었다. 그는 세네카에게 편지를 썼다.

그 편지에 대한 세네카의 답장은 이러했다. "그대는 내가 친구에게 행복한 결과를 그리며 희망의 유혹에 운명을 맡겨보라고 애써 충고할 것이라고 기대했을지도 모르겠군. 그렇지만 나는 그대가 다른 방법으로 마음의 평화를 이끌어내길 바라네."

만약 자네가 모든 근심을 날려버리기를 원한다면, 자네가 두려워하고 있는 그 일이 반드시 **일어나고** 말 것이라고 생각하게.

—『도덕에 관한 서한』

세네카는, 욕망이 채워지지 않을 경우 어떤 일이 일어날 수 있는가를 이성적으로 헤아려보면 우리는 그 예상된 문제들이 그것이 야기한 근심보다는 훨씬 덜 심각하다는 사실을 거의 예외 없이 깨달을 수 있다는 점을 확언한 셈이다. 물론 루킬리우스에게는 슬퍼해야 할 마땅한 이유가 있었다. 그러나 그에 대해서도 세네카는 다음과 같이 충고한다.

그대가 이번 소송에서 패할 경우, 기껏 유배당하거나 감옥에 갇히는 것 외에 달리 뭐가 있겠는가?…… —『도덕에 관한 서한』

"가난한 사람이 될 수도 있겠지." 그럴 경우 많은 가난한 사람들 중에 한 사람이 되면 그뿐이지. "유배당할 수도 있을 테고." 그러

면 유배당한 그곳에서 태어났다고 여기면 되지 않겠는가? "감옥
에 갇힐 수도 있겠지." 그러면 어때? 뭐 지금은 굴레에서 자유로
운가?
―『도덕에 관한 서한』

감옥에 갇히거나 유배되는 것은 물론 좋지 않은 일이다. 그렇지
만 세네카의 주장의 핵심은 그런 처벌이 루킬리우스가 근심의
본질을 면밀히 분석하기 전에 두려워했던 그 정도까지는 절망
적이지 않다는 것이다.

4. 가난해질까 두려워하는 부자들에게는 절대로 그들이 우려하는
참담한 상황이 일어나지 않을 수 있다는 식으로 위안을 해서는
안 된다는 충고가 이어진다. 그런 부자들은 외풍이 센 방에서
희멀건 죽과 딱딱한 빵 몇 조각의 초라한 음식으로 며칠을 보내
보아야 한다. 이런 조언을 세네카는 자신이 가장 좋아하는 철학
자들 중 한 사람으로부터 이끌어냈다.

가장 위대한 쾌락주의자인 에피쿠로스는 일정 기간 동안 자신이
정한 엄격한 규칙을 따라서 생활하곤 했는데, 그는 그 기간에 자
신이 선_善으로 규정한 궁핍을 실천하고 그 가치를 확인할 목적으
로……허기를 채우는 데에 가능한 한 인색하게 굴었다.
―『도덕에 관한 서한』

부유한 사람들은 곧 중요한 깨달음을 얻게 될 것이라고 세네카
는 약속했다.

"이게 진짜 내가 두려워했던 그 상황이란 말인가?"……[이런
궁핍을] 사나흘씩, 어떤 경우에는 더 오랜 기간을 견뎌보라.……

그러면 나는 그대가 인간의 마음의 평화는 결코 운명의 여신에게 좌우되지 않는다는 사실을 깨닫게 되리라고……확신하네.

　　　　　　　　　　　　　　　　　　—『도덕에 관한 서한』

5. 많은 로마인들에게는 그런 조언을 즐겨 했던 세네카 자신은 꽤 호화로운 삶을 살았다는 사실이 놀랍기도 하고, 터무니없기도 하다. 세네카는 40대 초반에 정치활동을 통해서 이미 별장과 농장을 구입할 만큼 많은 돈을 축적했다. 그는 고급으로 잘 먹었고, 값비싼 가구, 특히 다리를 상아로 만든 감귤나무 탁자를 좋아하는 심미안도 길렀다.

　그는 그런 자신의 행동에서 비철학적인 무엇인가를 찾을 수 있다는 암시에 분노를 느꼈다.

　　철학자들은 돈을 소유하지 말아야 한다는 생각을 버려라. 그 누구도 지혜로운 자에게 가난의 운명을 지우지 않았다.

　　　　　　　　　　　　　　　　　　—『행복한 삶에 관하여』

그리고 그의 실용주의는 다음과 같은 주장에 이르러서는 감동적이기까지 하다.

　　나는 운명의 여신의 영역에 있는 것이라면, 무엇이든 경멸할걸세. 그러나 선택의 기회가 주어진다면, 나는 보다 좋은 반쪽을 선택할걸세.　　　　　　　　　　　　—『행복한 삶에 관하여』

6. 그 말은 위선이 아니었다. 스토아 철학은 빈곤을 찬양하지 않았다. 단지 가난은 두려워할 것도 아니고 경멸할 것도 아니라고

했을 뿐이다. 스토아 철학은 부를, 엄밀히 따지면, 선호할 만한 것으로, 이를테면 필수적이지도 않고 그렇다고 죄도 아닌 것으로 여긴다. 따라서 스토아 철학자들은 운명의 여신이 주는 선물을 아둔한 사람들만큼이나 많이 가지고 살았을 것이다. 그들의 집은 어리석은 사람들의 그것만큼 웅장할 수도 있고 가구가 화려할 수도 있다. 그러나 그들은 오직 한 가지 사실로 인해서 현명한 사람으로 확인된다. 갑작스런 빈곤에 어떻게 대응하느냐가 그것이다. 그런 일이 닥치면 그들은 분노를 느끼거나 낙담하지 않고 말없이 집과 하인을 떠나곤 했다.

7. 현명한 사람은 운명의 여신이 내린 모든 선물을 버리고 조용히 걸어나갈 수 있다는 관념은 스토아 철학의 주장 중에서도 가장 극단적이고, 그리고 특이한 것이다. 운명의 여신이 우리에게 내려주는 것에는 집과 돈만이 아니라 친구, 가족, 심지어 우리의 육신도 포함된다는 점을 감안하면 말이다.

> 현명한 사람은 아무것도 잃을 수 없다. 그는 모든 것을 자신 안에 가지고 있다.　　　　　　　　　　　　　　　　　　　　—『불변성에 관하여』
>
> 현명한 사람은 자족할 것이다.……만약 질병이나 전쟁으로 한쪽 손을 잃게 되거나, 사고로 한쪽 다리 혹은 두 다리를 모두 잃는다고 해도 현명한 사람은 남은 것에 자족할 것이다.
>　　　　　　　　　　　　　　　　　　　　　　　　　—『도덕에 관한 서한』

세네카가 "자족한다"라는 표현으로 무엇을 의미하려고 했는지를 정확히 이해하지 않으면, 세네카의 말은 모순으로 들릴 것이다. 우리 인간은 한쪽 눈을 잃은 것에 대해서 행복을 느낄 수는 없다. 그러나 우리가 한쪽 눈을 잃는다고 해도 삶은 가능할 것이다. 눈이나 손의 정상적인 숫자는 단지 **만들어진 관념**일 뿐이다. 그런 입장을 말해주는 두 가지 예를 살펴보자.

현명한 사람은 자신이 난쟁이이더라도 자신을 경멸하지 않을 것이다. 그러나 그는 그럼에도 불구하고 키가 더 크기를 원한다.

—『행복한 삶에 관하여』

현명한 사람은 친구 없이 살기를 **원해서가** 아니라 친구 없이도 **살아갈 수 있다**는 점에서 자족적이다. —『도덕에 관한 서한』

8. 세네카의 지혜는 이론을 초월하는 것이었다. 코르시카로 유배당한 그는 자신이 한순간에 모든 호사를 박탈당했다는 사실을 깨달았다. 그 섬은 기원전 238년부터 로마의 땅이었으나, 문명의 혜택을 전혀 누리지 못했다. 그 섬에 있던 몇 안 되는 로마인들은 동쪽 해안의 두 거류지였던 알레리아와 마리아나가 아닌 다른 곳에는 좀처럼 정착하려고 하지 않았다. 그러나 세네카에게는 그 거류지에서 살 수 있는 허락조차 없었던 것 같다.

그곳의 조건은 로마에서의 삶과 비교할 때에 고통스러울 정도로 대조적이었음에 틀림없다. 그러나 어머니에게 보낸 편지에서, 부유한 정치인이었던 세네카는 몇 년에 걸친 아침 명상과 묽은 죽 덕분에 그곳의 환경에 그럭저럭 적응하노라고 설명했다.

저는 운명의 여신을 결코 믿지 않았습니다. 심지어 평화를 내려주는 것처럼 보일 때도 그랬지요. 그 여신이 친절하게도 저에게

내려준 모든 축복을, 말하자면 돈과 공직, 그리고 영향력을 저는
운명의 여신이 저를 방해하지 않고 다시 찾아갈 수 있는 곳에다
가 맡겨두었습니다. 저는 그런 것들과 아주 멀리 거리를 두고 있
어요. 그러면 운명의 여신은 그것들을 저에게서 빼앗아가지 않
고 그저 가져가기만 하면 될 테지요.   —『헬비아에게 보내는 위로문』

조롱당한다는 느낌

무생물의 조롱

연필이 책상에서 떨어지거나 서랍이 쉽게 열리지 않을 경우 우리는 종종
짜증을 내곤 한다. 연필이나 서랍과 같은 무생물이 우리를 조롱하고 있
다고 느끼기 때문이다. 이는 곧 좌절로 이어지고 이러한 좌절감은 한갓
무생물이 사람을 경멸하고 있다는 느낌이 추가되기 때문에 더욱 복잡해
진다. 그런 좌절감을 불러일으키는 물건은 마치 주인이 애착을 가진 어
떤 지식이나, 다른 사람들이 그 주인에게 부여한 지위에 동의하지 못하
겠다는 암시를 전하는 듯하다.

생물체의 조롱

다른 사람들이 말없이 자신의 성격을 비웃고 있다는 인상을 받을 때에도
앞의 경우처럼 예리한 아픔을 느낀다.

스웨덴의 한 호텔에 도착한 직후, 나는 짐을 들어주겠다는 호텔 종업
원과 함께 방으로 갔다. 그 종업원은 "당신 같은 남자에게는 짐이 버거울
것 같군요"라고 짓궂게 "남자"를 강조하며 (단어와는 정반대의 의미를 암시하
면서) 싱긋 웃는다. 그 사람은 북유럽 특유의 금발이고(아마 스키 타는 사람,
아니면 엘크 사냥꾼일까. 먼 옛날이었다면 전사였을 것 같다), 말씨는 단호하다.

"무슈는 이 방을 좋아하게 될 거요"라고 그가 말한다. 또 "될 거요"라는 표현에는 명령의 냄새까지 풍긴다. 나중에 그 방이 차량의 소음으로 늘 시끄럽고 샤워 시설이 신통치 않으며 텔레비전이 고장난 것으로 확인될 때, 그 종업원의 암시들은 음모의 증거로 돌변한다.

　달리 숫기가 없고 과묵한 사람이었다면, 야비하게 조롱당하고 있다는 기분에 부글부글 끓다가 급기야 소리를 지르거나 난폭한 행동은 물론, 심지어 살인을 저지를 수도 있다.

1. 마음의 상처를 입을 때, 우리는 자신에게 상처를 입힌 것이 당연히 그럴 **의도를 가지고** 있었다고 믿고 싶어한다. "그리고and"로 연결되는 절節이 들어 있는 문장을 버리고 "……하기 위하여 in order to"로 연결되는 절이 든 문장을 취하고 싶어진다. "연필이 책상에서 떨어졌고 **그리고** 지금 나는 약이 올라 있다The pencil fell off the table **and** now I am annoyed"는 생각에서부터 "나를 골려**주려고** 연필이 책상에서 떨어졌다The pencil fell off the table **in order to** annoy me"라는 의견으로 도약시키려는 유혹을 느낀다.

2. 세네카는 무생물로부터 그런 식으로 조롱받고 있다는 기분을 생생하게 전해주는 예들을 모았다. 헤로도토스의 『역사』도 한 예를 제공했다. 대제국을 건설했던 페르시아의 왕 키루스에게는 전쟁터에 나갈 때면 늘 타고 가던 아름다운 백마가 한 필 있었다. 기원전 539년 봄에 키루스는 영토를 넓힐 야심에서 아시리아에 선전포고를 한 뒤 대군을 이끌고 유프라테스 강 언덕에

자리잡은 아시리아의 수도 바빌론을 향해서 출정했다. 군대가 마티니안 산맥에서부터 티그리스 강으로 흘러드는 긴드 강에 닿기 전까지는 진군이 순조로웠다. 긴드 강을 건너는 것은 여름에도 위험하다고 알려져 있었는데, 키루스의 군대가 도착했던 시기는 겨울인데다 마침 내린 겨울비로 강물이 갈색 거품을 일으키며 크게 불어나 있었다. 왕의 장군들은 출정을 연기할 것을 조언했으나, 키루스는 기세를 꺾지 않고 즉각 도강渡江 명령을 내렸다. 그런데 배를 준비하는 사이에 키루스의 말이 몰래 빠져나가 헤엄을 쳐서 강을 건너려다가 급류에 휩쓸려 넘어지면서 떠내려가 죽고 말았다.

키루스는 노발대발했다. 크로이소스를 초토화했고 그리스인들의 간담을 서늘하게 만들었던 전사의 말을, 그 성스러운 백마를 감히 강이 삼켜버렸던 것이다. 그는 절규하면서 저주를 퍼부었다. 격노가 절정에 달하자 그는 긴드 강의 오만함에 복수하기로 결정했다. 그는 앞으로 여인들도 무릎을 많이 적시지 않고 건널 수 있도록 물줄기를 약하게 함으로써 그 강을 처벌하겠노라고 맹세했다.

제국을 확장하겠다는 계획은 잠시 접어두고, 키루스는 군대를 둘로 나눈 뒤에 그 강의 양쪽 둑에 여러 방향으로 각각 180개의 작은 물길을 표시해놓고 군사들에게 굴착을 명령했다. 군인들이 여름 내내 물길 파기에 힘을 쏟은 나머지 사기는 땅에 떨어졌고 아시리아를 신속히 패퇴시키겠다던 희망은 사라지고 말았다. 그렇게 물길을 파는 작업이 끝나자 한때 물살이 빨랐던 긴드 강은 360개의 물길로 갈라져 흐르게 되었고, 물의 흐름은 강의 변화에 깜짝 놀란 그곳 여자들이 정말로 치마를 걷어올리지 않고도 건널 수 있을 만큼 느려졌다. 노여움이 누그러진 페르시아 왕은 그제서야 기진맥진한 군대에게 바빌론 행군을 지시했다.

3. 세네카는 또한 생물체에게 조롱을 받는 듯한 기분을 느낀 예들을 모았다. 한 예는 시리아에 부임한 로마 총독으로, 무척 용맹스러운 장군이었지만, 정신에 약간 문제가 있었던 그나이우스 피소에 얽힌 이야기이다. 마침내 한 군인이 휴가를 끝내고 돌아와 함께 휴가를 떠났던 친구가 어디 있는지 모른다고 보고하자, 피소는 그 군인이 거짓말을 하고 있다고 판단했다. 그 군인은 친구를 죽였다는 의심을 받고 자신의 목숨으로 죄의 대가를 치러야 할 판이었다.

유죄선고를 받은 그 군인이 자신은 아무도 죽이지 않았으니, 진실이 밝혀질 때까지만이라도 시간적 여유를 달라고 간청했지만, 피소는 자신이 진실을 더 잘 안다고 믿었기 때문에 지체 없이 그를 사형장으로 끌고 가도록 명령했다.

그러나 사형 집행을 맡은 백부장이 그의 목을 칠 준비를 할 때에 행방불명되었던 그의 동료가 야영지의 입구에 도착했다. 즉각 군대는 박수갈채를 보냈고, 안도의 한숨을 내쉰 백부장은 집행을 취소했다.

피소는 그 상황을 제대로 이해하지 못했다. 환호 소리를 들으면서 그는 부하들이 자신의 판단을 조롱하고 있다는 느낌을 받았다. 그는 화가 나서 얼굴이 붉어졌다. 너무 화가 치민 나머지 그는 자신의 호위병을 집합시켜 살인을 저지르지 않은 군인과 살해당하지 않은 군인 둘을 모두 사형에 처하라는 명령을 내렸다. 게다가 피소는 심하게 우롱당하고 있다고 느꼈기 때문에 백부장까지 덤으로 사형에 처했다.

4. 시리아의 그 로마 총독은 부하들의 박수갈채 소리를 듣는 순간, 그것이 자신의 권위를 깎아내리고 자신의 판단력에 의문을 제기하려는 군인들의 의도된 행동이라고 풀이했다. 또한 앞의 키루스는 순간적으로 자신의 말이 강물에 빠져 죽은 것을 살해되었다고 해석했다.

세네카는 그런 판단착오에 대한 설명을 제시했다. 그것은 대개 키루스와 피소 같은 남자들에게서 볼 수 있는 "정신의 나약함"과 관계가 있다. 무조건 모욕으로 판단하는 그들의 성향 뒤에는 자신이 조롱당할 만한 존재일지도 모른다는 두려움이 도사리고 있다. 자신이 해코지의 표적이 되고 있다고 의심할 때에는 누구든 혹은 무슨 일이든 자신을 해치려는 것으로 쉽게 판단하게 된다.

> "그렇고 그래서 오늘 나를 만나주지 않았군. 다른 사람에게는 기회를 주면서 말이야." "그 자는 거만하게 퇴짜를 놓은 거야. 그렇지 않더라도 최소한 내 의견을 공개적으로 비웃었어." "그 사람은 나에게 좋은 자리를 내주기는커녕 테이블 아래쪽 자리를 주었어."
> —『불변성에 관하여』

물론 상대방의 행동에는 그럴 만한 이유들이 있을 것이다. 그 사람이 오늘 나를 만나주지 않은 것은 내일 만나는 것이 더 낫다고 판단했기 때문일지도 모른다. 나를 비웃는 것처럼 보였지만, 사실은 안면경련이었을 수도 있다. 그러나 우리의 정신이 나약해져 있을 때에는 이런 상황들을 우선 고려해볼 수 있는 여유가 없다.

5. 그렇기 때문에 우리는 지나치게 상대방에 대한 첫인상에만 사로잡혀 그 인상의 명령에 따라서 경망스럽게 행동하지 않도록 부단히 노력해야 한다. 우리는 자신의 편지에 답장을 하지 않는 누군가가 정말로 우리를 약 올리기 위해서 늑장을 부리고 있는지, 그리고 행방불명된 열쇠가 도둑맞은 것이 분명한지를 스스로에게 물어야 한다.

　　[현명한 사람은] 모든 것을 잘못 해석하지 않는다.

—『도덕에 관한 서한』

6. 그리고 세네카는 현명한 사람들이 잘못 해석할 수 없는 이유를 철학자 헤카토의 저작 중에서 우연히 접하고서, 그것을 루킬리우스에게 보낸 편지에서 간접적으로 설명했다.

　　[그의 글 중에서] 내 마음을 사로잡은 대목을 자네에게 들려주겠네. 바로 이런 글이었어. "내가 어떤 진전을 이루었는지, 그대가 물었지? 난 이제 막 나 자신의 친구가 되기 시작했어." 그 말이야말로 진정으로 위대한 은전이었네.……그대도 그런 존재라면,

모든 인류의 친구가 될 수 있다는 사실을 확신할 수 있을 걸세.

─『도덕에 관한 서한』

7. 우리의 마음이 자신에게 얼마나 비열한지 아니면 우호적인지를
알아보는 손쉬운 방법이 하나 있다. 소음에 대한 반응을 살펴보
면 된다. 세네카는 경기장 근처에서 살았다. 벽이 얇아서 소음
이 끊임없이 들려왔다. 그는 이 문제를 루킬리우스에게 이렇게
털어놓았다.

> 나의 귀 주변에서 온갖 소음이 윙윙거린다고 한번 상상해보
> 게!……예컨대 신체 건장한 사나이가 납덩이를 들어올리며 몸
> 을 단련할 때, 또 그가 맡은 일을 열심히 하거나 열심히 하는 척
> 할 때 끙끙거리는 소리도 들리네. 그리고 그가 가득 들이마신 숨
> 을 내쉴 때마다 거칠고 높은 소리로 헐떡거리는 것도 들을 수 있
> 지. 그보다는 덜 활동적인 사람들에게, 이를테면 평범하고 값싼
> 마사지에도 행복해하는 사람들에게 관심을 돌리게 되면, 손으로
> 양어깨를 두드리는 소리를 들을 수 있네.……게다가 간혹 나타
> 나는 난봉꾼이나 소매치기를 체포하는 소리, 목욕탕에서도 항상
> 자신의 목소리를 듣고 싶어하는 남자가 떠드는 소리……찌르는
> 듯한 소리를 내지르는 동물 털 뽑는 사람……이어서 다양한 목
> 소리로 외치는 과자 장수. 소시지 장수, 사탕 장수, 식당을 향해
> 서 달려드는 온갖 사람들의 소리도 들리네.　─『도덕에 관한 서한』

8. 자기 자신에게 우호적이지 못한 사람들은 과자 장수가 목소리

를 높이는 것이 과자를 팔기 위해서라고 상상하는 것이 어려울 것이다. (뒷 페이지에 있는 그림에서처럼) 로마의 한 호텔 1층에 있는 건축업자는 벽을 수리하는 척하고 있을지 모른다(1). 그러나 그의 진짜 의도는 위층에서 책을 읽으려고 하는 남자를 괴롭히는 것이다(2).

비열한 해석 : 건축업자가 나를 괴롭히기 위해서 망치를 두드리고 있다.

우호적인 해석 : 건축업자가 망치를 두드리고 있고 내가 그 소리에 괴로워하고 있다.

철학의 위안

9. 시끄러운 길거리에서도 마음의 평정을 얻으려면 소음을 일으키고 있는 사람들이 우리에 대해서는 아무것도 모른다고 믿어야 한다. 외부의 소음과, 그것을 처벌하는 것이 마땅하다는 마음속의 생각 사이에 방화벽을 쳐야 한다. 다른 사람의 동기에 대한 비관적인 해석을 엉뚱한 대본에 끌어들여서는 곤란하다. 이런 규칙만 지키면, 소음은 결코 달가운 것은 아니지만, 그렇다고 우리를 격노하게 만들 이유 또한 없는 것이 될 것이다.

　　바깥의 모든 것들이 미친 짓거리라도 좋다. 내 마음에 불안의 요소만 없다면.

―『도덕에 관한 서한』

3

물론, 우리가 모든 좌절을 그대로 받아들였다면, 인류의 위대한 성취는 별로 이루어지지 못했을 것이다. 인류가 가진 독창성의 원동력은 "이것이 꼭 이런 식이어야 하는가?"라는 물음이다. 바로 그런 물음에서 정치 개혁, 과학 발전, 보다 개선된 인간관계, 더욱 훌륭한 책들이 탄생하게 된다. 좌절을 거부하는 로마인들에게서 그 극치를 보았다. 겨울 추위를 혐오한 그들은 마룻바닥에 난방장치를 설치했으며, 진흙길을 걷지 않으려고 길을 포장했다. 1세기 중반 프로방스의 님에 거주하던 로마인들은 자신들이 사는 도시를 위해서 자연이 허락한 양보다 더 많은 양의 물이 필요하다고 결정하고, 주어진 여건에 대한 인간의 저항을 보여주는 위대한 상징을 건설하느라고 100만 세스테르티우스(고대 로마의 화폐 단위/역주)를 쏟아부었다. 로마의 토목기사들은 님의 북쪽 위제 가까운 곳에서 자신들이 사는 도시의 목욕탕과 분수에 물을 공급할 만큼의 충분한 수원水源을 발견하고, 그 물길을 수로와 지하 파이프로 산과 계곡을 가로질러 무려 80킬로미터나 돌린다는 계획을 수립했다. 토목기사들은 마치 동굴 같은 가르 강의 협곡과 맞닥뜨렸지만, 자연의 장애에 절망하지 않고 어마어마한 크기의 3층 수도교水道橋를

세웠다. 이 다리는 길이 360미터, 높이 48미터에 하루 3만5,000세제곱미터의 물을 흘려보낼 수 있는 능력을 갖추었기 때문에 님의 주민들은 물 부족으로 인한 불편을 더 이상 겪지 않게 되었다.

불행하게도 이처럼 주어진 환경을 극복할 수 있는 대안을 그토록 부지런히 모색하는 정신의 활동은 무척 멈추기가 어렵다. 정신의 활동은 심지어 더 이상 현실을 개조할 희망이 없을 때에도 끊임없이 변화와 진보의 시나리오를 만들었다. 행동하도록 자극하는 데에 필요한 에너지를 모으기 위해서, 우리는 근심이나 고통, 분노, 모욕 따위의 불쾌한 충격을 느끼면서도, 이 현실은 결코 우리가 원하는 것이 아니라는 점을 상기하게 된다. 그러나 만약 그 결과로 우리의 현실을 고양시키는 것을 도우지 못한다면, 이를테면 마음의 평화를 잃고도 강 줄기를 돌리지 못한다면, 당초의 목적에 도움이 되지 못한다. 우리가 마음먹은 대로 현실을 자유롭게 만들어갈 수 있는 상황과, 변화 불가능한 현실을 평온한 마음으로 받아들여야 할 상황을 올바르게 구분하는 것이 바로 지혜라고 세네카가 말한 이유도 바로 거기에 있다.

스토아 철학자들에게는 또다른 이미지가 하나 붙어다녔는데, 그것은 때때로 변화에 영향을 미칠 수도 있지만, 인간의 조건을 늘 외적 환경에 굴복해야 하는 것으로 환기시킨다는 것이다. 우리는 어디로 향할지 예측 불가능한 짐마차에 묶여 있는 개와 비슷하다. 우리를 묶은 사슬은 우리에게 어느 정도 움직일 여유를 줄 만큼 길기는 하지만, 그렇다고 우리가 원하는 대로 어디든지 돌아다닐 수 있을 만큼 넉넉하지는 않다.

　스토아 철학자인 제논과 크리시포스에 의해서 만들어진 이 은유는 그 뒤 로마의 주교 히폴리토스에 의해서 후세에 전해졌다.

　　개가 마차에 묶여 있을 때, 만약 그 개가 마차를 따르기를 원한다면, 끌리는 대로 그대로 움직이기만 하면 된다. 그러면 개의 자발적인 행동은 필연과 우연의 **일치를 이룬다**. 그러나 개가 따르지 않는다면, 그래 봐야 불행하게도 결국 개는 강제로 끌려가게 될 것이다. 인간도 마찬가지이다. 심지어 따르고 싶지 않을 때조차도 운명이 결정한 일이라면 어쩔 수 없이 따르지 않을 수 없을 것이다.

　　　　　　　　　　　　　　　　　　　　　　　　―『모든 이단에 대한 논박』

개는 본능적으로 제멋대로 돌아다니기를 원할 것이다. 그렇지만 제논과 크리시포스의 은유가 암시하듯이, 만약 자유롭게 다닐 수 없다면, 동물로서는 총총걸음으로 마차를 따르는 것이 마차에 끌려가느라 목이 조이는 것보다 더 낫다. 마차가 돌연 방향을 틀면서 자신의 목을 잡아당기는 순간, 비록 그 개의 충동은 마차에 맞서 저항하고 싶을지는 몰라도, 그런 저항은 개의 슬픔만 깊게 할 뿐이다.

세네카는 그것을 이렇게 말했다.

> 동물은 자신의 목을 맨 밧줄에서 벗어나려고 버둥거리지만, 오히려 밧줄을 더 단단히 조이는 결과가 된다.……멍에에 **저항할** 때보다 **순응할** 때, 묶여 있는 동물을 더 다치게 하는 멍에는 이 세상에 결코 없다. 저항할 수 없는 악에 맞서 고통을 경감시키는 한 가지 방법은 숙명에 굴복하고 인내하는 것이다.　　　　　－『분노에 관하여』

자신의 의지에 반하는 사건들이 일어날 때 우리가 일으킬 반응의 폭력성을 줄이려면, 지금까지 각자의 목을 죄고 있는 사슬이 풀어진 경우가 결코 없었으며 앞으로도 없을 것이라는 점을 곰곰이 생각해야 한다. 현명한 사람이라면 저항하느라고 자신의 힘을 소진

하느니보다는 무엇이 필요한지를 정확히 파악하여 순응하는 지혜를 배워야 할 것이다. 현명한 사람은 자신의 여행가방이 운송 도중에 분실되었다는 소리를 듣게 되더라도, 몇 초가 지나면 체념하고 그 현실을 받아들일 것이다. 세네카는 스토아 철학자의 창시자들이 자신의 소유물을 잃었을 때 어떻게 처신했는지에 대해서 이렇게 보고했다.

> 제논은 배가 조난되어 그의 모든 짐이 바다에 빠졌다는 사실을 확인하고는 이렇게 말했다. "운명의 여신이 나에게 물질에 조금 더 초연한 철학자가 되라고 명령하는 것이로군." ─『영혼의 평정에 관하여』

이 말은 어떻게 보면 무저항과 평온함을 얻는 비결처럼 들리기도 하고, 경우에 따라서는 극복할 수 있었을지도 모르는 좌절에 스스로 체념하도록 부추기는 것처럼 들릴지도 모른다. 그것은 또한 우리의 뜨거운 가슴을 앗아가서 퐁 뒤 가르에서 북쪽으로 수 킬로미터 떨어진 계곡에 자리잡은, 길이 17미터에 높이 4미터의 수도전 水道栓과 같은 작은 수도교마저도 세우지 못하게 할지도 모른다.

그러나 세네카의 논지는 그보다 더 심오하다. 자신에게 필요하지 않을 때 무엇인가를 필요한 것으로 받아들이는 것은 정작 그것이 필요할 때에 그것에 반감을 가지는 것만큼이나 분별없는 짓이다. 우리는 필요한 것을 거부하고 불가능한 것을 원하는 것 못지않게 불필요한 것을 받아들이고 가능한 것을 거부함으로써도 쉽게 잘못된 길로 접어들 수 있다. 그 차이를 구별하는 것은 이성의 몫이다.

우리 인간과 사슬에 묶인 개 사이에 제아무리 비슷한 점들이 많다고 하더라도, 인간에게는 결정적인 이점이 하나 있다. 인간에게는 이성이 있지만, 개에게는 이성이 없다. 그래서 동물은 언뜻 자신이 사슬에 묶여 있다는 사실조차 파악하지 못하고 마차의 흔들림과 자신의 목에 가해지는 고통 사이의 상관관계를 이해하지 못한다. 개는 방향의 변화에 어리둥절해진 데다가 마차가 갈 길을 짐작하는 일도 어려워서 끊임없이 이리저리 당겨대는 사슬에 고통을 당할 것이다. 그러나 우리 인간에게는 이성이 있어서 마차가 갈 길을 정확히 이론화할 수 있기 때문에 살아 있는 생물체 중에서는 유일하게 우리 자신과 숙명 사이의 느슨한 관계를 적절히 확보함으로써 자유를 증대시킬 수 있다. 이성은 또 우리로 하여금 희망과 현실이 타협 불가능한 갈등을 빚는 때를 정확히 파악하게 함으로써, 우리에게 분노하거나 고통을 받을 것이 아니라 기꺼운 마음으로 숙명에 복종하도록 명령을 내린다. 우리 인간에게는 어떤 사건들을 바꿀 만한 힘은 없더라도, 그 사건에 대한 태도를 선택할 자유는 주어진다. 그리고 우리가 자신의 고유한 자유를 발견하는 것은 숙명을 자발적으로 수용할 때이다.

62년 2월, 세네카는 타파할 수 없는 현실에 봉착했다. 네로는 자신의 옛 가정교사의 말에 귀 기울이지 않았고, 동료들을 피했으며, 궁정에서 자신을 비방하도록 부추겼고, 냉혈한인 근위대 사령관 오포니우스 티겔리누스에게 자신이 무차별적인 살인과 성적 가혹 행위에 몰입하는 것을 돕도록 했다. 처녀들은 로마의 길거리를 오가다가 황제의 침실로 끌려갔다. 원로원 의원 부인들은 강제로 주연에 참석했다가 자신의 남편이 죽음을 당하는 꼴을 지켜봐야 했다. 네로는 밤에 평민으로 가장하여 거리를 배회하다가 뒷골목에서 행인들의 목을 따곤 했다. 그는 소녀였으면 좋겠다는 생각이 드는 어린 미소년과 사랑에 빠졌는데, 결국 그 소년을 거세하고 가짜 결혼식을 올리기도 했다. 이를 안 로마 시민들은 "네로의 아버지인 도미티우스가 저런 여자와 결혼했더라면 우리의 삶이 약간 더 견딜 만했을 텐데"라고 얼굴을 찡그리며 쑥덕거렸다. 세네카는 자신이 더없이 위험한 상황에 빠졌다는 사실을 잘 알고는 궁정에서 물러나 로마 외곽의 별장에서 조용히 지내려고 했다. 그는 두 차례에 걸쳐 사임을 제안했으나, 두 번 다 네로의 반대로 무산되었다. 네로는 세네카를 더욱 감싸안으면서 사랑하는 가정교사를 해치느니 차라리 자신이 죽고 말겠노라고 맹세했다. 그러나 이제까지의 경험에 비추어보았을 때, 세네카가 그 약속을 믿기란 쉽지 않았다.

세네카는 철학으로 눈을 돌렸다. 그는 네로로부터 달아날 수는 없었다. 그의 이성은 그에게 자신의 힘으로 변화시킬 수 없는 것이라면, 숙명으로 받아들이라고, 곧 순명順命을 요구했다. 심리적인 고통이 극에 달했던 몇 년 동안 세네카는 자연을 연구하는 데에 몰두했다. 그는 지구와 행성들에 관한 책을 집필하기 시작했다. 그는 거대한 하늘과 별자리들을 올려다보았고, 끝없는 바다와 높은 산맥에 관해서 연구했다. 그는 번개의 번쩍임을 관찰했고, 번개의 원인에 대해서 깊이 생각했다.

번개는 한껏 압박당했다가 맹렬히 던져지는 불이다. 맞붙여 오므
린 두 손에 물을 담았다가 두 손바닥을 서로 맞대고 누르면 간혹 펌
프처럼 물이 뿜어져나온다. 구름 속에서 이런 일이 일어난다고 가
정해보자. 압박된 구름 속의 공간은 양쪽 구름 사이에 있던 공기를
억지로 밀어내고, 그때 압력에 의해서 공기에 불이 붙고, 투석기가
돌을 던지듯이 그 불을 세게 내던진다.　　　　　　　—『자연의 의문들』

그는 지진에 대해서 곰곰이 생각한 뒤, 지진은 지구 속에 갇혀서
분출구를 찾던 공기의 작용에 따른 것이라고, 말하자면 일종의 지
질학적 고창鼓脹이라고 결론을 내렸다.

이동하는 공기에 의해서 지진이 일어난다는 주장 중에서, 당신이
한점 주저 없이 강력히 주장해야 하는 것은 이것이다. 강력한 진동
이 도시들과 나라들을 상대로 분노를 한껏 폭발하고 나면 그 다음
에 오는 진동은 먼저 것만 못하다. 가장 강한 충격 뒤에는 약한 지
진이 오는데, 첫 진동이 엄청나게 맹렬해짐으로써 그때까지 분출
구를 찾아 발버둥치던 공기가 빠져나갈 구멍을 만들어주었기 때문
이다.　　　　　　　—『자연의 의문들』

세네카의 과학이 불완전하다는 사실은 여기에서는 별로 중요하지
않다. 살인마 황제가 변덕을 부리면, 언제라도 목숨이 달아날 처지
에 놓인 사람이 자연의 장관에서 크나큰 위안을 얻은 것처럼 보였
다는 사실이 더욱 의미 있을 것이다. 그가 자연에서 위안을 얻었
던 것은 아마도 인간이라는 존재가 무력하여 변화시킬 수 없는 모

든 것을, 우리가 받아들여야 할 모든 것을 상기시키는 것들이 강력한 자연 현상 속에 있기 때문이었을 것이다. 빙하, 화산, 지진, 허리케인은 인간을 능가하는 것들의 상징으로 통한다. 인간 세상에서 살아가다 보면 우리는 자신의 운명까지 바꿀 수도 있다고 믿게 되고 그래서 희망을 품고 고민도 하게 된다. 그러나 바다의 거대한 파도나 밤하늘을 가르는 혜성의 비행을 보면, 이 우주에는 우리의 희망에는 철저히 무관심한 힘들이 있다는 사실이 명백해진다. 무관심은 자연만의 특성이 아니다. 인간도 똑같이 동료들에게 맹목적인 권력을 휘두를 수 있다. 그러나 인간이 복종할 수밖에 없는 필연적인 숙명에 관해서 고상한 교훈을 던지는 것은 자연이다.

> 겨울은 차가운 기후를 몰고온다. 그러면 우리는 몸을 떨어야 한다. 열기를 몰고 여름이 돌아오면 우리는 땀을 흘려야 한다. 계절에 맞지 않는 기후는 건강을 훼손시킨다. 그러면 우리는 병에 걸려야 한다. 어쩌다가 야생 짐승을, 아니면 그 어떤 짐승보다도 더 파괴적인 인간을 만날 수도 있다.……그리고 우리는 만물의 질서를 바꿀 수 없다.……우리의 영혼이 순응해야 하는 것은 이 [자연의] 법이다. 이 법을 우리는 따라야 하고, 준수해야 한다.……당신이 개조시킬 수 없는 것이라면, 견디는 것이 최선의 방법이다.
>
> —『도덕에 관한 서한』

세네카는 황제 네로에게 처음 자신의 사임을 제안한 직후, 자연에 관한 책을 집필하기 시작했다. 그는 3년 뒤에 사임을 허락받게 되었다. 그리고 65년 4월, 황제를 제거하려던 피소의 음모가 탄로났고, 세네카의 별장으로 백부장이 급파되었다. 그는 죽음을 맞을 준비를 이미 끝내놓고 있었다. 젖가슴을 드러낸 그의 아내 파울리나와 그녀의 하녀들은 눈물을 쏟으며 쓰러졌을지 모른다. 그러나 세네카는 고분고분 마차를 따를 줄 아는 개의 지혜를 배웠던 터라 항의 한마디 없이 자신의 정맥을 끊었다. 아들 메틸리우스의 죽음에서 헤어나오지 못하던 마르키아에게 그가 상기시켰듯이.

삶의 단편들을 놓고 흐느껴봐야 무슨 소용이 있겠는가?

온 삶이 눈물을 요구하는 것을.

Quid opus est partes deflere?

Tota flebilis vita est. ─『마르키아에게 보내는 위로문』

Quid opus est partes deflere?
Tota flebilis vita est.

4장   부적절한 존재들을 위하여

_____

1

고대 그리스와 로마의 지혜는 수세기 동안 여러 번의 전쟁들로 불태워지거나 무관심 속에서 방치되었으나, 그중 일부가 수도원의 지하실이나 서재에 보관되어 전해 내려오다가 16세기 들어 유럽 사회의 주목을 받게 되었다. 당시 유럽의 지식인들 사이에서는 파르테논 신전 건립(기원전 5세기 중반에 건설됨/역주)과 로마의 약탈* 사이에 번창했던 그리스와 이탈리아 반도의 도시국가에 살았던 지적 엘리트들의 정신 속에서 인류 역사상 가장 정교한 사고가 탄생했다는 합의가 있었다. 그들은 그런 천재들이 남긴 저작들을 이해하는 것보다 더 위대한 의무는 없다고 생각했다. 그들의 관심과 노력으로 그리스-로마의 지혜는 다량의 새 판본들로 새롭게 태어났다. 그중에서도 특히 플라톤, 루크레티우스(기원전 94?-55?, 로마의 시인, 유물론 철학자. 『만물의 본성에 대하여』라는 6권의 철학시를 남겼다/역주), 세네카, 아리스토텔레스, 카툴루스(기원전 84-54, 고대 로

---

* Sacco di Roma : 프랑스, 교황, 베네치아, 밀라노, 피렌체의 동맹에 대응하여 신성 로마 제국 황제 카를 5세가 단행한 로마 시의 정복(1527. 5. 16). 이 사건을 계기로 1517년 마르틴 루터가 비텐베르크의 성당 정문에 95개조의 반박문을 붙임으로써 촉발된 종교개혁에 대항하여, 가톨릭 내부의 정화를 위한 반종교개혁의 시대로 접어들었다/역주

마 공화정 말기의 서정시인/역주), 롱기누스(213?-273. 로마의 문필가. 『숭고론』을 남겼다/역주)와 키케로, 고전 선집─에라스무스의 『격언집』과 『금언집』, 스토베우스의 『격언집』, 안토니오 데 게바라(1480-1545, 스페인의 가톨릭 주교, 작가/역주)의 『서한집』과 페트루스 크리니투스(1474-1507, 근대 초기의 라틴 문헌 주석가. 세네카의 글을 인용한 주석서를 남겼다/역주)의 『고귀한 학문』─이 유럽 전역의 서재로 퍼져 나갔다.

프랑스 남서부 보르도에서 동쪽으로 30마일 떨어진 곳에 자리한, 숲이 울창한 언덕 꼭대기에는 검붉은 지붕에 짙은 적색 돌로 지은 멋있는 성城이 자리 잡고 있다.

이 성은 중년의 한 귀족과 그의 아내 프랑수아, 딸 레오노르, 그리고 그들의 하인과 가축들(닭, 염소, 개, 말)의 보금자리였다. 미셸 드 몽테뉴(1533-1592)의 할아버지는 소금에 절인 대구를 팔아 번 돈

으로 이 성을 1477년에 구입했고, 몽테뉴의 아버지는 거기에 건물을 몇 채 더 짓고 경작지를 넓혔다. 몽테뉴는 비록 가사에는 관심이 없고 농사에 대해서도 아는 것이 거의 없었지만("나는 상추와 양배추도 제대로 구분하지 못한다"), 서른다섯 살 이후로 이 성을 지켜오고 있었다.

성의 한켠에는 탑이 솟아 있었는데, 그 탑의 3층에 있는 자신의 원형 서재에서 그는 대부분의 시간을 보내곤 했다. "내 인생의 대부분의 날들을, 그리고 하루의 대부분을 나는 그곳에서 지낸다."

그 서재에는 창(몽테뉴는 그 창을 통해서 "탁 트인 눈부신 경치"를 볼 수 있노라고 묘사했다)이 세 개 있었고, 책상과 의자가 각각 한 개씩 놓여 있었다. 반원형의 5단짜리 책장에는 철학과 역사, 시, 종교서 1천여 권이 정돈되어 있었다. 마르실리오 피치노가 번역한 라틴어판 『소크라테스의 변명』을 통해서 ("지금까지 존재했던 인물 중 가장 현명한 사람인") 소크라테스가 조급해하는 아테네 배심원들에게 단호한 자세로 행한 연설을 몽테뉴가 읽었던 곳도 그곳이었다. 또 몽테뉴가 디오게네스 라에르티오스의『철학자들의 일생』과 1563년에 드니 랑뱅이 편집한 루크레티우스의『만물의 본성에 대하여』에서 에피쿠로스의 행복관을 읽었던 곳 또한 그 서재였다. 그리고 1557년 바젤에서 인쇄한 세네카("나의 기질과 놀랄 만큼 어울리는" 저자)의 신판 저작 전질을 읽고 또 읽었던 곳도 그곳이었다.

몽테뉴는 어린 나이에 고전의 세계에 발을 들여놓았다. 그는 제1언어로 라틴어를 배웠다. 일고여덟 살 때 이미 오비디우스의『변신』을 읽었으며, 열여섯 살이 되기 전에 테렌티우스(기원전 195?-기원전 159, 고대 로마 초기의 희극 작가/역주)와 플라우투스(기원전 254?-184, 테렌티우스와 함께 고대 로마의 2대 희극작가/역주)의 희곡, 카이사르의『갈리아 전기』를 읽었을 뿐 아니라 베르길리우스의 전집까지 사서『아이네이스』를 훤하게 알았다. 그리고 책에 대한 애착이 대단해서 보르도 의회에서 13년 동안 고문으로 근무하다가 은퇴할 때에는 여생을 책에 바치겠다는 일념뿐이었다. 몽테뉴에게 독서는 삶의 큰 위안이었다.

> 은퇴 이후 그것(독서)이 나를 위로한다. 독서는 괴롭기 짝이 없는 게으름의 짓누름으로부터 나를 해방시켜준다. 그리고 언제라도 지루한 사람들로부터 나를 지켜준다. 통증이 엄습할 때도 그 정도가 매우 심하거나 극단적이지만 않다면, 그 날카로운 예봉을 무디게 만든다. 침울한 생각으로부터 해방되려면, 그냥 책에 의지하기만 해도 된다.
> ─『수상록』III

그러나 그 서재의 선반들도 정신적인 삶에 대한 몽테뉴의 무한한 동경을 암시할 뿐, 그의 삶의 이야기를 전부 말해주지는 않는다. 그 서재에 들어서는 사람은 방 한가운데에 서서 서재 둘레를 더 세심하게 살피며 천장 쪽으로 머리를 비스듬히 기울여보아야만 한다. 1570년대 중반, 몽테뉴는 성경과 다른 고전에서 따온 57개의 글귀들을 나무 들보에 새겼다. 그 글귀들은 깊은 사유 속에 사는 삶의 이점에 대한 몇 가지 뜻깊은 한계를 암시했다.

가장 행복한 삶은 생각 없이 지내는 것이다.　　　　　　―소포클레스
자신이 현명하다고 생각하는 사람을 보았는가? 그런 사람보다는
차라리 미친 사람에게 희망을 거는 것이 낫다.　　　　　　―격언
인간에게는 불확실성을 빼고는 확실한 것은 하나도 없다. 인간보
다 더 비참하거나 오만한 것은 없다.　　　　　　―플리니우스
인간이 이해하기에는 모든 것이 너무 복잡하다.　　　　―『전도서』

고대 철학자들은 인간에겐 이성의 힘이 있기 때문에 다른 생명체에게는 주어지지 않는 행복과 위대함을 누릴 수 있다고 믿었다. 이성으로 우리는 열정을 다스리고 본능의 자극을 받는 그릇된 관념들을 수정할 수 있다. 이성으로 우리는 육체의 방종한 욕구를 누르고 식욕과 성욕에 균형을 취할 수 있다. 이성은 우리 자신은 물론이고 이 세상까지 지배할 기회를 제공하는, 세련되고 신성하기까지 한 도구이다.

『투스쿨룸 대화편』*(물론 그의 원형 서재에도 이 책이 한 권 있었다)에서 키케로**는 지적 작업의 이점을 높이 평가했다.

> 학문보다 달콤한 일거리는 없다. 학문은 물질의 무한성, 숭고하고 광대한 자연, 하늘, 땅, 바다 같은 것들의 본질을 우리에게 드러내주는 수단이다. 학문은 우리에게 동정, 절제, 애정의 위대함을 가르친다. 그것은 우리의 영혼을 어둠으로부터 구해내고 영혼에게 모든 것을, 이를테면 높고 낮은 것, 처음과 마지막, 그리고 그 사이의 모든 것을 보여준다. 학문은 우리에게 행복하게 잘 살 수 있는 수단

* 『Tusculanae disputations』 : 투스쿨룸에 있는 별장에서 글을 보내는 형식을 취한 키케로의 대화 모음집. 6권으로 이루어져 있으며, '고통은 덕이 있는 사람으로부터 행복을 빼앗아 갈 수 없다, 죽음은 불행이 아니다, 고통의 극복, 이성의 힘, 덕이 있는 자는 행복하다, 행복은 자족이라는 덕에 의해서 가능하다' 등을 주제로 한, 스토아 학파적인 관점에 기초하고 있다/역주

** 106-43 기원전. 고대 로마의 정치가, 철학자, 웅변가, 저술가. 제3차 삼두정치 성립 후에 안토니우스 등에 의해서 처형되었다. 그는 정치에서 음모술수를 능란하게 사용했다. 학문적으로 윤리학에서는 독단론에 치우쳤고 스토아 학파에 매력을 느꼈다. 그는 그리스 사상의 전달자로서 라틴 문학의 첫 전성기인 키케로 시대를 주도했다. 키케로 시대는 아우구스트 시대와 더불어 라틴 문학의 절정기였다/역주

을 제공한다. 그것은 불만이나 원통한 마음을 품지 않고 인생을 사는 방법을 가르쳐준다.   —『수상록』II

비록 1천여 권의 책을 소장하고 훌륭한 고전 교육의 혜택을 받은 몽테뉴였지만, 이런 찬미는 여간 거북하지 않았다. 그 말들은 그의 서재 들보에 새겨진 정신과는 너무나 대조적인 것이었기 때문에 몽테뉴는 자신에게 어울리지 않게 사납게 분노를 표현했다.

> 남자는 비열한 창조물이야.……남자가 자랑을 늘어놓는 꼴을 들어보라구.……전지전능하고 영원불멸한 신의 특성을 묘사하고 있지 않는가! 실제로는 그들의 마을에 사는 수천 명의 여자들이 [키케로보다] 더 점잖고, 더 한결같고, 더 충실하다.   —『수상록』II

그 로마 철학자(키케로)는 대부분의 학자들이 얼마나 비참했는가를 간과했다. 오만하게도 그는 모든 생명체 중에서 유일하게 인간만이 가지는 지독한 고뇌들을, 자칫 우울한 순간에는 개미나 거북이로 태어나지 않은 사실을 후회하게 만들기도 하는 그런 고뇌들을 무시해버렸다.

아니면 염소로 태어나지 않은 것을 후회할 수도 있지 않을까. 나는 몽테뉴의 성에서 몇 킬로미터 떨어진 레 고셰라는 작은 마을의 한 농가 뒤뜰에서 암염소를 보았다.

그 암염소는 키케로의 『투스쿨룸 대화편』을 읽지도 않았고, 『법에 관하여』도 읽지 않았다. 그럼에도 염소는 여기저기 흩어져 있는 상추를 뜯어먹으며 간혹 맛이 신통찮다고 표현하는 할머니처럼 머리를 흔들면서 삶에 꽤 만족하는 듯했다. 그 염소는 그다지 골치 아픈 삶을 사는 존재는 아니었다.

몽테뉴는 삶이 버거울 때면, 커다란 서재를 갖추고서 논리적으로 생각하는 인간으로 살기보다는 동물로 살아가는 삶의 이점을 살폈다. 동물들은 병에 걸리면 자신을 보살피는 방법을 본능적으로 안다. 염소는 상처를 입으면 수많은 식물 중에서 꽃박하를 찾고, 거북은 독사에게 물리면 본능적으로 야생초 마요라나를 찾으며, 황새는 스스로 소금물 관장제를 투입할 수 있다. 이와는 대조적으로 인간들은 어쩔 수 없이 제대로 배우지 못한 의사들에게 비싼 비용을 지불하고 의존해야 한다(당시의 약상자는 우스꽝스러운 처방으로 가득했다. "도마뱀의 오줌, 코끼리의 똥, 두더지의 간, 흰색 비둘기의 오른쪽 날개 밑에서 뽑은 피, 그리고 복통에 좋다는 가루 쥐똥" 등).

동물들은 또한 오랜 세월 힘들여 공부하지 않고도 복잡한 아이디어들을 본능적으로 이해한다. 다랑어의 경우 매 순간 점성학의 전문가가 된다. "어디에 있든 관계없이 다랑어들은 동지冬至를 맞이한 곳에서 춘분까지 머문다"라고 몽테뉴는 보고했다. 또 완벽한 입방체의 모양으로 무리지어 헤엄쳐 다니는 것으로 미루어볼 때 다랑어는 기하학과 산수를 이해하는 것이 분명했다. "떼를 지어 다니는 다랑어들은 한 줄만 세면 전체 숫자를 알 수 있다. 그 이유는 깊이와 넓이, 길이를 이루는 다랑어의 무리가 마치 입방체 같기 때문이다." 개도 변증법적 논리를 약간은 타고났다. 몽테뉴는 주인을 찾아나선 개가 세 갈래 길에서 취하는 행동을 설명했다.

그 개는 먼저 하나의 길을, 그리고 다른 하나의 길을 굽어본 뒤에 자기 주인이 선택한 것이 분명하다고 판단되는 세 번째 길을 달려 갔다.

> 여기에 순수한 변증법이 있다. 그 개는 선언적, 결합적 명제들을 활용했고, 그 명제들의 각 부분을 적절히 열거했다. 그놈이 이 모든 것을 스스로 터득했느냐 아니면 트라페주스의 게오르기오스가 쓴 『변증법』을 통해서 배웠느냐가 중요한 문제인가? —『수상록』 II

동물들은 종종 사랑에서도 인간보다 한 수 위임을 보여주었다. 몽 테뉴는 알렉산드리아의 꽃 파는 여자와 사랑에 빠진 코끼리의 이야기를 부러운 마음으로 읽었다. 장터 바닥을 끌려 다닐 때면 그 코끼리는 자신의 주름진 코를 주인 여자의 셔츠 깃 속으로 집어넣고는 어떤 인간도 할 수 없는 솜씨로 그녀의 젖가슴을 애무했다.

그리고 농장의 가장 비천한 동물도 아무런 노력을 기울이지 않고도 고대의 가장 현명한 사람의 철학적 초연함을 능가할 수 있었다. 그리스의 철학자 피론(기원전 360?-270, 고대 그리스의 철학자. 회의론의 시조로 불린다/역주)은 언젠가 배로 여행을 하다가 사나운 폭풍을 만난 적이 있었다. 맹렬한 파도가 선박을 집어삼킬까봐 두려워 승객들은 모두 허둥대기 시작했다. 그런데도 한 승객만은 평정을 잃지 않고 평화로운 표정을 지은 채 구석에 말없이 앉아 있었다. 바로 돼지였다.

> (우리가 그렇게 높이 칭송하고, 또 그것이 존재함으로써 우리 인간이 스스로를 만물의 영장이라고 생각하는) 이성이 인간에게 있는 것은 우리를 고문하기 위해서라고 감히 결론 내려도 괜찮을까? 만약 우리가 지식을

얻게 된 결과, 그것을 얻지 않았다면 누릴 수 있었을지도 모르는 평
정과 안식을 잃게 된다면, 그리고 그 지식이란 것이 우리의 처지를
피론의 돼지보다 더 열악하게 만든다면, 지식이란 것이 무슨 소용
이 있겠는가?　　　　　　　　　　　　　　　　　　 —『수상록』I

몽테뉴는 정신이란 것이 우리 인간에게 감사해야 마땅한 어떤 것
을 주었는지 의심스러웠다.

　　인간에게는 변덕과 망설임, 의심, 고통, 미신, 어떤 일이 벌어질지
　　에 대한 (심지어 죽은 후에 대한) 근심, 야심, 탐욕, 질투, 부러움, 통제
　　할 수 없고 광적이고 길들이기 힘든 식욕, 전쟁, 거짓말, 불충, 그리
　　고 험담과 호기심이 주어졌다. 우리는 공정하고 논증적인 이성과
　　무엇인가를 판단하고 배울 줄 아는 능력에 자긍심을 가진다. 하지
　　만 우리는 훨씬 더 큰 대가를 지불하고 그런 것들을 사들였다.
　　　　　　　　　　　　　　　　　　　　　　　 —『수상록』II

그러나 선택의 기회가 주어졌다고 하더라도, 몽테뉴가 염소로 사
는 길을 택했을 리는 만무하다. 다만 염소의 삶처럼 유유자적했으
면 하는 바람이 있었을 것이다. 키케로는 이성의 긍정적인 측면을
잘 설명했다. 그리고 열여섯 번의 세기가 더 흘러, 이성의 부정적
인 측면을 소개하는 것은 몽테뉴의 몫이었다.

　　우리가 어리석은 짓을 했다거나 어리석은 말을 했다는 것을 아는
　　것은 아무것도 아니다. 우리는 더 크고 중요한 교훈을 배워야 한다.
　　우리 인간이 한갓 멍청이에 지나지 않는다는 사실을.　　 —『수상록』III

자신이 멍청이일 수도 있다는 사실을 한번도 생각해보지 않았던 키케로 같은 철학자들이 가장 멍청한 존재들이 아니었을까? 이성에 대한 그릇된 신뢰는 천치의 뿌리이다. 그리고 간접적으로는 부적절함의 근원이기도 하다.

자신이 글귀를 새겨넣은 나무 들보 아래에서 몽테뉴는 새로운 철학의 윤곽을 그릴 수 있었다. 그 새로운 철학이란 고대의 사상가들이 우리를 안내하고자 했던 길로부터 우리가 너무 멀리 벗어나 있다는 사실을 인정하는 것이었다. 우리는 대체로 이성을 잃고 광기에 휩싸이거나, 야비하거나, 흥분하는 영혼들이기 때문에 동물들 옆에 서면 많은 점에서 동물들이 우리보다 더 건강하고 덕이 있는 존재로 보인다. 불행하게도 철학자들이 꼭 반영했어야 할 현실이 이러한데도 그렇게 한 철학자는 드물었다.

> 우리의 삶은 한 부분은 광기로, 또 다른 부분은 지혜로 구성된다.
> 그래서 인생에 대하여 그저 공손하게, 그리고 관습대로 글을 쓰는
> 사람은 누구나 인생의 반 이상을 뒤에 버려두고 가는 셈이다.
>
> ─『수상록』III

게다가 인간의 약점을 수용하고 우리가 결코 가지지 못한 자신에 대한 통제력을 더 이상 고집하지 않는다면, 우리는 관대하면서도 속죄의 성격이 강한 몽테뉴의 철학에서 반은 지혜롭고 반은 멍청이 같은 삶의 방식으로도 여전히 적절한 존재가 될 수 있다는 사실을 발견할 수 있을 것이다.

2
성적 부적절함에 대하여

인간이 육체와 정신을 함께 가지고 있다는 사실의 중요성에 대해서 사람들은 종종 깊이 인식하지 못한다. 육체는 정신의 위엄, 그리고 지능과는 끔찍하리만큼 대조적인 것이기 때문이다. 우리의 육체는 냄새를 풍기고 병들고 쇠약해지고 늙어간다. 육체는 우리의 의지와는 상관없이 방귀를 뀌고 트림을 하고 땀을 흘리고 격렬한 소리들을 내기 때문에 다른 사람과 한 침대에 들기 위해서는 위신을 포기하도록 만든다. 여기서 말하는 육체의 소리는 미국의 사막에서 하이에나들이 황무지를 사이에 두고 서로를 외쳐 부르는 소리를 떠올리게 한다. 게다가 우리의 육체는 정신을 볼모로 잡고 있다. 우리의 인생관은 허기를 채우는 행위만으로도 바뀔 수 있다. 몽테뉴도 "나는 식사 전과 후에 완전히 서로 다른 사람으로 느껴진다"고 말했다.

> 건강이 좋고 햇볕이 화창한 날이면 나는 꽤나 사근사근해진다. 그러다가도 발톱이 살갗을 파고드는 일이라도 생기면, 나는 과민해지고, 성질이 사나워지고, 가까이하기에 어려운 존재가 된다.
>
> ─『수상록』 II

더없이 위대한 철학자들까지도 육체적 수치심에서 자유롭지 못했다. 몽테뉴는 "플라톤이 간질이나 뇌일혈로 쓰러진다고 한번 상상해보자"고 제안했다. "그리고 그에게 고귀하고 당당한 영혼의 도움을 약간이라도 얻어보라고 요구해보라." 아니면 심포지엄 도중에 플라톤이 방귀를 뀌어야 할 절박한 상황에 처했다고 상상해보라.

> 우리의 복부를 채운 것을 배출시키는 괄약근은 우리의 바람과는 무관하게, 심지어 의지에 반하여 스스로 팽창하고 수축하는 기능을 가지고 있다.
> ―『수상록』 I

몽테뉴는 어떤 남자가 자신의 의지대로 방귀를 뀌는 요령을 알고 있으며, 시의 운율에 맞추어서 연속적으로 방귀를 뀌기도 한다는 얘기를 들었다. 하지만 그런 숙달도 정신보다 육체가 앞선다는 일반적인 경험과, "가장 지각 없고 난폭한" 신체 부위는 괄약근이라는 몽테뉴의 생각을 바꾸지 못했다. 게다가 몽테뉴는 방귀의 힘이 "걷잡을 수 없을 정도로 강해져서 40년 동안이나 속 시원하게 방귀를 한번도 뀌지 못하고 참고 살다가 서서히 죽어간 사람에 대한" 비극적인 이야기까지 들었던 터였다.

사람들이 이처럼 냄새를 풍기는 신체 부위의 존재 자체를 부인하고 싶은 유혹을 느낀다고 해도 전혀 이상할 것이 없다. 몽테뉴가 만났던 어느 여인은 자신의 소화기관들이 얼마나 혐오감을 일으키는지를 예리하게 파악하고는 자신은 마치 그런 것들을 가지지 않은 것처럼 살고 싶어했다.

> (위대한 사람들 사이에서) [이] 여인은……음식을 씹는 행위가 얼굴을 찌그러뜨려 여성의 우아함과 아름다움을 훼손시킨다고 굳게 믿

었다. 그래서 배가 고플 때면 그녀는 사람들 앞에 나서는 것을 피했다. 그리고 내가 아는 한 남자는 다른 사람들이 먹는 모습을 너그럽게 보아주지 못했을 뿐만 아니라 다른 사람들이 자신의 먹는 모습을 지켜보도록 내버려두지도 않았다. 그는 자신의 배를 비울 때보다 채울 때 사람들을 더 피했다.　　　　　　　　　—『수상록』III

몽테뉴는 또 성적 욕망을 주체하지 못하고 고민하다가 거세함으로써 자신의 고통을 종식시킨 남자들도 알고 있었다. 또 다른 남자들은 지나치게 활동적인 자신의 고환을 눈ₐ과 식초를 묻힌 압박붕대로 감아 욕망을 억눌렀다. 신성 로마 제국의 막시밀리안 1세(1459-1519, 당대의 민중, 특히 인문주의자들에게 인기가 있었다. "최후의 기사"로 불렸다/역주)는 제왕의 풍모를 유지하는 것과 육신을 가진 것 사이에서 생기는 대립을 잘 알았던 터라 그 누구도 자신의 벗은 모습을, 특히 허리 아랫부분을 보아서는 안 된다는 명령을 내렸다. 그는 특별히 자신의 유언에서 리넨 팬츠를 입혀 자신을 묻어달라고 주문했다. "그는 팬츠를 입혀줄 사람은 꼭 눈을 가려야 한다는 내용의 유언 보족서補足書까지 덧붙였어야 했는데"라고 몽테뉴는 적었다.

우리가 제아무리 그런 극단적인 조치들에 이끌린다고 해도 몽테뉴의 철학에서 얻을 것은 어디까지나 조화이다. "우리 인간의 괴로움 중에서 가장 세련되지 못한 것은 자신의 존재를 경멸하는 것이다." 우리 자신을 두 조각 내지 못해 안달을 부릴 것이 아니라, 복잡다단한 육체를 상대로 한 전쟁을 중지하고 그것을 그렇게 무서

위할 필요도 없고 그렇게 굴욕적이지도 않은, 그리고 무엇보다 어쩔 수 없는 우리 인간의 조건으로 받아들이는 법을 배워야 한다.

1993년 여름, L과 나는 휴일을 맞아 포르투갈의 북부 지역을 여행했다. 우리는 미뉴 지방의 마을들을 끼고 자동차를 달려 비아나두 카스텔루의 남부에서 며칠을 보냈다. 그 일이 일어난 것은 그곳에서였다. 휴일 마지막 날 밤에 바다가 내려다보이는 작은 호텔에서 나는 갑자기 ― 별다른 사전 경고도 없이 ― 더 이상 섹스를 할수 없게 되었다는 사실을 깨달았다. 만약 포르투갈로 여행을 떠나기 몇 개월 전에 몽테뉴의 『수상록』 제I권의 제21장을 우연히 읽지 않았더라면, 아마 그 경험을 말로 설명하는 것은 물론이고 그문제를 극복하기 어려웠을지 모른다.

몽테뉴는 그 부분에서 자기 친구가 들려준 어떤 남자의 경험담을 적었는데, 그 남자가 여성의 몸에 자신의 성기를 삽입하려는 순간 그때까지 발기해 있던 성기가 갑자기 시들게 된 이유를 설명하는 내용이었다. 몽테뉴의 친구는 자신의 일이 아닌데도 갑작스러운 수축 현상이 그 남자에게 안겨주었을 낭패감이 너무나도 생생하여 그 자신이 여자와 잠자리를 같이하게 되었을 때도 그 이야기를 머리에서 지우지 못했다. 그 남자가 겪었던 대재앙이 자신에게도 닥치지 않을까 하는 불안감이 엄습하면서 이번에는 그의 성기가 발기하지 않았던 것이다. 그날 이후로는 아무리 여자를 갈망해도 발기를 할 수 없었으며, 수치스러운 기억은 점점 더 강한 힘으로 그 친구를 조롱하고 학대했다.

몽테뉴의 친구는 성기를 자신의 이성으로 확고부동하게 지배하는 데에 실패함으로써 발기불능이 되었다. 몽테뉴는 성기를 탓하지 않았다. "진짜 발기불능을 제외하고는, 한번만 더 발기할 수 있다면, 다시 발기불능에 빠지지 않는다." 그 남자로 하여금 성교를 못하게 막은 것은, 인간은 정신으로 육체를 완벽하게 지배할 수 있다는 억압적인 관념과, 정상의 범주에서 탈락하지 않을까 하는 두려움이었다. 이에 대한 해결책은 정상이라는 것의 정의를 다시 내리는 것이다. 그런 문제의 재발을 사전에 막는 것은—발기불능에 빠졌던 그 남자가 결국 깨달았던 것처럼—성기에 대한 통제불능에 대해서, 누구나 성교를 하다 보면 언제든지 일어날 수 있는, 그러면서도 전혀 해害가 없는 일로 받아들임으로써 가능했다. 몽테뉴의 친구는 다음과 같은 것을 배웠다.

> 그는 결국 자신의 약점을 인정하고 그 문제를 공개적으로 털어놓는 법을 먼저 배웠다. 그렇게 하자 그의 영혼 속에 내재되어 있던 긴장이 풀렸다. 자신의 약점을 대수롭지 않은 것으로 여기자 위축감이 느슨해지고 그를 짓누르던 중압감도 가벼워졌다.　　　―『수상록』I

몽테뉴의 솔직함은 독자의 영혼을 죄던 긴장을 풀어준다. 이제 성기의 돌연한 수축은 이루 말로 표현할 수 없는 수치심의 음산한 귀퉁이에서 빠져나와, 육체적인 것이라면 그 어떤 것도 그냥 넘기지 않았던 한 철학자의 세속적이면서도 겁 없는 눈에 의해서 재심을 받았다. 발기불능이 개인적으로 책잡힐 만한 흠이라는 편견은 몽테뉴의 묘사로 깨끗이 사라졌다.

> 우리가 원하지 않을 때 염치없이 불룩불룩 앞으로 일어서는 이놈의
> [보편적] 불복종이야말로 정말 기가 찰 노릇이 아닌가. 우리에게
> 간절히 필요할 때는 당혹스러울 만큼 밑으로 축 처져버리면서도 말
> 이다.　　　　　　　　　　　　　　　　　　　　　　　　　　　　—『수상록』I

정부情婦와의 성교에 실패하고는 변명을 중얼거릴 수밖에 달리 방
법이 없었던 한 남자의 경우, 자신의 발기불능도 성적 불상사의
넓은 영역에 속하는 것으로 그렇게 드물지도 않고 그렇게 특이하
지도 않다는 사실을 수긍함으로써 그 자신도 힘을 다시 얻고 연인
의 근심도 풀어줄 수 있었다. 몽테뉴는 가스코뉴의 한 귀족을 알
고 있었는데, 그는 여자와 잠자리를 함께했다가 성기의 발기가 지
속되지 않자 도망치듯이 집으로 가서 자신의 성기를 잘라낸 뒤
"자신의 무례를 속죄하기 위해서" 그것을 그 부인에게 보냈다. 그
에 대해서 몽테뉴는 이런 제안을 내놓았다.

> 만약 [남녀가] 준비가 되어 있지 않다면, 일을 서둘러서는 안 된다.
> 첫 번의 실패로 그만 나락의 구렁텅이로 빠지는 것보다는 적당한
> 순간을 기다리는 것이……더 낫다.……한 번의 실패를 맛본 사람
> 은 다양하고 부담 없는 감정 분출을 통해서 전주곡처럼 몇 차례 가
> 볍게 시험을 거쳐야 한다. 자기 자신이 앞으로는 영원히 성교에 적
> 절치 못한 사람이라는 사실을 입증하는 일에 완고하게 매달려서는
> 결코 안 된다.　　　　　　　　　　　　　　　　　　　　　—『수상록』I

이런 조언은 우리가 성행위에서 느끼는 가장 외로운 순간들을 명

료하게 표현한 것으로서, 선정적이지 않으면서 진심을 담고 있다. 침실의 내밀한 슬픔을 들춰내면서 몽테뉴는 그 슬픔에서 모욕을 모조리 걷어내는 한편, 우리를 각자의 육체적 자아와 화해하도록 유도했다. 은밀히 즐기면서도 결코 드러내놓고 이야기하기는 힘든 것들을 설명하는 그의 용기는 연인이나 자신에게 표현할 수 있는 것들의 범위를 한층 더 넓혀주었다. 그 용기는, 말하자면 인간에게 일어날 수 있는 것들 중에서는 결코 비인간적인 것은 없으며 그리고 "모든 사람은 온전한 형태의 인간 조건을 가지고 있다"는 몽테뉴의 확신에 바탕을 둔 것이었다. 여기에서 말하는 조건에는 간혹 축 늘어지는 성기의 반역적인 무기력의 위험도 포함되는데, 그것 때문에 얼굴을 붉히거나 자신을 혐오할 필요는 없다.

몽테뉴는 육체에서 일어나는 다양한 문제들에 우리가 적절히 대처하지 못하는 것은 고상한 집단들이 그런 문제들에 대해서 솔직하게 토론할 기회를 가지지 않는 데에도 일부 원인이 있다고 주장했다. 예로부터 내려오는 전형적인 이야기나 그림들을 보면 여성들의 우아함과 성교에 대한 관심, 그리고 권위와 괄약근 또는 성기의 소유는 서로 어울리지 않는 것 같다. 왕과 부인들의 초상화들은 저런 탁월한 영혼들도 방귀를 뀌거나 성교를 했으리라는 생각을 품지 못하게 한다. 몽테뉴는 퉁명스러우면서도 아름다운 프랑스어로 그 그림의 여백을 채웠다.

> Au plus eslevé throne du monde si ne sommes assis que sus nostre cul.
>
> **이 세상에서 가장 높은 옥좌 위에 앉아 있다지만, 그래도 엉덩이 위**

일세.

—『수상록』III

Les Roys et les philosophes fientent, et les dames aussi.

왕과 철학자들도 똥을 눈다네. 부인들도 마찬가지라네.

—『수상록』III

앙리 3세   카트린 드 메디치

몽테뉴는 이를 달리 표현할 수도 있었을 것이다. 이를 테면 "cul(엉덩이)" 대신에 "derrière(뒤)"나 "fesses(볼기)"로, "fienter(똥을 누다)" 대신에 "aller au cabinet(화장실에 가다)"로 말이다. (젊은 학생들의 분발을 위하여, 그리고 프랑스어에 대한 지식을 최고 수준으로 끌어올리려고 노력하는 다른 모든 사람들을 위하여) 1611년 런던에서 발간된 랜들 캇그레이브의 『불영사전(佛英辭典)』에 따르면 "fienter"는 특히 기생충과 오소리의 배설과 관련되는 것으로 설명되어 있다. 만약 몽테뉴가 굳이 그런 자극적인 단어를 사용할 필요성을 느꼈다면, 그것은 철학자들의

저작과 일반 가정의 응접실에서 흔히 볼 수 있는 육체에 대한 자제를 그만큼 강렬하게 바로잡고 싶었기 때문이었을 것이다. 부인들은 절대로 볼일을 보지 않는다거나 왕에게는 엉덩이가 없다는 터무니없는 통념은 몽테뉴로 하여금 그들도 똥을 누고 엉덩이를 가지고 있다는 점을 이 세상에 상기시키도록 만들었다.

> 인간 생식기의 활동은 너무도 자연스러울 뿐 아니라 없어서도 안 되고 또 정상적인 것이다. 우리 인간이 그런 것을 입에 담을 때마다 당혹스러움을 느껴야 하고, 진지하고 예의 바른 대화에서는 가급적 제외시키려고 노력하게 된 사연은 무엇일까? **죽이다, 훔치다** 또는 **배반하다**라는 단어는 별 두려움 없이 쓰면서도 굳이 그런 표현을 할 때만은 얼버무리지 않는가. ―『수상록』 III

몽테뉴의 성이 자리 잡은 곳에서 그리 멀리 떨어지지 않은 곳에는 너도밤나무 숲이 여럿 있었다. 하나는 북쪽으로 카스티용-라-바티유라는 마을 근처에, 다른 하나는 동쪽으로 생 비비앙 근처에 있었다. 몽테뉴의 딸 레오노르도 그 숲의 정적과 장엄함을 익히 알고 있었을 테지만, 주위의 분위기 때문에 그 숲의 이름을 알려고 들지 않았다. 프랑스어로 너도밤나무는 "fouteau"로 불렸는데, "fuck(성교하다)"을 뜻하는 프랑스어가 바로 "foutre"이기 때문이다.

몽테뉴는 레오노르에 대해서, 그리고 열네 살이라는 나이에 대해서 "내 딸은―하나뿐인 자식인데―보다 열정적인 소녀였다면, 법적으로 결혼이 허용되는 나이이다"라고 설명했다.

그 애는 몸이 호리호리하고 얌전하다. 자기 어머니 손에 조용히 키워져서 그런지 외모로 보면 나이보다 어려 보이는데, 지금 그 애는 어린이의 순진무구함을 벗어던지려고 애쓰고 있다. 한번은 그 애가 내가 보는 앞에서 프랑스 책을 읽다가 잘 알려진 "fouteau"라는 나무의 이름과 우연히 마주치게 되었다. 그러자 여자 가정교사가 갑자기 딸아이를 약간 무례하게 제지하더니 그 골치 아픈 도랑을 건너뛰게 했다.

―『수상록』 III

야비한 하인이 스무 명이나 있었다고 해도, "fouteau"라는 단어를 건너뛰게 한 그 가정교사보다 더 확실하게 그 단어 뒤에 숨어 있는 뜻을 레오노르에게 가르치지는 못했을 것이라고 몽테뉴는 빈정대듯이 썼다. 그러나 그녀의 고용주가 통명스럽게 표현했던 대로 "늙은 암양"의 입장에서는 그 단어를 뛰어넘는 것이 기본적인 태도였다. 왜냐하면 훗날 한 남자와 침실에 함께 누웠을 때에 겪을 일을 미리 아는 것은 어린 여자 아이에게는 그리 고상한 일로 여겨지지 않았기 때문이다.

몽테뉴는 우리가 본래 가지고 있던 많은 것들을 배제하려는 전통적인 인간의 초상을 흠잡았다. 그 자신이 직접 책을 쓰기로 한 것도 부분적으로는 이런 현상을 수정하려는 뜻에서였다. 서른여덟 살의 나이로 은퇴했을 때 그는 책을 쓰고 싶었지만, 어떤 것을 주제로 삼아야 할지 자신이 서지 않았다. 점차로 그의 머리 속에 아이디어가 자리잡아갔는데, 그 책은 너무나 엉뚱하여 그의 서재의 반원형 서가에 꽂혀 있던 천 권 가량의 책과는 달랐다.

몽테뉴는 자신에 대한 글을 쓰기 위해서 저자로서 엄청난 수치심을 감수했다. 그는 자신의 정신과 육체 활동을 가능한 한 명료하게 묘사하겠다고 다짐하고 『수상록』 서문에 그 뜻을 밝혔다. 이 책은 1580년에 보르도에서 둘째 권까지 한꺼번에 출판되었고, 8년 뒤 파리 판版에서 셋째 권이 추가되었다.

> 아직도 자연의 중요한 법칙들의 달콤한 자유를 누리며 산다는 사람들이 있으면, 나는 나 자신의 온전한 모습을, 완전히 벌거벗은 모습을 묘사하려고 최대한 노력할 것이라는 점을 그대들에게 분명히 밝힐 수 있소.
> —「서론」의 주

그때까지 그 어느 저자도 독자들에게 옷을 걸치지 않은 자신의 모습을 보여주겠다는 뜻을 품지 않았다. 정장을 차려입은 공식 초상화들과 성인들, 교황들, 로마 황제와 그리스 정치인들의 일대기가 언제나 넘쳐흘렀다. 심지어 몽테뉴까지도 공식 초상화가 있었다. 토마스 드 뤼(1562-1620?)가 그린 몽테뉴는 시장 관복 차림에 1571년에 샤를 9세가 그에게 하사한 생 미셸 수도회의 고리줄까

지 목에 걸었으며, 표정은 속을 읽기 어려울 정도로 근엄하다(몽테뉴는 1581년 9월 이탈리아 여행 도중에 보르도 시장으로 선출되었다/역주).

그렇지만 이렇게 옷을 걸친, 키케로풍의 단아한 자아는 몽테뉴가 『수상록』에서 드러내기를 원했던 그의 본래 모습이 아니었다. 그는 인간의 온전한 모습, 말하자면 인간의 참 모습의 대부분을 배제해버린 초상화를 대신할 수 있는 무엇인가를 만드는 데 관심이 있었다. 그의 책이 자신의 식사와 성기, 화장실, 성적 정복과 방귀에 대해서 논의했던 것도 그 때문이다. 이런 세부적인 사항들은 그 전에 나온 심각한 책에서는 거의 다뤄지지 않은 것들이며, 이성적인 존재로서의 그의 이미지를 심각하게 훼손하는 내용이었다. 몽테뉴는 자신의 독자들에게 다음과 같은 것들을 알렸다.

그의 남근의 행위는 그의 정체성에서 없어서는 안 되는 부분이다 :

나의 신체 부위는 어느 하나 할 것 없이, 서로 똑같은 비중으로, 나를 나이게끔 만든다. 그 어느 것도 다른 것에 비해서 나를 더 인간답게 만들지는 않는다. 나에게는 나의 완벽한 초상을 대중들에게 돌려줄 의무가 있다. —『수상록』 III

그는 섹스가 시끄럽고 혼란스럽다는 사실을 깨달았다 :

그 외의 다른 일에서는 당신은 어느 정도 예절을 갖출 수 있다. 다른 모든 행위는 적절함이라는 규율을 받아들인다. 그러나 이 한 가지 행위만은 결함이 있거나 우스꽝스러운 것으로 생각되기 쉽다. 오직 현명하고 분별 있게 섹스를 하는 요령을 깨치도록 하라! —『수상록』 III

그는 변기에 앉아 있을 때 편안함을 느꼈다:

모든 자연의 작용 중에서 절대로 방해받고 싶지 않은 순간은 그런 때였다.　　　　　　　　　　　　　　　　　　　　　—『수상록』Ⅲ

그리고 그는 매우 규칙적으로 화장실에 갔다:

나와 나의 장기臟器는 서로의 랑데부를 지키는 데에 결코 실패하지 않는다. (급한 업무나 병이 있어서 우리가 방해받지 않는 때) 내가 침실에서 벌떡 일어나는 것은 그 랑데뷰를 위해서이다.　　　—『수상록』Ⅲ

만약 우리가 우리 주위의 초상화들에 중요성을 부여한다면, 그 이유는 그 초상화들을 본보기 삼아 스스로의 삶을 거기에 맞추어 살아보려고 하기 때문이다. 각자의 삶의 여러 모습들 중에서 그 초상화의 주인공들과 일치하는 부분을 수용하면서 말이다. 우리는 다른 사람들에게서 확인하는 것에는 쉽게 귀를 기울인다. 그러나 다른 사람들이 침묵하는 것들에 대해서는 눈을 감아버리거나 오직 수치로 여기기가 쉽다.

더없이 사려 깊고 더없이 현명한 사람들이 [성]행위를 하는 모습을 상상할 때면, 나는 그 사람들이 사려 깊고 현명하다고 주장하는 것은 몰염치한 짓이라고 생각했다.　　　　　　　—『수상록』Ⅲ

지혜를 얻기가 불가능하다는 뜻은 아니다. 몽테뉴가 섬세하게 추구했던 것은 그보다는 지혜에 대한 정의였다. 진정한 지혜는 보다 속된 자아와의 조화를 필요로 한다. 또한 지혜는 지적이고 고상한 문화가 우리의 삶에서 할 수 있는 역할에 대해서 좀더 소박한 시각을 가져야 하고, 필멸의 인간이라는 틀에서 일어나는 절박하고 간혹 원시적인 요구도 받아들여야 한다. 에피쿠로스 학파와 스토 아 철학자들은 인간이 육체를 정복할 수 있고, 또 육체적이고 열 정적인 자아에 결코 휩쓸려서는 안 된다고 암시했다. 그것은 인간 으로 하여금 가장 고매한 열망을 품도록 자극하는 고귀한 충고이 다. 하지만 그 충고를 완벽하게 따르기란 불가능하며, 오히려 반대 의 결과를 초래한다.

> 어떤 인간도 정착할 수 없는 높기만 한 철학의 산봉우리들이 그리 고 우리의 관습과 힘을 넘어선 곳에 있는 규율들이 도대체 무슨 소 용이란 말인가? ──『수상록』III
>
> [인간이] 자신과는 엄청나게 다른 존재의 기준에 맞추어서 자신의 의무를 정하는 것은 그다지 현명하지 않다. ──『수상록』III

육체는 부정할 수도 없고 정복할 수도 없는 것이다. 그러나 몽테뉴 가 "늙은 암염소"에게 상기시키고자 했던 것처럼, 적어도 "fouteau" 에 대한 관심과 위엄을 놓고 고민할 필요는 전혀 없다.

> 이 세속의 감옥에 사는 동안 우리에게는 순전히 육체적이거나 순전 히 영적인 것은 존재하지 않으며, 살아 있는 어떤 존재를 둘로 나누 는 것은 해로운 짓이라고 말해도 되지 않을까? ──『수상록』III

3
문화적 부적절함에 대하여

부적절하다는 느낌을 일으키는 또 다른 원인은 사람들이 이 세상을 두 개의 진영으로, 말하자면 **정상적인 것**과 **비정상적인 것**으로 나눌 때 드러나는 그 오만함과 신속함이다. 우리의 경험과 믿음은 다른 사람들로부터 곧잘 무시당하곤 한다. 그들은 눈살을 찌푸리며 "정말 그래? 참 이상하군!" 하고 말하면서 미심쩍은 표정으로 일종의 경고를 하는데, 그런 말에는 우리의 정당성과 인간성을 부인하려는 의도가 약간 담겨 있다.

1580년 여름에 몽테뉴는 평생의 꿈을 실현하기 위해서 프랑스 밖을 나서는 첫 여행길에 올랐다. 말을 타고 독일과 오스트리아, 스위스를 거쳐 로마에 이르는 긴 여정이었다. 그의 여행에는 동생인 베르트랑 드 마테쿨롱을 포함한 젊은 귀족 4명과 하인 여남은 명이 동행했다. 그들은 집을 떠나 17개월 동안 무려 3,000마일을 여행할 예정이었다. 많은 도시 중에서도 특히 바젤, 바덴, 샤프하우젠, 아우크스부르크, 인스부르크, 베로나, 베네치아, 파도바, 볼로냐, 피렌체, 시에나를 훑으면서 1581년 11월 마지막 날 저녁 무렵 로마에 닿을 계획이었다.

일행과 함께 여행하면서 몽테뉴는 사람들이 정상이라고 생각하는 관념들이 지방에 따라서 얼마나 뚜렷하게 달라지는지를 관찰했다. 스위스 여러 주의 여관에서는 바닥보다 많이 높은 침대가 정상으로 통했기 때문에 침대에 오르기 위해서는 디딤판이 필요했고, 침대 주위로는 멋진 커튼이 드리워져 있어야 했으며, 여행객들에게는 나름대로 은밀한 공간이 주어져야만 했다. 그곳에서 몇 마일 떨어지지 않은 독일 땅에서는 방바닥과 거의 구별이 없는 높이의 침대가 정상으로 받아들여졌으며, 침대 주변에는 커튼도 없었고, 여행객들은 한 방에 4명씩 자야 했다. 그곳의 여관 주인들은 여행객들에게 프랑스 여관에서 볼 수 있는 침대 시트 대신 깃털 이불을 내놓았다. 바젤에서는 포도주에 물을 타지 않았으며 저녁식사 때는 예닐곱 가지의 코스 요리를 즐겼다. 바덴에서는 매주 수요일은 생선으로만 식탁을 꾸몄다. 스위스의 가장 작은 마을이었던 바덴은 고작 2명의 경찰에 의해서 치안이 유지되었다. 독일인들은 15분마다 종을 울렸고, 심지어 1분 단위로 종을 울리는 마을도 있었다. 린다우에서는 모과로 만든 수프를 내놓았으며, 고기 접시는 수프에 앞서 나왔고, 빵은 회향茴香으로 만든 것이었다.

프랑스 여행객들은 그런 차이에 대해서 매우 언짢아했다. 호텔에서는 이상야릇한 음식이 든 찬장을 피하면서 자신들이 고향에서 익히 알고 있던 정상적인 음식을 요구했다. 그들은 그들의 언어를 사용하지 않는 실수를 저지른 사람들과는 절대로 대화를 하려고 하지 않았으며, 몹시 조심스럽게 회향 빵에 손을 댔다. 몽테뉴는 자신의 테이블에서 그런 그들을 관찰하고 있었다.

> 자신들의 마을을 떠나오자마자 그들은 마치 물을 떠난 물고기같이 군다. 어디를 가나 자신들의 방식을 고집하고 낯선 것들을 저주한다. 그러다가 같은 나라 사람을 만나면……그들은 그 만남을 축하한다.……까다롭고 과도하게 신중하게 굴며, 그들은 자신을 망토 속에 푹 파묻고는 미지의 나라와 접촉하지 못하도록 단속하며 여행을 하는 셈이었다.　　　　　　　　　　　　　　　—『수상록』 III

15세기 중반에 남부 독일에서는 새로운 방식의 난방법이 개발되었다. 카스테노펜이라고 하는, 별도의 버팀장치 없이 서 있을 수 있는 상자 모양의 철제 난로로 직사각형의 철판을 서로 붙여 만든 것인데, 석탄이나 나무를 때도록 되어 있었다. 기나긴 겨울에는 이 난방장치의 이점이 이만저만이 아니었다. 폐쇄형 난로는 개방형 난로보다 4배나 많은 열을 발산하는 데다 연료도 훨씬 덜 들었고 굴뚝 청소를 할 필요도 없었다. 열은 난로 둘레의 철판에 흡수되었다가 서서히, 그리고 골고루 공간으로 퍼져나갔다. 난로 주위에는 빨래를 말리기 위해서 막대기를 고정시켜놓았다. 가족들은 겨울 내내 그 난로 주변에 모여 서로 얼굴을 맞대고 이야기를 나누었다.

그런데도 프랑스인들은 감명을 받지 못했다. 그들은 개방형 난로를 설치하는 것이 돈이 덜 든다며 독일의 난로가 빛을 발산하는 기구로서의 역할을 하지 못할 뿐만 아니라 공기 중의 습기를 지나치게 많이 빼앗아 방안이 답답한 분위기를 풍긴다고 비난했다.

이것은 지역간의 몰이해의 문제였다. 1580년 10월 아우크스부르크에서 몽테뉴는, 개방형 난로로 집을 따뜻하게 하는 프랑스식 난방법에 대해서 장시간 비난을 퍼붓다가 마지막에 가서 철제 난로의 이점을 늘어놓는 한 독일인을 만났다. 몽테뉴가 그 마을에서 며칠밖에 묵지 않을 것(그는 15일에 도착해서 19일에 떠날 예정이었다)이라는 말을 듣고 그 독일인은 몽테뉴에게 아우크스부르크를 떠나면 느끼게 될 여러 가지 불편 중에서 특히 개방형 난로를 다시접할 때 겪을 "머리가 무거운 기분"에 대해서 동정의 뜻을 표시했는데, 그가 우려한 그 기분이야말로 프랑스 사람들이 독일식 철제난로에 대해서 오랫동안 불만을 표시했던 것이었다.

몽테뉴는 이 문제에 대해서 숙소에서 문을 닫은 채 곰곰이 생각해보았다. 바덴에서도 그는 철제 난로가 있는 방에서 지내게 되었는데, 이미 난로가 발산하는 냄새에 익숙해졌기 때문에 안락한 밤을보낼 수 있었다. 그는 그 난로 덕에 모피 가운을 입지 않고도 머리손질을 할 수 있었으며, 몇 개월 뒤 이탈리아에서 맞이한 어느 추운 밤에는 자신이 묵는 여관에 난로가 없다는 사실에 유감을 표하기도 했다.

집으로 돌아오자 그는 다양한 난방 시스템의 장단점을 비교했다.
> 그 철제 난로가 텁텁한 열기를 방출하고, 점점 달아오르면서 타는연료들이 냄새를 풍겨 그 난로에 익숙하지 않은 사람에게 두통을일으키는 것은 사실이다.……그런 한편 그 난로가 방출하는 열이

고르고, 지속적이고, 공간 전체에 골고루 퍼지는데다 불꽃도 보이

지 않고 벽난로 때문에 생기는 연기와 외풍이 없기 때문에 우리의

것과 필적할 요소를 많이 갖추고 있다.　　　　　─『수상록』III

사실 몽테뉴를 괴롭혔던 것은, 프랑스 사람들이나 아우크스부르
크의 신사가 검증을 거치지 않고도 꿋꿋이 고집하는, 자신들의 난
방장치가 상대방의 난방장치보다 더 우월하다고 믿는 그 맹신이
었다. 몽테뉴가 만약 독일에서 돌아와 자신의 서재에 아우크스부
르크의 철제 난로를 설치했다면, 그의 고향 사람들은 아마 모든
새로운 것에 보내는 그런 의심의 눈빛을 보냈을 것이다.

　　어느 나라 할것없이, 다른 나라 사람들의 눈에는 야만스럽거나 충

　　격적으로 비치는 관습이나 관행이 있게 마련이다.　　─『수상록』III

물론 난로나 벽난로와 관련해서는 야만스럽거나 경이로울 것이
전혀 없었다. 어떤 한 사회가 제시하는 정상적인 것에 대한 정의
는 실제로 온당한 것들 중에서 극히 일부분만을 포용하고 나머지
대다수를 비정상적인 것으로 비난하는 경우가 많다. 아우크스부
르크 출신의 그 남자와 몽테뉴의 고향인 가스코뉴의 이웃들에게
철제 난로나 개방형 난로나 모두 수용 가능한 난방장치의 범위 안
에서 그 나름의 정당성을 가진다는 사실을 지적하면서, 몽테뉴는
자신의 독자들에게 지역적으로 한정되어 있는, 정상적인 것에 대
한 관념을 확장하도록 촉구하고 있다. 그렇게 함으로써 그는 자신
이 존경했던 철학자의 발자취를 따르고 있었던 셈이다.

　　소크라테스에게 사람들이 그대는 어디서 왔느냐고 묻자, 그는 "아테

　　네에서"라고 대답하지 않고 "세계에서"라고 대답했다.　─『수상록』I

그 얼마 전에 이 세상은 유럽 사람들이 생각해왔던 것보다 훨씬 더 특이하다는 사실이 드러났다. 몽테뉴가 태어나기 41년 전인 1492년 10월 12일 금요일, 크리스토퍼 콜럼버스는 플로리다 만灣 입구에 있는 바하마 군도의 많은 섬들 가운데 한 섬에 당도하여 과나하니 인디언들과 접촉했는데, 이 인디언들은 그때까지 예수 이야기를 한번도 들어보지 못했고 걸어다닐 때도 실오라기 하나 걸치지 않았다.

몽테뉴는 대단한 호기심을 보였다. 그의 원형 서재에는 아메리카 인디언 종족의 풍속에 관한 책이 여러 권 꽂혀 있었다. 그중에는 프란시스코 로페스 데 고마라의 『서인도 제도의 일반 역사』와 지롤라모 벤조니의 『신세계의 역사』, 장 드 레리의 『브라질 여행』이 있었다. 몽테뉴는 남미 사람들은 거미, 메뚜기, 개미, 도마뱀, 박쥐를 즐겨 먹는다고 읽었다. "남미에 사는 사람들은 그런 것들을 삶아서 여러 가지 양념을 쳐서 다양한 음식으로 만들었다." 그리고 아메리카 인디언 종족 중에는 처녀들의 경우 은밀한 신체 부위를 공개적으로 드러내보이고, 신부들이 결혼식 날에 술잔치를 떠들썩하게 벌이고, 남자들끼리의 결혼도 허락되며, 죽은 사람을 푹 삶아 가루로 빻은 뒤 술에 섞어 떠들썩한 파티에서 친척들끼리 서로 나누어 마시는 종족도 있었다. 심지어 여자들이 서서 오줌을 누고 남자들은 앉아서 볼일을 보고, 남자들이 신체의 앞부분에는 털을 기르고 뒤쪽은 밀어버리는 나라도 있었다. 남자들이 할례를 하는 나라가 있었는가 하면, 남자 성기의 귀두가 햇빛을 볼까 두려워 귀두의 포피를 쭉 잡아당겨서 가느다란 실로 묶는 곳도 있었

철학의 위안

다. 사람들이 서로 만나면 인사를 할 때에 등을 돌리는 나라도 있었고, 왕이 침을 뱉을 때 궁정에서 왕의 총애를 받는 사람이 손바닥을 내밀었고, 왕이 볼일을 보면 시중드는 사람들이 그 배설물을 모아 리넨 천으로 싸는 나라도 있었다. 아름다움에 대한 인식도 나라마다 모두 서로 다른 것 같았다.

> 페루에서는 커다란 귀가 아름다운 것으로 통한다. 그래서 사람들은 억지로 크게 귀를 잡아늘인다. 지금도 살아 있는 한 남자가 전하기를, 동양에서는 귀를 잡아당겨 보석으로 장식하는 관습이 너무도 숭상되고 있어서, 여자들의 귓불에 뚫은 구멍으로 그 남자의 팔이나 옷, 아니 모든 물건들을 찔러 넣을 수 있었다고 한다. 또 다른 지역에서는 모든 백성이 이빨이 하얗게 보이는 것을 혐오해서 검게 물들인다. 또 어떤 곳에서는 이빨을 붉게 물들인다.……멕시코 여자들은 좁은 이마를 미의 상징으로 여긴다. 그래서 그 여자들은 다른 부위의 털을 모조리 뽑아버림으로써 앞이마의 머리털이 잘 자라도록 하여 인공적으로 무성하게 가꾼다. 그들은 또 풍만한 가슴을 대단하게 여기기 때문에 어깨 너머로 아이들에게 젖을 빨리는 것을 즐긴다. ─『수상록』 II

몽테뉴는 장 드 레리로부터 브라질의 투피 인디오의 경우 에덴 동산에서나 볼 수 있었던 것처럼 벌거벗고 걸어 다니면서도 전혀 부끄러워하는 기색을 보이지 않는다는 것을 배웠다(실제로 유럽인들이 투피 인디오 여성들에게 옷을 주려고 애쓰자 그들은 낄낄 웃으며 왜 사람들이 불편하기 짝이 없는 옷을 자신들에게 입히려고 하는지 모르겠다는 식의 반응을 보였다).

장 드 레리, 「브라질 여행」, 1578

장 드 레리의 책에 삽화를 제공한 목판공은 투피 인디오와 8년을
함께 보낸 인물인데, 유럽에서 나돌던 풍문, 즉 투피 인디오들은
동물만큼이나 털이 많다는 소문을 바로잡으려고 애썼다("이 나라
에 사는 우리가 그렇지 않듯이 그들도 본래 털복숭이가 아니다"). 남자들은
머리를 빡빡 밀었고, 여자들은 머리를 길게 길러 예쁜 빨간색 끈
으로 묶었다. 투피 인디오들은 씻는 것을 즐겨 강물을 볼 때마다
첨벙 뛰어 들어가서 서로 때를 밀어주었다. 그들은 하루에 열두
번도 더 씻었을지도 모른다.

   그들은 200명이 한꺼번에 자는, 기다랗게 생긴 헛간 같은 건물
에서 살았다. 침대는 무명으로 짰으며 해먹처럼 기둥과 기둥 사이
에 걸어두었다(사냥을 떠날 때 투피 인디오들은 침대를 가지고 가서 오후
에 낮잠을 잘 때면 나무 사이에 걸었다). 6개월마다 마을은 새로운 정착

철학의 위안

지로 옮겨갔는데, 거주자들이 풍경의 변화가 자신들에게 도움이 된다고 느꼈기 때문이다("분위기를 바꾸면 건강이 좋아질 것이라는 말 외에, 그들은 별 대꾸를 하지 않았다"). 투피 인디오의 생활은 꽤 질서가 잡혀 있었으며 그들은 종종 백 살까지 살았고 나이가 들어도 머리가 흰색이나 잿빛으로 세지 않았다. 그들은 또한 아주 친절했다. 이방인이 마을에 도착하면 부인들은 얼굴을 가리고 눈물을 지으면서 "안녕하세요? 이곳까지 방문하시느라 얼마나 노고가 많으셨어요!"라고 외치곤 했다. 즉시 방문객은 투피 인디오들이 즐겨 마시는, 어떤 나무뿌리로 만든 클라레(프랑스 보르도산 적포도주) 같은 색깔의 음료수를 대접받게 된다. 맛은 톡 쏘지만 위에 좋은 음료수였다.

투피 인디오 남자들은 부인을 한 사람 이상 둘 수 있었으며, 남자들은 여자들 모두에게 똑같이 헌신하는 것으로 알려졌다. "그들의 도덕체계는 오직 두 가지 조항으로 구성된다. 전투에서의 단단한 결의와 부인에 대한 사랑이 그것이다"라고 몽테뉴는 기록했다. 그리고 부인들도 절대로 질투를 하지 않고(성 관계에서는 가까운 친척과는 절대로 잠자리를 같이해서는 안 된다는 것이 유일한 금기일 정도로 꽤 느슨했다), 그런 식의 일부다처제에 분명히 행복해했다. 아내가 성의 아래층에 살았지만, 몽테뉴는 그런 세세한 이야기를 즐겼다.

그들의 결혼에서 느낄 수 있는 한 가지 아름다운 특징은 분명히 언급할 가치가 있다. 우리의 아내들이 남편이 다른 여자를 사랑하거나 호의적으로 대하지 못하도록 막는 데에 혈안이 된 것처럼, 그들의 아내들은 자신을 위해서 남편의 또다른 아내들을 확보하는 데에 열을 올린다. 다른 무엇보다도 남편의 명성에 관심이 많기 때문에 아내들은 가능한 한 많은 동료 아내들을 확보하려고 노력하면서 아울러 마음고생을 감수한다. 아내가 많다는 것은 곧 남편의 용맹성에 대한 증거이기 때문이다.
—『수상록』 I

이런 이야기는 두말할 필요 없이 특이한 것이었다. 그래도 몽테뉴는 그 어느 것도 비정상적이라고 판단하지 않았다.

그는 소수파에 속했다. 콜럼버스의 발견 이후 신천지를 착취하기 위해서 유럽을 떠나 신대륙에 도착한 스페인과 포르투갈의 이주자들은 원주민들을 보고는 동물이나 다름없다는 판단을 내렸다. 가톨릭 기사인 빌레가뇽은 그들에 대해서 "인간의 얼굴을 한 짐승"이라고 표현했으며, 칼뱅파 목사인 리히어는 그들에게는 윤리 감각이 없다고 주장했다. 그리고 의사인 로랑 주베르는 브라질 여성 다섯 명을 진찰한 뒤 그들에게는 월경이 없으며 그렇기 때문에 절대로 인간 종족에 속하지 않는다고 단언했다.

인디오의 인간성을 말살한 뒤 스페인인들은 그들을 짐승처럼 죽이기 시작했다. 1534년, 그러니까 콜럼버스가 도착하고 42년이 지난 시점에 아스텍과 잉카 제국은 완전히 파괴되었고 주민들은 노예가 되거나 살해당했다. 몽테뉴는 바르톨로메오 라스 카사스의 『인디오 학살에 대한 짧은 보고』(스페인의 세비야에서 1552년에 인쇄되었으며, 프랑스어로는 1580년에 자크 드 미그로드에 의해서 『스페인이 신대륙 인디오들에게 가한 잔혹한 학대』라는 제목으로 옮겨졌다)에서 그런 야만적인 내용을 읽었다. 인디오들은 자신들의 환대 때문에, 그리고 취약한 무력 때문에 종말을 맞은 셈이었다. 그들은 스페인인들에게 자신의 마을과 도시를 열어주었다가 결국 그 손님들이 자신들을, 그것도 맞설 준비가 전혀 되어 있지 않을 때 배신하는 것을 두 눈으로 목격해야 했다. 그들의 원시적인 무기는 스페인의 대포와 칼에는 상대가 되지 못했다. 정복자들은 그들의 희생자들에게 일말의 자비도 베풀지 않았다. 그들은 어린이들을 죽였고 임신한 여성들의 배를 가르고 눈을 후벼 파냈으며 가족 모두를 산 채로 불태우고 밤에 마을에 불을 질렀다.

그들은 정글로 도망간 인디오들까지 갈갈이 찢어 죽이려고 개들을 훈련시켰다.

남자 인디오들은 금광이나 은광으로 보내져 쇠고랑에 서로 묶인 채 일을 해야 했다. 그렇게 뼈 빠지게 일을 하다가 한 사람이 죽으면 한쪽에서는 여전히 다른 동료들이 계속 일을 하는 가운데 그 시체를 쇠고랑에서 풀어냈다. 대부분의 인디오들은 광산에서 3주일 이상을 버텨내지 못했다. 여자들은 남편이 보는 앞에서 강간을 당했다.

그들이 가장 즐겼던 신체 절단은 뺨과 코를 베어내는 것이었다. 라스 카사스는 스페인 군인들이 개를 앞세우고 다가오는 것을 본 한 인디오 여인이 어린 자식과 함께 스스로 목을 매는 장면을 묘사했다. 한 군인이 유아를 칼로 두 동강 내서 반쪽은 자기 개들에게 던져주고는 수도사에게 그 유아가 예수 그리스도의 천국에 자리를 얻을 수 있도록 마지막 의식을 집전해달라고 요청했다.

남녀가 따로 갈라지게 되자 절망감과 불안에 빠진 인디오들은 무더기로 자살을 감행했다. 몽테뉴가 태어난 1533년부터 『수상록』 제III권이 출간된 1588년 사이에 신대륙의 원주민 인구는 8천만

명에서 1천만 명으로 대폭 감소된 것으로 추정된다.

스페인인들은 정상적인 인간이 어떤 모습인지는 자신들이 잘 안다고 확신했기 때문에 뚜렷한 선악의 관념을 가지고 인디오들을 무자비하게 도살했다. 그들의 이성은 정상적인 인간은 바지를 입고 아내를 한 사람 두며 거미를 먹지 않고 침대에서 잠을 자는 존재들이라고 일러주었다.

> 우리는 그들의 언어를 전혀 이해하지 못했다. 그들의 태도와 심지어 그들의 생김새와 의복조차 우리의 것과는 완전히 달랐다. 우리 중에서 그런 그들을 짐승이나 야만인으로 여기지 않을 사람이 과연 몇 명이나 되었을까? 또 그들의 침묵을 우둔함과 짐승 같은 무지無知로 여기지 않을 사람들이 과연 있었을까? 아무튼, 그들은……손에 입을 맞추고 몸을 낮춰 인사하는 관습을 알지 못했다.　―『수상록』 II

그들도 인간으로 보일 수 있었을 것이다. "어쩌나! 그런데 바지를 입지 않았으니……."

학살의 이면에는 추잡한 추론이 도사리고 있었다. 정상적인 것과 비정상적인 것을 분리하는 작업은 전형적으로 귀납법의 형태로 진행된다. 그 방법에 따르면 특별한 예에서 일반적인 법칙을 추론한다(논리학자들의 설명처럼, 관찰을 통해서 A1이 Ø이고, A2도 Ø이고, A3도 Ø라는 결론을 얻으면, 우리는 모든 A는 Ø라는 결론에 도달한다). 어떤 사람이 지적인지 아닌지를 판단하기 위해서 우리는 지금까지 만났던 지적인 사람들 모두에게서 공통적으로 발견되는 특징들을 찾는다. 그래서 만약 〈그림 1〉처럼 보였던 지적인 사람을 만났고, 〈그림 2〉처럼 보였던 지적인 사람을 만났고, 그리고 〈그림 3〉처럼 보였던 또 다른 지적인 사람을 만났다면, 우리는 지적인 사람은 책을 많이 읽고, 검정 옷을 즐겨 입고, 엄숙하게 보이는 존재들이라고 결정짓기 쉽다. 그런 상황에서 〈그림 4〉처럼 보이는 누군가를 만난다면, 우리는 그 사람을 어리석은 존재라고 얕보고 훗날 그를 죽여버릴 수도 있다.

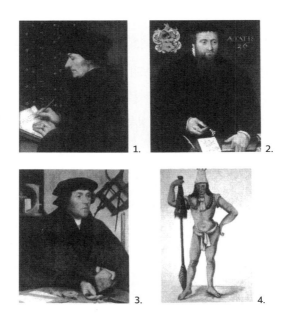

여행 도중에 여관 침실에 놓인 독일식 난로에 혐오감을 느꼈던 프랑스 여행객들은 아마도 독일에 오기 전에 고국에서 〈그림 1〉, 〈그림 2〉, 〈그림 3〉과 같은 벽난로들을 많이 보았을 것이다. 그런 경험을 통해서 그들은 훌륭한 난방장치의 핵심은 개방형 난로라고 결론지었을 수도 있다.

철학의 위안

몽테뉴는 당시 횡행하던 지적 오만을 개탄했다. 남미에는 야만인이 있었다. 그러나 거미를 먹는 존재는 아니었다.

> 사람은 누구나 자신이 익숙하지 않은 것을 보면 무엇이든 야만스럽다고 생각한다. 우리에게는 자기 나라의 관습이나 사고방식 외에는 달리 진실이나 올바른 이성의 기준이 없기 때문이다. 우리는 언제나 자기 나라에서 완벽한 종교와 완벽한 정치 형태, 그리고 모든 일을 처리하는 가장 발전되고 완벽한 방법을 찾게 된다.   —『수상록』 I

몽테뉴는 야만과 문명 사이의 구분을 없애려고 시도하지는 않았다. 각 나라의 관습에는 가치의 차이가 있었기 때문이다(문화 상대주의는 국수주의만큼 조잡하다). 그는 단지 야만과 문명을 구분하는 방식을 수정한 것이다. 자기 나라가 많은 미덕을 가지고 있을 수도 있다. 그렇지만 미덕으로 받아들여지는 이유가 오직 자기 나라의 것이기 때문이어서는 안 된다. 외국도 많은 결점을 가지고 있을 수 있다. 하지만 우리에게 낯설다는 사실 하나만으로 그런 관습들이 결점으로 받아들여져서는 곤란하다. 국적과 친숙함을 선善을 결정하는 기준으로 삼는 것은 불합리하다.

프랑스에서는 코가 막히면 손수건에다 코를 푸는 것이 관습이었다. 그런데 몽테뉴의 한 친구는 그 문제를 곰곰이 생각하다가 코가 막히면 바로 손에다가 푸는 것이 더 낫다는 결론에 다다랐다.

> 자신의 행동을 옹호하면서……그는 나에게 지저분한 콧물이 뭐 그리 대단하다고 콧물을 받기 위해서 미리 깨끗한 리넨 손수건을 곱게 접어 조심스럽게 주머니에 넣고 다니느냐고 물었다.……나도 그의 말이 전적으로 비이성적이라는 생각이 들지는 않았다. 그러나 그것이 관습으로 내려왔기 때문에 나는 그렇게 행동하면서도 다른 나라에서 그와 비슷한 관습을 보았더라면 흉측하다고 느낄 수 있었던 그 낯설음을 깨닫지 못했다.　　　　—『수상록』I

행동거지를 평가하는 수단은 편견보다는 꼼꼼한 추론이 되어야 했다. 경솔하게도 자신에게 익숙하지 않은 것을 보면 부적절한 것으로 치부하면서 고대 철학자들 중에서 가장 위대했던 인물이 제시한 지적 겸손의 가장 기본적인 가르침을 무시했던 사람들 때문에 몽테뉴도 낭패감을 느꼈다.

> 이 세상에 존재했던 가장 현명한 사람은, 아는 것이 무엇인가라는 질문을 받았을 때, 자신이 아는 것은 오직 자신이 아무것도 모른다는 사실 하나뿐이라고 대답했다.　　　　—『수상록』II

그렇다면 우리 자신이 다른 사람들로부터 비정상적이라는 암시를 풍기는 경계의 눈빛을 받게 될 때에는 어떻게 해야 하는가? 그 사람들이 정통성과 인간성을 부정하는 나름의 방식으로 눈썹을 치켜뜨며 "그래? 희한하군!" 하고 내뱉을 경우에 말이다. 그 반응은 몽테뉴의 친구가 가스코뉴에서 코를 그냥 손에 풀었다가 듣게 된 것과 비슷하며, 그런 것이 극단적인 형태로 나타난 것이 남미 부족의 참화였다.

아마도 우리는 비정상적인 것에 대한 타인의 비난이 지역적으로나 역사적으로나 어느 정도 근거가 있는지 따져보아야 할 것이다. 그런 비난에 따른 심적 부담을 없애려면, 우리는 단지 시간과 공간을 가로질러 관습의 다양성에 스스로를 노출시키기만 하면 된다. 어느 한 순간 어떤 집단에게는 비정상으로 받아들여지던 것도 지금 이 순간에는 그리고 앞으로는 그렇게 생각되지 않을 수도 있을 것이다. 우리는 마음속으로 국경을 가로지를 수도 있다.

몽테뉴는 편견의 국경을 뛰어넘는 데에 도움이 될 만한 책들로 자신의 서재를 채웠다. 역사서도 있었고, 여행기, 선교사나 선장의 보고서, 다른 나라의 문학 서적, 그리고 이상야릇한 복장으로 이름을 알 수 없는 생선을 먹고 있는 종족들이 그려진 그림책들도 있었다. 이런 책들을 섭렵하며 몽테뉴는 주위에서는 어떤 증거도 찾을 수 없었던 자신의 속성들에 대한 정통성을 확인할 수 있었다.

문화의 차이

로마적인 속성과 그리스적인 속성, 가스코뉴보다는 멕시코나 투피에 가까웠던 속성, 아내를 여섯이나 두고 싶고 뒷머리를 빡빡 밀어버리고 싶고 하루에 열두 번도 더 씻고 싶었던 마음 등. 그는 타키투스의 『연대기』와 곤잘레스 데 멘도사의 중국 역사, 굴라르의 포르투갈 역사, 레벨스키의 페르시아 역사, 레오 아프리카누스의 아프리카 여행기, 루시냐노의 키프로스 역사, 포스텔의 터키 및 동양 역사 모음, 그리고 뮌스터의 우주구조론에 의지하면서 자신만의 속성을 지킬 때에 생기는 외로움을 줄일 수 있었다.

우주의 진실을 논한 다른 사람들의 주장이 의문스럽다고 느껴지면, 몽테뉴는 비슷한 방식으로 고대의 철학자들이 설파했던 우주 이론들을 몽땅 모아놓고 비교했는데, 그럴 때면 그는 그 사상가들이 한결같이 모든 진실을 꿰뚫고 있다고 확신했음에도 불구하고 그들의 이론에서 어이없는 차이를 확인할 수 있었다. 그렇게 비

철학의 위안

교 연구했으나, 몽테뉴는 그들의 주장을 받아들여야 할지 말아야
할지 판단할 실마리조차 찾지 못했다고 빈정거리듯이 고백했다.

> 플라톤의 이데아, 에피쿠로스의 원자, 리시포스와 데모크리토스의
> 물질이 충만한 공간과 진공, 탈레스의 물, 아낙시만드로스의 자연
> 의 무한, 혹은 디오게네스의 에테르, 피타고라스의 수數와 대칭, 파
> 르메니데스의 무한, 무사이오스의 통일성, 아폴로도로스의 불과
> 물, 아낙사고라스의 균질 분자, 엠페도클레스의 불화와 조화, 헤라
> 클레이토스의 불, 혹은 끝없는 판단의 혼돈에서 나온 그밖의 다른
> 의견들과 인간의 훌륭한 이성으로 만들어진 학설들. 게다가 그들
> 이 하나같이 내세우는 확실함과 명쾌함이라니.　　　—『수상록』II

새로운 세상과 고대 서적들의 발견은 몽테뉴가 "애처롭고 호전적
인 오만함"이라고 묘사했던 것(그런 오만함은 그 자체가 맹목적인 믿음
과 확신을 가지게 마련이다)을 뿌리째 흔들어버렸다.

> 인간의 지혜라는 것에 담긴 지적 우둔함을 간파한 사람이라면 누구
> 나 놀랄 만한 이야깃거리를 가지게 될 것이다.……인간의 지적 능
> 력을 위대한 수준으로 끌어올렸던 그런 중요한 인물들에게서조차
> 엄청난 오류를 발견할 때, 우리는 인간에 대해서, 인간의 감각에 대
> 해서, 그리고 인간의 이성에 대해서 어떻게 생각해야 하는지 판단
> 할 수 있을 것이다.　　　　　　　　　　　　—『수상록』II

말을 타고 유럽 곳곳을 돌면서 17개월을 보낸 것 또한 몽테뉴에게
큰 도움이 되었다. 몽테뉴는 많은 나라와 다양한 삶의 방식을 목
격함으로써 자신이 살던 지역의 억압적인 분위기에도 불구하고

어느 정도 마음의 평온을 찾게 되었다. 한 사회가 비정상적인 것으로 판단한 것을, 다른 사회는 정상적인 것으로 열렬히 환영하기도 했던 것이다.

이국 땅은 우리가 살고 있는 지역 특유의 오만함에 의해서 배제되었던, 그럴 수도 있겠다는 느낌을 우리에게 되돌려주며, 스스로에게 대해서 보다 너그럽도록 고무한다. 지역이 어디가 되었든, 예컨대 아테네, 아우크스부르크, 쿠스코, 멕시코, 로마, 세비야, 가스코뉴를 불문하고 어디든, 각 지역이 제시하는 정상적인 것에 대한 관념은 인간의 본성 중에서 극히 일부 측면만을 고려할 뿐이면서 부당하게도 본성의 나머지 측면들을 야만적이거나 기괴한 것으로 치부해버린다. 사람은 누구나 온전한 형태의 인간적 조건을 갖추고 있다. 그런데도 이 인간적 조건의 복잡성을 용인하는 나라는 한 나라도 없는 것 같다. 몽테뉴가 자신의 서재 천장의 들보에 썼다는 57개의 글귀 중에는 테렌티우스의 글도 있었다.

나는 사람이다. 인간의 것 중에서 나에게 낯선 것은 아무것도 없다.

말 등에 타고서, 아니면 상상 속에서 여러 국경을 건너 여행함으로써 몽테뉴는 우리에게 지역적 편견과 또 그것이 유발하는 자아 분열을 버리고 세계 시민으로서 보다 덜 옹졸한 주체성을 가지도록 권했다.

비정상적이라는 비난에 대한 또 다른 위안은 친구, 말하자면 다정한 존재를 두는 것이다. 친구란 우리가 가진 많은 것들에 대하여 보다 적극적으로 정상적이라고 판단해줄 만큼 친절한 사람을 일

철학의 위안

컫는다. 흔히 사람들로부터 지나치게 신랄하다거나, 외설적이라 거나, 절망적이라거나, 어리석다거나, 약았다거나, 허약하다고 비 난받았을 것 같은 것도 친구 사이라면 긍정적인 판단을 공유할 수 있을 것이다. 어찌 보면 우정이란 다른 사람들이 합리적이라고 생 각하는 것들에 맞서기 위한 작은 음모인 셈이다.

에피쿠로스처럼 몽테뉴는 우정을 행복의 필수 조건이라고 믿 었다.

> 나의 판단에 비춰볼 때, 서로 잘 어울리고 서로 양립할 수 있는 우
> 정의 달콤함은 그 소중함을 아무리 강조해도 지나치지 않다. 오!
> 친구여, 그 옛날의 판단이 얼마나 진실했던가. 친구의 잦은 왕래는
> 생활에 꼭 필요한 물보다도 더 달콤하고, 불보다도 더 간절히 필요
> 하다는 의견 말이다. —『수상록』III

한동안 몽테뉴는 운 좋게도 그런 우정을 누릴 수 있었다. 몽테뉴 는 스물다섯 살에 보르도 지방 의회 의원으로 활동하던 스물여덟 살의 작가 에티엔 드 라 보에티에를 소개받았다. 그들의 만남은 단번에 우정으로 피어났다.

> 우리는 일찍부터 서로에 관한 이야기들을 많이 들었기 때문에 직접
> 눈길을 마주하기 전부터 이미 서로를 갈구하고 있었다.……우리는
> 이름만으로도 서로를 기꺼이 받아들였다. 그리고 사람들이 운집한
> 마을 축제에서 우연히 이루어진 첫 만남에서 우리 둘은 서로에게
> 흠뻑 빠졌고, 서로를 익히 잘 알고, 서로 매우 밀접히 얽혀 있다는
> 사실을 깨달았기 때문에 그날 이후로 줄곧 우리 두 사람에게는 둘
> 의 우정보다 더 긴밀한 것은 없었다. —『수상록』I

몽테뉴는 믿기를, 그 우정은 300년에 한 번 생길까 말까 한 사건이었다. 그들의 우정에는 흔히들 "우정"이라는 단어로 표현되는 미지근한 결연과는 공통점이 전혀 없었다.

> 흔히 친구나 우정이라고 부르는 것들은 우연 혹은 유사함으로 연결되는 친밀한 관계나 면식에 지나지 않는다. 그런 관계를 통해서 우리의 영혼들은 서로를 격려한다. 그러나 지금 내가 이야기하는 우정에서는 영혼들이 서로 한데 어울리며 녹아들기 때문에 두 영혼을 결합한 솔기마저도 눈에 보이지 않는다. ―『수상록』I

만약 많은 사람들이 이 세상에 대해서 크게 실망하지 않았다면, 예컨대 몽테뉴의 경우 주변 사람들에게 자신의 많은 것을 숨길 필요가 없었다면, 우정이 그토록 소중하게 평가받지는 못했을 것이다. 몽테뉴가 라 보에티에를 향해 품었던 애착의 깊이를 뒤집어본다면, 그가 다른 사람과 교유할 때 상대방의 의심이나 불쾌감을 피하기 위해서 자신의 가공한 이미지를 보여주느라 얼마나 강박관념에 시달렸는지를 짐작할 수 있다. 몇 년 뒤, 몽테뉴는 라 보에티에에 대한 자신의 애착의 근원을 분석했다.

> 그만이 나의 진정한 초상을 들여다볼 특권을 누렸다. ―『수상록』III

말하자면 라 보에티에는 몽테뉴가 알고 지낸 사람들 중에서 유일하게 몽테뉴를 올바르게 이해했던 것이다. 라 보에티에는 몽테뉴가 본연의 모습을 지킬 수 있도록 허용했던 것이다. 그는 심리적 예민함을 발휘하면서 몽테뉴가 그렇게 할 수 있도록 배려했다. 그리고 몽테뉴의 인격 중에서 상당히 중요한 부분인데도 그때까지 무시당해왔던 면모들을 다시 되살릴 기회를 몽테뉴에게 제공했다. 우리가 누군가를 친구로 인정하는 것은 상대방이 친절하고 서로 어울리며 즐길 만한 인물이기 때문이기도 하지만(아마 이 점이 더 중요할지도 모른다), 그가 우리라는 존재를 있는 그대로의 모습으로 이해해주기 때문이기도 하다.

그러나 그런 낭만적인 이야기는 참으로 덧없이 끝나고 말았다. 첫 만남이 있은 지 4년 후, 1563년 8월 라 보에티에가 그만 위경련으로 쓰러져 끝내 일어나지 못하고 며칠 뒤 세상을 떠나고 만 것이다. 그로 인한 상심은 몽테뉴를 평생 괴롭히게 된다.

> 솔직히 말해서 그와 같은 존재가 베푸는 달콤한 동료애와 우정을 즐기는 것이 허용되었던 4년과……내 인생의 나머지를 비교해보면, 나머지 인생은 한줌의 연기와 재, 어둡고 기괴한 하룻밤에 지나지 않는다. 그를 잃어버린 그날 이후……나는 맥을 놓고 삶을 질질 끌고 왔을 뿐이다. ―『수상록』 I

『수상록』에는 죽은 친구에 비견할 만한 영혼의 소유자를 갈망하는 표현이 여러 군데 나타난다. 라 보에티에가 죽고 18년이 지난 후에도 여전히 몽테뉴는 수시로 비탄에 빠졌다. 1581년 5월, 광천수를 마시러 갔던 (피렌체 지방의) 루카 근처의 라 빌라에서 그는 자신의 여행 일지에 하루 종일 라 보에티에에 대한 추억에 젖어 지냈다는 기록을 남겼다. "나는 아주 오랫동안 이런 기분에서 회복되지 못하고 빠져 지냈기 때문에 피폐해졌다."

몽테뉴는 그 후로 다시는 우정의 축복을 받지 못했다. 그러나 그는 가장 훌륭한 형태의 보상을 발견했다. 『수상록』에서 그는 라 보에티에가 인정했던 자신의 진정한 초상을 다른 매개물을 빌려 창조했던 것이다. 그는 친구와 함께 할 때 진정한 자신의 모습을 찾을 수 있었듯이 책장 위에서 자신의 모습으로 돌아갈 수 있었다.

그의 저술 행위는 주변 사람들에 대한 실망에 자극받은 것이었다. 게다가 다른 곳의 어느 누군가가 이해해줄 것이라는 기대감으로 고무되었다. 그의 책은 특별히 누군가를 향한 것이 아니라 모든 사람을 향한 말걸기였다. 그는 서점을 찾을 이방인들에게 자신의 가장 내밀한 자아를 표현하는 행위의 역설을 잘 알고 있었다.

어떤 개인에게도 말하려고 하지 않았던 많은 것들을 나는 대중에게 말한다. 그리고 나의 가장 은밀한 사고들을 꿰뚫고 있는 서점의 진열대를 나의 가장 충직한 친구라고 부르고 싶다.　　　─『수상록』 III

그리고 우리는 이런 역설에 감사해야 한다. 저자들이 말을 걸 사람들을 찾지 못한 까닭에 씌어진 책들의 수를 감안하면, 서점이야말로 그런 외로운 사람들에게는 가장 가치 있는 목적지가 아닐까?

철학의 위안

몽테뉴는 개인적인 고독감을 덜기 위해서 글을 쓰기 시작했을지도 모른다. 하지만 그의 책은 우리의 외로움도 약간은 경감시켜줄 것이다. 어떤 사람이 자신을 정직하고 진솔하게 그린 초상화는, 그 속에는 자신의 성적 불능이나 방귀, 죽은 친구에 대한 언급도 있고, 화장실에 앉아 볼일을 볼 때 마음의 평화가 필요한 이유에 대한 설명도 있는데, 정상적인 교제와 정상적인 초상화에서는 언급되지 않지만, 그래도 우리의 실재의 한 부분임이 틀림없는 우리 자신의 어떤 측면에 대해서 스스로 덜 별스럽게 느끼도록 해준다.

4

지적 부적절함에 대하여

이 세상에는 똑똑한 사람이 되기 위해서 갖추어야 할 것들에 대한
주요한 가설이 몇 가지 있다.

똑똑한 사람들이 알아야 하는 것들

그런 것들 중 하나는, 많은 학교와 대학에서 가르치는 것들에 반
영되어 있는데, 영리한 사람들은 아래와 같은 문제에 대답할 줄
알아야 한다는 것이다.

1. 아래 삼각형에서 x로 표시된 부분의 길이와 각도를 계산하라.

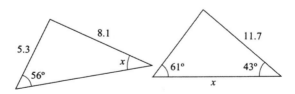

2. 아래 문장들에서 주어와 술어, 연결사와 (만약 있다면) 수량형용

사는 어느 것인가.

Dogs are man's best friend ; Lucilius is wicked ; All bats are
members of the class of rodents ; Nothing green is in the room?

3. 토마스 아퀴나스의 "제1원인"이란 무엇인가?

4. 다음 글을 번역하라.

Πᾶσα τέχνη καὶ πᾶσα μέθοδος, ὁμοίως δὲ πρᾶξίς τε καὶ
προαίρεσις, ἀγαθοῦ τινὸς ἐφίεσθαι δοκεῖ· διὸ καλῶς
ἀπεφήναντο τἀγαθὸν οὗ πάντ' ἐφίεται. (διαφορὰ δέ τις
φαίνεται τῶν τελῶν· τὰ μὲν γάρ εἰοιν ἐνέργειαι, τὰ δὲ παρ'
αὐτὰς ἔργα τινά· ὧν δ' εἰσὶ τέλη τινὰ παρὰ τὰς πράξεις, ἐν
τούτοις βελτίω πέφυκε τῶν ἐνεργειῶν τὰ ἔργα.) πολλῶν δὲ
πράξεών οὐσῶν καὶ τεχνῶν καὶ ἐπιστημῶν πολλὰ γίνεται
καὶ τὰ τέλη· ἰατρικῆς μὲν γὰρ ὑγίεια, ναυπηγικῆς δὲ πλοῖον,
οτρατηγικῆς δὲ νίκη, οἰκονομικῆς δὲ πλοῦτος.

—아리스토텔레스, 『니코마코스 윤리학』, 1장 i-iv

5. 다음 글을 번역하라.

In capitis mei levitatem iocatus est et in oculorum valitudinem
et in crurum gracilitatem et in staturam. Quae contumelia est
quod apparet audire? Coram uno aliquid dictum ridemus, coram
pluribus indignamur, et eorum aliis libertatem non relinquimus,
quae ipsi in nos dicere adsuevimus; iocis temperatis delectamur,

immodicis irascimur.   —세네카, 『자비에 관하여』, XVI, 4

몽테뉴는 이런 종류의 질문을 자주 받았고 또 대답도 잘했다. 그는 프랑스의 최고 교육 기관의 하나인 보르도의 콜레주 드 기옌에 다녔는데, 그때 이 학교는 시대에 뒤떨어져 부적절한 것으로 평가받던 콜레주 데 자르를 대체하기 위해서 1533년에 세워졌다. 몽테뉴가 여섯 살의 어린 나이에 입학했을 때, 그 학교는 이미 배움의 터전으로 전국적인 명성을 쌓고 있었다. 학교 간부 중에는 개화된 교장인 앙드레 드 구베와 저명한 그리스어 학자인 니콜라 드 그루시, 아리스토텔레스 전공의 기욤 게렝, 그리고 스코틀랜드의 시인 조지 부캐넌이 있었다.

만약 누군가가 콜레주 드 기옌을 떠받치고 있던 교육철학이나 그 학교의 개교를 전후한 때 대부분의 학교와 대학의 교육철학을 정의하려고 한다면, 어떻게든 학생은 세상(역사, 과학, 문학)에 대해서 많은 것을 배우면 배울수록 더 좋다는 사상에 바탕을 두고 정의를 내리려고 할 것이다. 그러나 몽테뉴는 졸업할 때까지 콜레주에서 교과과목을 충실하게 따른 뒤 아주 중요한 단서를 하나 덧붙였다.

만약 현명한 사람이라면, 그는 어떤 것이든 그것의 진정한 가치를 측정할 때, 그것이 자신의 삶에 얼마나 유익하고 적절한지를 잣대로 삼아야 할 것이다.   —『수상록』 II

우리로 하여금 더 낫다고 느끼도록 만드는 것만이 배우고 이해할 만한 가치가 있다는 것이다.

콜레주 드 기옌에서는 탁월하고 지적인 존재의 예로 고대의 위대한 사상가 두 명이 떠받들어졌을 것이다. 학생들은 아리스토텔레스의 『분석론 전서 : 추리론』과 『분석론 후서 : 증명론』의 세계를 맛보았을 법한데, 이 책에서 이 그리스 철학자는 논리학을 개척하면서 만약 A가 B의 모든 속성을 나타내고, B가 C의 모든 속성을 나타낸다면, A는 필연적으로 C의 모든 속성을 나타내게 된다고 설명했다. 아리스토텔레스는 만약 하나의 진술이 S의 P를 말하거나 부정한다면, S와 P는 그 진술의 술어들이며, 이때 P는 술부이고 S는 주부라고 주장했다. 그는 또 어느 진술이나 모든 S 혹은 S의 일부분의 P를 확언하거나 부정함으로써 보편적이 되거나 특수한 것이 되게 마련이라고 덧붙였다. 그리고 율리우스 카이사르의 서재를 꾸며주었던 마르쿠스 테렌티우스 바로라는 로마의 학자가 있었는데, 이 학자는 교양과목에 관한 백과사전과 어원학, 언어학에 관한 저서 25권을 포함하여 모두 600여 권의 책을 썼다.

몽테뉴의 마음이 움직이지 않은 것은 아니었다. 그들이 단어의 기원에 관한 책을 쓰고 보편적인 명제를 발견한 것은 명백한 업적이었다. 그런데 그런 위대한 업적을 남긴 사람들이 철학적 논리에 대해서 한번도 들어보지 못했던 사람들보다 결코 더 행복하지도 않았고, 약간은 더 불행하기까지 했다는 사실은 참으로 이상하지 않은가. 몽테뉴는 아리스토텔레스와 바로의 삶을 떠올리면서 한 가지 의문을 품었다.

바로와 아리스토텔레스의 박학다식이 정작 그들 자신들에게는 어떤 소용이 있었던가? 그것이 그들을 질병으로부터 자유롭게 했던

가? 그것이 평범한 짐꾼에게 일어났던 불행을 덜어주었는가? 논리학이 그들의 통풍痛風에 위안이 되었던가……?   —『수상록』II

그 두 사람이 그렇게 박식하면서도 무척 불행했던 배경을 이해하기 위해서 몽테뉴는 지식을 두 개의 범주로, 즉 **학문**learning과 **지혜** wisdom로 구분했다. 학문의 범주에는 논리학과 어원학, 문법, 라틴어와 그리스어가 들어갔다. 그리고 지혜의 범주에는 그보다 훨씬 더 폭넓고 이해하기 어렵고, 보다 가치 있는 지식의 종류를 넣었는데, 여기에는 사람들이 잘살 수 있도록 이를테면 사람들이 행복하게 도덕적으로 살 수 있도록 도와주는 것이면 무엇이든지 해당되었다.

전문적인 교수진과 교장을 두었음에도 불구하고 콜레주 드 기옌이 안고 있던 문제는 학문을 전달하는 데는 뛰어났지만, 지혜를 전파하는 데는 완전히 실패했다는 점이었다. 바로와 아리스토텔레스의 개인적인 삶을 망쳐놓았던 잘못이 이번에는 제도적 차원에서 되풀이되었던 것이다.

나는 기꺼이 교육의 부조리라는 주제로 돌아가겠다. 우리의 교육목적은 우리를 행복하고 현명하게 만드는 것이 아니라 머리에 무엇인가를 집어넣는 것이었다. 그리고 그런 목적이라면 성공한 셈이다. 교육은 우리에게 미덕을 추구하고 지혜를 포용하도록 가르치지 않았다. 그것은 단어의 기원이나 어원 같은 것들을 우리의 뇌에 각인시켰다.……   —『수상록』II

선뜻 우리는 이렇게 묻는다. "그 사람은 그리스어와 라틴어를 아는

가" "그 사람은 시와 산문을 쓸 수 있는가?" 그렇지만 가장 중요한 것을 우리는 대수롭지 않게 생각하고 있다. "그 사람은 더 선해지고 현명해졌는가?" 우리는 **가장 많이** 이해하는 사람이 아니라 **가장 잘** 이해하는 사람을 찾아야 한다. 우리는 이해와 옳고 그름에 대한 분별은 공허하게 비워놓은 채 오직 기억을 채우기 위해서 분투한다.

—『수상록』I

몽테뉴는 운동을 잘했던 적이 한번도 없었다. "춤이나 테니스, 레슬링에는 보통 수준 이상의 기술을 터득하지 못했으며, 수영과 펜싱, 뛰어넘기, 도약은 전혀 문외한이었다." 그럼에도 불구하고, 대부분의 학교 선생이 가르치는 지혜가 턱없이 부족한 데에 대해서 강한 반감을 품었기 때문에, 몽테뉴는 프랑스 젊은이의 교육에 대한 대안을 제안하는 데에 전혀 주저함이 없었다.

만일 우리의 영혼들이 보다 유연하게 움직이지 못하고 또 우리가 보다 건강한 판단력을 가지지 못한다면, 그러면 차라리 학생이 테니스를 치면서 시간을 보내는 것이 더 나을 것이다.

부적절한 존재들을 위하여

당연히 그도 학생이라면 학교에 다녀야 한다는 생각에는 찬성했을 것이다. 그러나 그가 꿈꾸었던 학교는 학생들에게 단어의 어원보다는 지혜를 가르치고, 추상적인 질문에 경도된 오랜 지적 편견을 바로잡아줄 수 있는 그런 곳이었다. 소아시아의 밀레토스 출신인 탈레스가 그런 편견의 오래된 예에 속했다. 그는 기원전 6세기에 천체를 측정하려고 시도했고 또 이등변삼각형의 정리를 이용하여 이집트의 거대한 피라미드의 높이를 측정한 업적으로 오랜 세월 칭송을 받았다. 이는 두말할 필요 없이 눈부신 업적임에 틀림없지만, 몽테뉴는 이런 사실이 자신의 주요 교과과정이 되는 것을 결코 원하지 않았다. 그는 탈레스가 알고 지냈던 한 건방진 소녀가 함축적으로 전한 교육철학에 더 공감했다.

> 나는 언제나 밀레토스 출신이었던 그 소녀에게 감사하는 마음을 느꼈다. 두 눈으로 위를 올려다보면서……창공을 응시하는 일에 몰입했던 그 고장의 철학자에게 자기 발 아래에 놓여 있는 모든 것들을 설명한 뒤에나 구름 위에 있는 것들에 매달리라는 뜻의 경고를 전하기 위해서 소녀는 그의 발을 걸었다.……지금 그대들도 철학에 관여하는 사람이면 누구에게나 그 소녀가 탈레스에게 한 것과 똑같이 비난할 수 있다. 그 이유는 철학에 빠진 사람은 자기 발 아래에 놓인 문제를 보지 못하기 때문이다.　　　　—『수상록』 II

몽테뉴는 다른 분야에서도 이와 비슷하게, 수준이 낮지만 중요성에서는 절대로 뒤지지 않는 행위보다는 비범해 보이는 행위에 특권을 부여하려는 경향이 있는 것을 간파하고, 밀레토스 출신의 그 소녀처럼 사람들을 다시 현실로 끌어내리려고 노력했다.

> 돌파구를 뚫고, 외교사절을 이끌고, 나라를 다스리는 것은 분명 빛
> 나는 행위들이다. 하지만 꾸짖고, 웃고, 물건을 사고팔고, 사랑하
> 고, 미워하고, 그리고 그대 자신과 더 나아가서 그대의 식솔과 마찰
> 없이 공평하게, 그대 자신을 속이거나 게으르지 않고, 잘 어울려 사
> 는 것보다 더 빛나고, 또 드물고 어려운 일은 없다. 사람들이야 어떻
> 게 보든, 그처럼 남에게 드러나지 않는 삶은 그렇지 않은 삶들 못지
> 않은 긴장과 무게로 각자의 의무를 훌륭하게 수행한다. ─『수상록』 III

그렇다면 몽테뉴가 학생들이 학교에서 배웠으면 하고 바랐던 것
은 무엇이었을까? 그가 마음에 두었던, 그리고 불행한 아리스토텔
레스와 바로의 정신활동에서는 도외시되었던 현명한 지력을 테스
트할 수 있는 시험은 어떤 것이었을까?

그 시험들은 일상의 삶에서 봉착하는 도전, 이를테면 사랑, 섹
스, 질병, 죽음, 어린이, 돈, 야망에 관한 질문을 제시했을지도 모
른다.

몽테뉴식 지혜에 관한 시험

1. 약 7, 8년 전, 여기서 6마일쯤 떨어진 곳에 지금도 살고 있는 한 시
    골 사람이 있었는데, 그는 아내의 질투 때문에 오래전부터 골머리
    를 썩이고 있었다. 그러던 어느 날 그는 일터에서 돌아오자마자 아
    내에게서 예의 잔소리부터 들었다. 그 소리가 그를 얼마나 분노케
    했던지, 그는 손에 쥐고 있던 낫으로 아내를 그렇게 열받게 만든 자

신의 신체 부위들을 잘라내서 그녀의 얼굴에 던져버렸다.

—『수상록』II

　a) 가정에서 일어나는 싸움은 어떤 식으로 해결해야 하는가?

　b) 그 아내는 잔소리를 하고 있었는가, 아니면 애정을 표현하고
　　 있었는가?

2. 다음의 두 인용문을 고찰하라.

　죽음이 왔을 때 나는 양배추를 심고 있었으면 한다. 죽음에 대해서
　도 걱정하지 않고, 미처 끝내지 못한 정원 손질에 대해서도 걱정하
　지 않으면서 말이다. 　　　　　　　　　　　　　　　　—『수상록』I

　나는 상추와 양배추를 잘 구별하지 못한다. 　　　　　　—『수상록』II

어느 쪽이 죽음에 보다 현명하게 접근하는 것인가?

3. 　아마도 여자들에게 어려서부터 [페니스의 크기의] 실제 모습이 어
　　 떤지를 가르쳐주는 것이 차라리 여자들이 자신의 상상력에 따라서
　　 그것의 크기를 마음대로 생각하도록 내버려두는 것보다 더 순수하
　　 고 유익한 관행일지 모른다. 여자들의 상상력에 맡길 경우 여자들
　　 의 머리 속에서 남자의 성기가 있는 그대로의 크기로 그려지지 않
　　 고 그들의 희망과 기대에 따라서 실제보다 3배 이상 큰 것으로 자
　　 리 잡게 된다.……왕궁 계단이나 복도에 소년들이 거대한 성기를
　　 갈겨 그린 낙서가 얼마나 큰 폐해를 낳는지! 그런 낙서로부터 인간
　　 본연의 능력에 대한 잔인한 오해가 비롯된다.

—『수상록』III

작은 물건을 타고난 남자는 이 주제를 어떤 식으로 생각해야 하는가?

4. 내가 아는 어떤 지주는 저택 홀에서 친한 사람들을 초청하여 환대를 하고는 4, 5일 뒤 농담(그 말에는 진실이 전혀 담겨 있지 않았기 때문이다)으로 자신이 손님들에게 고양이 파이를 대접했다고 능청스럽게 떠벌렸다. 그러자 파티에 참석했던 한 젊은 여인은 그 소리에 기겁을 한 나머지 심각한 위장장애와 발열로 쓰러졌는데, 그녀를 구하는 일은 불가능했다. ─『수상록』I

   도덕적 책임의 소재를 분석하라.

5. 자신에게 속삭이는 것이 다른 사람에게 미친 짓으로 비치지만 않는다면, 자신을 탓하면서 자신에게 "바보 얼간이 같으니!"라고 중얼거리지 않고 보내는 날은 단 하루도 없을 것이다. ─『수상록』I
   불행의 원인 중에서 가장 미련한 것은 우리의 존재를 경멸하는 것이다. ─『수상록』III

   자신에 대한 사랑은 어느 정도여야 하는가?

사람들에게 학문보다 지혜를 측정하는 시험지를 안겨주면, 아마 지식의 위계구조에 즉각적인 변동이 일어나고, 의외의 새로운 엘리트가 탄생하는 결과를 낳게 될 것이다. 그렇게 될 경우 떠들썩하지만 종종 가치 없는 존재였던 전통적인 지식인보다 앞뒤 조리가 맞지 않는 사람들이 오히려 더 똑똑하다고 인정받을지도 모른다는 생각에 몽테뉴는 기뻐했다.

내 평생에 대학교 총장보다 더 현명하고 행복한 기능공과 농부를 수백 명이나 보았다.　　　　　　　　　　—「수상록」I

똑똑한 사람으로 보이는 방법

책을 읽다가 이해하지 못하는 대목에 이르면, 우리는 흔히 그 책을 매우 지적인 책이라고 치부하곤 한다. 어떻든 심오한 관념들은 어린이들의 언어로는 설명될 수 없다. 그러나 어렵다고 하면 무조건 심오함을 떠올리는 것은, 조금 깐깐하게 따진다면, 감정에 치우친 판단이라고밖에 할 수 없다. 저술 분야에서는 대개 신비스럽고 이해하기 힘든 사람들이, 신뢰할 만하고 명쾌한 사람들은 결코 불러일으키지 못하는 존경을 소박한 마음의 소유자들로부터 받는 법이다.

몽테뉴는 신비스러운 내용의 책들에 대한 자신의 느낌을 그대로
고백하면서도 전혀 거리낌을 보이지 않았다. "나는 [그런 책들과
는] 오래 교류하지 못한다.""나는 오직 나의 흥미를 자극하는, 재
미있고 쉬운 [책들을] 좋아한다"고 그는 썼다.

> 나는 어떤 일로도, 심지어 그렇게나 소중하다는 학문을 얻는 일로
> 도 머리를 싸맬 생각은 없다. 책을 통해서 내가 추구하는 모든 것
> 은 시간을 올바르게 활용하여 나 자신에게 즐거움을 안겨주는 것
> 이다.……만약 책을 읽다가 어려운 문장을 만나기라도 하면 그 부
> 분을 곰곰 생각하느라 손톱을 물어뜯는 일은 결코 없다. 한두 번 이
> 해해보려고 노력하다가 안 되면 그것으로 그만이다.……어떤 책이
> 나를 피곤하게 만들면, 나는 다른 책을 집어든다.   ─『수상록』Ⅱ

얼마나 터무니없는 말인가. 서가에 책을 1,000권이나 꽂아두고,
그리스와 로마 철학에 통달한 사람의 입장에서 장난스레 젠체하
는 것 같지 않은가. 만약 몽테뉴 자신이 철학적 해설을 풀어놓으
면서 독자들을 졸리게 만드는 그런 애매모호한 신사로 비치기를
즐겼다면, 그것은 엉큼한 의도에서였을 것이다. 그가 게으름과 느
림을 되풀이하여 선언했던 것은 지식과 훌륭한 글쓰기에 대한 그
릇된 이해를 허물기 위한 전략적 방법이었다.

몽테뉴가 암시했듯이, 인문학 분야의 책이라고 해서 어렵거나 지
루한 내용이 되어야 할 이유는 없다. 지혜는 특수한 어휘나 문장구
조를 필요로 하지 않을 뿐만 아니라, 독자들을 피곤하게 해서 얻는
이점도 없다. 물론 매우 조심스럽게 활용한다면, 따분함 또한 책의

진가를 측정하는 지표가 될 수 있다. 비록 따분함이 충분한 판단근거가 결코 될 수 없다고 하더라도(또 그 정도가 심하면 책 읽기에 무관심하고 견딜 수 없도록 만들 위험이 있지만), 책에서 느끼는 따분함을 고려하는 것도 허튼 소리에 지나치게 관대하지 않고 어느 정도 균형 감각을 취할 수 있도록 도와준다. 책을 읽으면서 자신의 따분함에 귀를 기울이지 않는 사람들은, 고통에 관심을 주지 않는 사람처럼 불필요하게 자신의 고통을 증폭시킬지도 모른다. 터무니없이 따분해할 위험이 따를지라도, 우리가 읽는 책에 대해서 절대로 인내심을 잃어서는 안 된다는 태도에도 그만한 함정이 있을 것이다.

어려운 책들은 예외 없이 우리로 하여금 책의 내용이 명쾌하지 않다는 이유로 저자를 무능하다고 판단하게 하든지, 아니면 책의 내용을 파악하지 못하는 자신을 우둔하다고 결론 내리게 하든지 둘 중의 하나를 선택할 것을 요구한다. 몽테뉴는 우리에게 차라리 저자를 책망하는 쪽을 택하도록 부추겼다. 이해 불가능한 문체는 슬기로움보다는 게으름에서 비롯되었을 가능성이 높기 때문이다. 그렇지 않다면 내용의 부실함을 감추고 있을 것이다. 말할 것이 없다는 것을 난해한 문장이 완벽하게 가려주는 것이다.

난해함은, 말하자면 학문이 있는 사람들이 자신의 학문의 부실함을 드러내지 않기 위해서 마법을 걸어 불러내는, 그리고 인간의 어리석음이 그 보상으로 손에 쥐기를 갈구하는 한 닢의 동전과 같다.

—『수상록』 II

철학자들이 길거리나 시장에서 통하지 않는 단어들을 사용해야
할 이유는 전혀 없다.

> 개인적이거나 독특한 패션으로 관심을 끌려고 드는 것이 옹졸한 마
> 음의 상징인 것처럼, 연설도 그와 똑같다. 새로운 표현이나 널리 쓰
> 이지 않는 단어들을 추구하려는 욕망은 신출내기 학교 선생 같은
> 야심에서 나온다. 나 자신도 파리 중앙시장에서 오가는 언어에 국
> 한할 수 있다면, 얼마나 좋으랴.   ─『수상록』 I

그러나 평이하게 글을 쓰려면 용기가 필요하다. 그 이유는 쉽게
읽히지 않는 산문이야말로 지식의 표상이라고 굳게 믿는 사람들
로부터 무시를 당하거나, 어리석은 존재로 폄하될 수 있기 때문이
다. 이런 편견이 얼마나 강했던지. 몽테뉴는 만약 소크라테스가,
플라톤의 대화편에 나타나는 평판을 아직 얻지 못한 상태에서 더
러운 망토를 걸치고 지극히 평범한 언어로 말을 하면서 마을에 나
타나서 대학의 학자들에게 다가갔다면, 그 학자들의 과반수가 소
크라테스를 높이 평가했을 것인지 궁금해했다. 대학의 학자들이
그 누구보다도 더 우러러본다고 고백한 인물이 소크라테스였으
니, 몽테뉴가 그런 생각을 품을 만도 했다.

> 친구들이 훗날 생생하게 묘사한 소크라테스의 대화가 오늘날 우리
> 의 찬사를 받는 것은 단지 그 대화에 대한 사회의 대체적인 동의가
> 우리를 압도하기 때문이다. 그 대화에 대한 찬사는 그것에 대한 우
> 리의 지식에서 비롯된 것이 아니다. 만약 소크라테스의 대화 같은
> 것이 오늘날 나왔다면, 아마 높이 평가해줄 사람은 드물 것이다. 요
> 즘 사람들은 기교로 강조하거나, 부풀리거나, 과장하지 않은 우아

함을 절대로 높이 평가하지 않는다. 순진함과 소박함으로 통하는 그런 우아함은 우리의 조잡한 통찰력에 의해서는 결코 발견되지 않고 그저 흘러가버린다.……우리에게 소박함은 어리석음과 매우 밀접한 어휘이고 비난받을 만한 특징이 아닌가? 소크라테스는 자신의 영혼이 보통사람들의 자연스러운 움직임과 보조를 같이하게 했다. 그래서 농민에게도 말하고, 여자에게도 말하게 된다.……그의 귀납법과 비유는 인간의 활동 중에서 가장 평범하고 가장 잘 알려진 것들에서 끌어낸 것이다. 그래서 누구나 그를 이해할 수 있다. 오늘날에는 그렇게 보편적인 형태라면, 아무리 훌륭한 소크라테스의 개념이라고 해도 그 개념에서 고귀함과 장엄함을 끌어내지 못할 것이다. 우리는 학문으로 부풀려지지 않은 것이면 어떤 것이든지 기초적이고 상투적이라고 판단하고, 부자처럼 과시하듯이 뽐내지 않으면 결코 알아주지 않는다. ─『수상록』 III

따라서 책의 언어들이 그렇게 골치 아프지 않고 의미가 명확할 때조차도, 그 내용을 심각하게 받아들이는 것은 하나의 구실이다. 그리고 확대 해석하여, 단지 경제적으로 궁핍한 데다 교육을 많이 받지 못해 행색이 초라하고 어휘가 시장의 노점상인보다 더 풍부하지 않다고 해서 자신을 어리석은 존재로 여기는 것 또한 핑계에 불과하다.

철학의 위안

똑똑한 사람들은 어떤 것을 알아야 하는가?

그들은 사실들facts을 알아야 한다. 만약 사실들을 모르고, 더구나 책에서 틀린 것들을 취할 만큼 우둔하다면, 그들은 학자들로부터 어떤 자비도 기대해서는 안 될 것이다. 학자들의 경우 오히려 그 사람들을 나무라면서 짐짓 공손한 척 굴며 날짜가 틀렸다거나, 단어를 잘못 인용했다거나, 문장이 문맥과 맞지 않다거나, 중요한 출처를 망각했다고만 해명하면 정당화될 것이기 때문이다.

하지만 몽테뉴의 지식 체계에서는, 한 권의 책에서 중요한 것은 그것이 삶에 유익하고 타당한가 하는 점이다. 플라톤이 쓴 내용이나 에피쿠로스가 뜻한 바를 명확하게 전달하는 것은, 그들의 말이 정말 흥미롭고 지금 당장 우리의 고민이나 외로움을 달래는 데에 도움이 되는지를 판단하는 것보다 가치가 덜한 일이다. 인문학 분야에서 저자의 책임은 과학에 버금가는 정확도에 있지 않고 인류에게 행복과 건강을 주는 데에 있다. 몽테뉴는 그런 관점을 거부하는 사람들에게 짜증스러운 반응을 나타냈다.

> 책을 두고 판단을 내리는 일에만 온통 관심을 쏟는 학자들은 배움 외에는 어떠한 가치도 인식하지 못하고, 학문을 통해서 지식을 얻는 것 이외의 지적 활동을 허용하지 않는다. 스키피오라는 이름을 가진 사람을 다른 사람으로 착각하는 실수를 해보라. 당신은 어떤 변명을 해도 소용없을 것이다! 그런 학자들에 따르면, 아리스토텔레스를 알지 못하면 곧 당신 자신을 모르는 것이나 같다.   —『수상록』 II

『수상록』은 잘못된 인용, 잘못된 수식, 주장의 비논리적 전개, 그리고 용어 정의의 누락으로 인해서 결점투성이로 낙인 찍혔다. 그래도 그 책의 저자는 전혀 개의치 않았다.

> 나는 시골 깊숙이 자리 잡은 집에서 글을 쓰고 있기 때문에 아무도 나를 돕거나 수정해줄 수 없으며, 정확한 프랑스어는 말할 것도 없고 주기도문의 라틴어를 아는 사람도 쉽게 찾을 수조차 없는 형편이다.
> —『수상록』III

그러다 보니 자연히 책에는 오류가 많았다(그는 "나는 오류투성이이다"라고 떠벌렸다). 그러나 정확성이 책의 가치를 보증하지 못하듯이, 그 오류들은 『수상록』에 비운을 안겨줄 만큼 심각하지 않았다. 현명해지려는 노력이 담기지 않은 무엇인가를 쓰는 것은 스키피오 아이밀리아누스(기원전 185?-기원전 129)와 스키피오 아프리카누스(기원전 236-기원전 183)를 혼동하는 것보다 더 큰 죄이다.

똑똑한 사람들은 어디서 아이디어를 얻어야 하는가

그들은 자신들보다 더 똑똑한 사람들로부터 아이디어를 얻는다. 그들은 지식의 나무의 상단을 차지하고 있는 위대한 권위자들의 말을 인용하고 해설하는 데에 시간을 쏟아야 한다. 그들은 플라톤의 사상이나 키케로의 윤리에 관한 논문을 써야만 한다.

몽테뉴도 이런 아이디어에 신세를 많이 졌다. 『수상록』에는 해설하는 문장이 종종 눈에 띄고, 몽테뉴 본인이 느끼기에 자기보다 요점을 훨씬 더 우아하고 정확하게 파악한 듯한 저자들을 인용한 글이 수백 개에 이른다. 그는 플라톤을 128회, 루크레티우스를 149회, 세네카를 130회나 인용했다.

우리의 마음을 꿰뚫어보듯이 우리의 머리 속에 들어 있는 생각들을, 우리 자신들마저 도저히 따를 수 없을 정도로 명확하게, 심리적으로 정확하게 그려내는 저자들을 만나면 누구나 그들의 글을 인용하고 싶은 유혹을 느낀다. 그들은 우리 자신들보다도 우리를 더 잘 아는 것 같다. 그들의 글에서는 우리의 마음속에 수치심과 낭패감으로 숨겨져 있는 것들까지도 우아하고 간결하게 그려진다. 따라서 그런 책들의 여백에 우리가 남긴 연필 흔적과 주석, 그리고 그들의 글을 차용하는 행위는 우리가 어디에서 우리 자신의 편린들을 발견했는지를, 말하자면 우리의 마음의 본질을 말해주는 한두 문장이 어디에 있었는지를 알려준다. 만약 그런 책들이 동물을 신의 제물로 바치거나 토가(고대 로마 시민의 나들이 옷/역주)를 입던 시대에 씌어진 것이라면, 세월의 강을 훌쩍 뛰어넘는 그 일치는 한층 더 놀라운 것으로 와닿지 않을까? 우리는 우리 자신이 어떤 존재인지를 일깨워준 데에 대한 존경으로 그런 글들을 우리의 책 속으로 초대한다.

그렇지만 위대한 책들은 우리의 경험들을 비추며 우리 자신들의 발견을 향하여 나아가도록 우리를 고무하기보다는, 문제의 그늘을 짙게 드리울 수도 있다. 그런 책들은 우리로 하여금 삶의 여러 양상들 중에서 글로 쓰이지 않은 것들을 내팽개치도록 유도할 수도 있다. 우리의 지평선을 확장하기는커녕 그런 책들은 부당하게도 울타리를 치는 결과를 가져온다. 몽테뉴가 알고 지냈던 사람 중에도 자신의 장서를 지나치게 믿었던 어떤 사람이 있었다.

> 내가 아는 [이] 사람에게 어떤 일에 대해서 혹시 아는 것이 있는지를 물어보면, 그는 언제나 나에게 책을 보여주고 싶어한다. 그는 심지어 자기 엉덩이의 상처가 아문 딱지에 대해서 말을 할 때조차도 엉덩이나 딱지의 뜻을 정확하게 파악하기 위하여 사전을 뒤지는 일을 결코 잊지 않았다.
> — 『수상록』 I

이처럼, 책에 논의되지 않는 우리 자신의 경험을 믿지 않으려는 경향도, 만약 책들이 우리의 모든 잠재력을 표현할 수 있는 그릇으로 믿을 만하고, 또 그런 책들이 우리가 가진 모든 딱지들을 알고 있다면, 그렇게 비통해할 것이 못 될 것이다. 하지만 몽테뉴가 잘 깨달았듯이 위대한 책들은 너무도 많은 주제에 대해서 입을 다물고 있다. 그렇기 때문에 우리가 책들이 우리의 호기심의 한계를 결정짓도록 내버려둔다면, 그 책들은 우리 정신의 계발을 가로막게 될 것이다. 이탈리아에서 있었던 한 모임에서 이 문제가 극명하게 드러났다.

> 내가 피사에서 만났던 그 품위 있는 남자는 대단한 아리스토텔레스 신봉자였다. 어느 정도냐 하면 어떤 개념이든 그것이 옳은지 그렇지 않은지는 아리스토텔레스의 가르침과 일치하는지 여부에 달려 있으며 자신은 그것을 신조로 삼고 있노라고 열을 올려 말할 정

철학의 위안

도였다. 거기서 벗어난 모든 것들은 그에게는 어리석고 황당무계

한 것이었다. 아리스토텔레스야말로 모든 것을 보았고 또 모든 것

을 다 해보았다는 식이었다.　　　　　　　　　　　　　—『수상록』I

물론 아리스토텔레스는 많은 것을 했고 또 보았다. 고대의 많은 철학자들 중에서 아리스토텔레스가 아마도 가장 넓은 범위를 공부한 인물이었을 것이다. 그의 저작들(『생성 및 소멸론』, 『천체론』, 『기상학』, 『영혼론』, 『동물론』, 『동물 운동론』, 『궤변론』, 『니코마코스 윤리학』, 『자연학』, 『정치학』)이 지식의 전경全景을 두루 아우르고 있으니, 그렇게 말할 만도 하다.

　그러나 아리스토텔레스가 이룬 성취의 스케일 자체가 우리에게 문제투성이의 유산을 물려주었다. 우리에게 이로운 존재가 되기에는 지나치게 똑똑한 저자들이 있다. 지나치게 말을 많이 한 나머지 그런 저자들은 최종 결론까지 내려준 것처럼 보인다. 그들의 천재성은 후계자들로 하여금 창조적인 작업에 절대적으로 필요한 불경不敬을 저지를 용기를 가지지 못하게 한다. 역설적이게도, 아리스토텔레스는 그를 가장 존경하는 사람들로 하여금 그 자신처럼 행동하지 못하도록 막았는지도 모른다. 아리스토텔레스 자신은 단지 자신보다 앞서 축적되었던 지식의 상당 부분에 대해서 회의함으로써, 말하자면 플라톤이나 헤라클레이토스를 읽기를 거부함으로써가 아니라 그들의 취약한 부분에 대해서 비평을 가함으로써 위대한 인물의 반열에 올랐으면서도 말이다. 진정으로 아리스토텔레스의 정신에 입각하여 행동을 한다는 것은, 몽테뉴가 깨

달았던 반면에 피사의 그 남자는 깨닫지 못했는데, 어쩌면 가장 성공한 권위자들과도 어느 정도 지적 결별이 가능하다는 것을 의미할 수 있다.

그럼에도 불구하고 우리는 자신에 대한 이야기를 직접 말하고 생각하기보다는 다른 사람의 글을 인용하고 해설하기를 더 즐기는 것을 이해할 수 있다. 다른 누군가의 책에 대한 해설은, 비록 그것이 몇시간의 연구와 분석을 요구하고 전문성이 필요한 힘든 일이라고 하더라도, 독창적인 저작을 내놓을 경우에 따를 수 있는 무자비한 공격으로부터 안전하기 때문이다. 해설자들은 다만 위대한 사상가의 사상을 정당하게 비판하지 않았다는 이유로 비난받을 수 있을 것이다. 그래도 그들은 그 사상 자체에 대한 책임은 지지 않는다. 몽테뉴가 『수상록』에 그렇게 많은 인용문과 해설 문장을 포함시킨 것도 그런 이유 때문이다.

> 나는 간혹 나 스스로 잘 정리할 수 없는 것들은 다른 사람의 생각을 빌려 말하는데, 그 이유는 언어 구사력이 허약하기도 하고 가끔은 나의 지력이 허약하기 때문이기도 하다.……
>
> [그리고] 가끔은……모든 종류의 글을, 특히 지금도 살아 있는 사람에 의해서 씌어진 최근의 글을 공격하는 성급한 비평의 무모함을 저지하기 위해서이기도 하다.……나는 다른 사람의 위대한 명성 아래에 나의 허약함을 숨겨야 한다.
>
> ─『수상록』 II

우리가 죽고 몇 세기가 흐른 뒤, 후손들이 우리가 남긴 글들을 보고 우리를 닮으려고 얼마나 열심히 노력할지를 생각하면, 끔찍하기 짝이 없다. 고대 저자의 깃펜에서 나올 당시에는 받아들여질 수 있었던 진술도 현대인에 의해서 표현된다면 조롱거리가 될 수 있다. 비평가들은 자신들과 함께 대학을 다녔던 사람들의 훌륭한 견해에 좀처럼 굴복하려고 하지 않는다. **"자신이 마치 고대 철학자들인 것처럼"** 말하도록 허용되는 사람들은 이런 개인들이 아니다. "이 세상에 태어난 대가를 치르지 않아도 좋은 사람은 아무도 없다(『헬비아에게 보내는 위로문』)"고 세네카가 썼음에도 불구하고, 후대에 이와 비슷한 감정에 휩싸인 사람은 조롱을 자초하겠다는 좀 엉뚱한 욕망을 품지 않았다면, 그 조언을 받아들이지 않았을 것이다. 그런 욕망이 없었던 몽테뉴는 은신처를 찾으면서 『수상록』의 말미에 그 책의 취약성을 고백했다.

> 내가 만약 진정으로 원하는 것을 할 수 있는 자신감을 가졌다면, 아마 마음속에 떠오르는 모든 것을 나의 말로만 적었을 것이다.
>
> ―『수상록』 III

만약 몽테뉴에게 자신감이 부족했다면, 그 이유는 아마 시간적, 공간적으로 그와 가까운 사람일수록 그의 사고를 세네카와 플라톤의 사고만큼 타당한 것으로 평가해줄 가능성이 없었기 때문이었을 것이다.

> 내가 살고 있는 가스코뉴의 풍토에서, 사람들은 인쇄된 글로 나를 보는 것이 참으로 우스꽝스러울 것이다. 나는 고향에서 멀어지면 멀어질수록 더 높이 평가받는다.
>
> ―『수상록』 III

몽테뉴의 코 고는 소리를 듣고, 또 그의 침대 시트와 베갯잇을 갈아주곤 했던 그의 가족과 하인들의 행동에서는, 사후死後에 그에게 바친 세상의 경배는 말할 것도 없고 생전에 파리에서 얻었던 그의 명성에 대한 숭배의 흔적조차 전혀 찾을 수 없었다.

> 어떤 존재가 이 세상의 눈에는 경이로 비칠 수 있다. 그러나 그의 부인과 하인들은 그 사람에게서 놀랄 만한 것을 전혀 보지 못한다. 가족들에게까지 경이로운 존재가 될 수 있는 사람은 극히 드물다.
>
> ―『수상록』III

우리는 이 말을 두 가지로 해석할 수 있다. 하나는 그야말로 진정으로 경이로운 존재는 아무도 없으며, 실망스러운 진실을 똑똑히 볼 수 있는 사람은 가족과 하인들뿐이라는 것이다. 다른 하나는 흥미를 불러일으키는 사람들은 많지만, 만약 그런 존재들이 시간과 공간이라는 측면에서 우리와 너무 가까이 있으면, 우리는 그들을 좀처럼 받아들이지 않으려는 경향을 보인다는 것이다. 그것은 당장 눈앞에 보이는 것에 대한 묘한 편견 때문이다.

몽테뉴는 그렇다고 자신을 측은하게 여기지는 않았다. 오히려 그는 동시대 저작에 대해서 보다 신랄하게 비평하는 태도를, 진실이란 언제나 우리로부터 먼 곳에, 다른 풍토에, 고대의 서재에, 오래전에 이 세상을 살았던 사람들의 책 속에 존재하는 것이라고 생각하는 사악한 충동의 징후로 받아들였다. 그것은 진정으로 가치 있는 것들에 접근하여 깨닫는 것을 파르테논 신전의 건설과 로마의 약탈 사이에 태어난 몇 명의 천재들에게만 국한할 것인지, 아니면

철학의 위안

몽테뉴가 과감하게 제안했듯이, 당신과 나 같은 보통사람들에게도 열어놓을 것인가 하는 문제이다.

여기서 지혜의 매우 특이한 원천이 하나 강조되었다. 바다 여행을 하던 피론의 돼지, 투피 인디오 혹은 가스코뉴의 농부보다 훨씬 더 독특한 존재, 그것은 바로 독서가였다. 만약 우리가 자신의 경험을 적절히 살펴보면서 자신을 지적 삶을 추구할 만한 훌륭한 존재로 생각한다면, 몽테뉴가 암시했듯이 우리 모두도 고대의 훌륭한 책에 있는 사상에 결코 뒤지지 않는 심오한 통찰력을 얻을 수 있다.

물론 그런 사고를 하기는 쉽지 않다. 우리는 지금까지 각자의 인지 활동을 통해서 마음속으로 끊임없이 책들을 탐구하며 고쳐 쓰도록 교육받기보다는 원전의 권위에 그대로 복종하는 것을 미덕으로 생각하도록 배워왔다. 몽테뉴는 그런 우리를 본래의 모습으로 되돌려 놓으려고 노력했다.

> 우리는 이런 식으로 말할 줄 안다. "이건 키케로가 말한 거야" "이건 플라톤의 도덕률이야" "이것들은 아리스토텔레스의 말을 글자 그대로 인용한 것들이야"라고. 하지만 우리가 해야 할 말은 무엇인가? 어떤 판단을 하고 있는가? 무엇을 하고 있는가? 말을 그대로 옮기는 것이라면, 앵무새도 우리만큼 잘할 수 있을 것이다. ─『수상록』 I

학자들이 해설을 쓰는 것을 앵무새처럼 그대로 받아 옮기는 행위로 묘사하는 것은 적절하지 않을 수도 있다. 어느 정도의 논쟁이 벌어진다는 사실은 플라톤의 도덕 사상이나 키케로의 윤리에 주석을 다는 작업이 가치를 지닌다는 사실을 보여주는 것일 수도 있다. 오히려 몽테뉴는 그런 행위의 소심함과 지루함을 강조했다. 2차 저작물에는 숙련된 솜씨가 별로 필요 없고("창작은 인용과는 비교도 되지 않을 만큼 서열이 높다"), 어려움은 기술적인 문제이며, 그것은 인내와 조용한 서재 정도를 갖추면 해결된다. 더구나 학문적 전통이 우리로 하여금 앵무새처럼 옮겨 적도록 고무하는 그런 책들의 상당수는 그 자체로는 매력적이지 못하다. 그 책들에게는 저자가 저명하다는 이유로 강의 시간표의 핵심적인 자리가 주어지는 반면, 그에 못지않거나 그보다 훨씬 더 가치 있는 주제들은 위대한 지적 권위자가 한번도 다루지 않았다는 이유로 소홀한 대접을 받는다. 예술과 현실의 관계는 오래전부터 중요한 철학적 주제로 생각되어왔는데, 그렇게 된 배경은 플라톤이라는 인물이 처음으로 그 문제를 제기했기 때문이다. 반면에 수치심과 개인의 외모의 관계는 고대의 어떤 철학자의 관심도 끌지 못했다는 이유로 중요한 철학적 주제로 대접받지 못했다.

이처럼 전통에 대한 부적절한 존중을 염두에 두고서 몽테뉴는 자신이 플라톤도 시야가 좁고 우둔했을 수 있다고 생각한다는 점을 독자들에게 고백하는 것도 가치 있는 일이라고 생각했다.

> 우리 시대의 예외적 자유가 나의 무모한 "신성모독"을 용서해줄까? 이를테면 [플라톤이] 『대화편』을 질질 끌면서 오히려 그 요점을 흐트리고 있다고 생각한다면, 그리고 그 외에도 다뤄야 할 더 중요한 주제들이 많았던 사람이 그렇게 무익한 예비적인 토론에 시간을 쏟았다고 안타까워한다면 말이다.   ─『수상록』II

(이런 생각을 품은 몽테뉴에게 갑자기 한 가지 위안이 밀려왔다. 다른 사람에 대해서 몰래 품는 소심한 의심을 신뢰하는 위엄 있는 저술가가 생각났던 것이다) 키케로에 관한 한, 그런 공격을 하기 전에 변명을 해야 할 필요가 전혀 없었다.

> 소개의 글과 정의, 문장 구분과 어원 설명이 그의 저작물 대부분을 차지한다.……그의 책을 한 시간 정도(나에게는 꽤 많은 시간이다) 읽은 뒤 그에게서 어떤 진수와 실체를 얻었는지 돌이켜보면, 거의 언제나 허황된 소리밖에 남는 것이 없다. ─『수상록』 II

몽테뉴의 암시에 따르면, 학자들이 고전에 그토록 많은 관심을 쏟는 이유는, 세상에 널리 알려진 이름과의 연결을 통해서 자신을 지적인 존재로 비치고 싶은 허영심에서 비롯된 것이었다. 그 결과 일반 대중은 학식만 높고 현명함에서는 크게 처지는 책들을 산더미만큼 많이 마주하게 되었다.

> 다른 어떤 주제보다도 책들에 대해서 쓴 책이 많다. 우리가 하는 일이라고는 책들을 서로 설명하는 것이 전부이다. 모든 책들은 해설로 가득 채워져 있다. 진정한 저술가가 없는 실정이다. ─『수상록』 III

그러나 몽테뉴는 흥미로운 지혜란 어느 인생에서나 발견되는 것이라고 주장했다. 우리의 이야기들이 제아무리 소박하다 하더라도, 옛날의 그 많은 책에서보다 우리 자신에게서 더 위대한 통찰력을 끌어낼 수 있다는 것이다.

> 내가 만약 훌륭한 학자였다면, 아마 나 자신의 경험에서 나를 현명하게 만들 것들을 충분히 발견했을 것이다. 자신을 되돌아보면

서 자신이 마지막으로 터뜨렸던 분노를 떠올리는 사람이라면 누구나……그런 추한 열정도 아리스토텔레스에게서 찾을 수 있는 어떤 것보다 더 훌륭한 가르침을 줄 수 있다는 사실을 상기하게 될 것이다. 자신의 목숨까지 위협했던 병마를 떠올리고, 또 자신의 처지를 바꾸어놓은 사소한 것들을 돌이켜보는 사람이라면, 누구나 그 경험을 통해서 스스로 미래의 변화를 준비하고 자신의 처지를 정밀하게 점검할 수 있을 것이다. 심지어 카이사르의 삶까지도 우리 자신의 삶보다 더 모범적일 수는 없다. 왜냐하면 황제의 것이든 서민의 것이든, 삶이란 언제나 바로 그 한 사람에게 일어날 수 있는 모든 것의 영향을 받은 결과물이기 때문이다. —『수상록』Ⅲ

단지 학계의 위압적인 문화에 의해서 우리는 이와 달리 생각하게 된다.

우리 한 사람 한 사람은 자신이 생각하는 것보다 훨씬 더 소중한 존재이다. —『수상록』Ⅲ

만약 우리의 나이가 2,000살이 아니고, 플라톤의 대화에 관심이 없고, 또 시골에 조용히 파묻혀 산다는 이유로 자신은 깨달음을 얻기에 부적절한 존재라고 더 이상 생각하지 않는다면, 우리 모두도 현명한 지혜에 닿을 수 있을 것이다.

당신은 보다 풍성한 요소를 갖춘 삶만이 아니라 당신의 평범한 개인적 삶도 도덕철학으로 승화시킬 수 있다. —『수상록』Ⅲ

몽테뉴가 자신의 삶이 얼마나 평범했고 개인적이었는지에 대해서

　　　　　　　　　　　　　　철학의 위안

그렇게 많은 정보를 털어놓은 이유는 아마 자신이 말하려고 하는 요점을 충분히 납득시키기 위해서였을 것이다. 그리고 그가 다음과 같은 이야기를 우리들에게 들려주려고 했던 것도 그런 목적에서였다.

그는 사과를 좋아하지 않았다 :

나는 멜론을 빼고는 어떤 다른 과일도……지나치게 좋아하지 않는다.
─『수상록』III

그는 무 뿌리와는 좀 복잡한 관계에 있다 :

처음에 나는 무 뿌리가 내 입맛에 맞다고 판단했는데, 곧 그렇지 않다는 것을 깨달았다. 하지만 지금은 무 뿌리의 맛이 내게 잘 맞는다.
─『수상록』III

그는 '첨단' 치아 건강법을 실천했다 :

나의 이빨은……항상 지나칠 정도로 튼튼하다.……어린 시절부터 나는 냅킨으로 이빨을 닦는 법을 배웠는데, 아침 잠자리에서 일어난 후와 식사 전후에 그렇게 했다.
─『수상록』III

그는 지나치게 빨리 음식을 먹었다 :

나는 서두르다가 종종 혀를 깨물고 이따금 손가락을 깨물 때도 있다.
─『수상록』III

그리고 그는 즐겨 입을 닦았다 :

나는 식탁보 없이도 편안한 마음으로 식사를 할 수 있었다. 그렇지만 깨끗한 냅킨이 없으면, 식사하는 것이 매우 불편하다.……나는 우리 가족이 왕족들로부터 시작된 패션의 변화를, 이를테면 음식이 나올 때마다 접시처럼 냅킨을 바꾸는 것을, 따르지 않는 것이 유감스럽다.
─『수상록』III

이런 이야기들은 아마도, 몽테뉴의 책 속에는 언제나 생각하는 "나"라는 존재가 버티고 있다는 사실을, 그리고 도덕철학은 달콤한 과일에 저항할 줄 아는 평범한 영혼에서 나온 것이라는 점을 상기시켜주는, 지극히 시시하지만 상징성이 강한 것들이다.

겉으로 봐서 우리 자신의 모습이 그 옛날에 사색에 빠졌던 사람들과 전혀 닮지 않았다고 해서 낙담할 이유는 전혀 없다.

키케로(기원전 106-기원전 43)

적당히 이성적인 인간으로 다시 그린 몽테뉴의 초상에서는, 그리스어를 한마디도 하지 못하고, 방귀를 뀌고, 식사 전후에 마음이 달라지고, 책에 싫증을 내고, 고대의 철학자들에 대해서 전혀 모르고, 스키피오 아프리카누스와 스키피오 아이밀리아누스를 바꾸어 쓰는 것도 가능하다.

　평범하고 도덕적인 삶이라면, 비록 지혜를 얻으려 노력하고 있지만 아직 우둔함에서 결코 멀리 벗어나지 못했다고 하더라도, 그 자체로 충분히 성취를 이룬 삶이다.

5장

상심한 존재들을 위하여

_____

사랑으로 인한 슬픔의 치유에는, 그가 아마 철학자들 중에서 최고일 것이다.

쇼펜하우어의 일생, 1788-1860

1788년. 아르투르 쇼펜하우어는 단치히에서 태어난다. 그 몇 년 뒤 그는 자신이 태어난 것을 후회하면서 되돌아본다. "우리는 각자의 삶을, 무無의 지복한 휴식 가운데 쓸데없이 돌발한 하나의 에

피소드로 보아도 무방하다. 인간이란 존재는 일종의 오류임에 틀림없다"라고 말하면서 그는 더 상세히 설명한다. "인간에 대해서는 이렇게도 말할 수 있으리라. 오늘도 나쁘고, 하루하루 세월이 흐르면 흐를수록 더 나빠질 것이다. 최악의 일이 일어날 때까지"라고. 부유한 상인이었던 쇼펜하우어의 아버지 하인리히, 그리고 남편보다 스무 살이나 연하로 사교계의 매혹적인 인사였던 그의 어머니 요한나는 장래 철학사에서 가장 위대한 염세주의자로 성장하게 될 아들에게는 별로 관심이 없었다. "내가 겨우 여섯 살이었을 때, 나의 부모님은 어느 날 밤 산책에서 돌아왔다가 깊은 절망에 빠진 나를 발견했다."

하인리히 쇼펜하우어   요한나 쇼펜하우어

1803-1805년. 자살이 분명한 아버지의 죽음(시신은 집의 창고 옆을 흐르는 운하에 떠다니다가 발견되었다) 이후, 열일곱 살 소년 쇼펜하우어는 평생 일을 하지 않아도 좋을 만큼 큰 재산을 물려받는다. 그렇지만 그런 것도 그에게는 전혀 위안이 되지 않는다. 훗날 그는 이렇

철학의 위안

게 회고한다. "내 나이 열일곱이던 때, 학교 교육은 한번도 받지 않은 채 나는 석가모니가 젊었을 적에 병든 사람이나 노인, 고통과 죽음을 목격하고 그랬던 것처럼 **삶의 비참함**에 사로잡혀 지냈다. 진실은……이 세상은 모든 사람을 사랑하는 어떤 존재가 만든 작품이 될 수 없다는 것이었다. 오히려 악마의 작품인 것 같은데, 그 악마는 고통에 일그러진 사람들의 모습을 보면서 기쁨을 느끼기 위해서 생명체들을 존재하도록 했다. 나의 경험도 이런 생각을 뒷받침한다. 그리고 이 세상이 그렇다는 믿음이 늘 나를 지배했다."

쇼펜하우어는 윔블던의 기숙학교인 이글 하우스 스쿨에서 영어를 배우기 위해서 런던으로 가게 되었다. 쇼펜하우어에게서 편지를 받은 뒤 그의 친구 로렌츠 마이어는 "영국에 머물게 된 것이 그 **국가**를 혐오하게 만들었다니 참으로 안됐군"이라는 내용의 답장을 보낸다. 그런 혐오에도 불구하고, 쇼펜하우어는 영어를 거의 완벽하게 정복하여 대화 중에는 종종 영국인으로 오해를 받게 된다.

이글 하우스 스쿨, 윔블던

쇼펜하우어는 프랑스를 여행한다. 그는 님 시를 방문하는데, 그곳은 약 1,800년 전에 로마의 기술자들이 시민들에게 언제든지 목욕을 할 수 있을 만큼 풍부한 물을 공급하기 위해서 장대한 수로 퐁 뒤 가르를 건설했던 도시였다. 쇼펜하우어는 고대 로마의 유적지에서도 별다른 인상을 받지 못한다. "이 흔적들은 보는 사람들로 하여금 문득 오래 전에 흙으로 돌아간 헤아릴 수 없이 많은 사람들을 떠올리게 한다."

쇼펜하우어의 어머니는 "인간의 비참함을 숙고하는" 아들의 열정에 불평을 터뜨린다.

1809-1811년. 쇼펜하우어는 괴팅겐 대학교에서 공부하면서 철학자가 되기로 결심한다. "인생은 슬픈 것이다. 나는 삶을 심사숙고하는 일에 내 삶을 바치기로 작정했다."

시골을 찾았던 어느 짧은 여행에서, 한 친구가 이젠 여자를 만나려고 노력해야 할 때라고 귀띔한다. 쇼펜하우어는 "인생은 너무나 덧없고, 확실치 않고, 쉽게 사라지기 때문에 크게 노력할 가치가 없다"고 주장하면서 그 제안을 물리친다.

청년 시절의 쇼펜하우어

1813년. 그는 바이마르에 사는 어머니를 방문한다. 그의 어머니 요한나 쇼펜하우어는 그 마을에서 가장 유명한 주민인 요한 볼프강 폰 괴테를 친구로 삼고 있었는데, 괴테는 그녀를 정기적으로 찾는다(괴테는 요한나의 하녀인 소피, 아르투어 쇼펜하우어의 여동생인 아델레와 이야기하기를 즐겼다). 첫 만남 후 쇼펜하우어는 괴테에 대해서 "차분하고, 사교적이고, 남을 잘 돌봐주고, 다정하여 그의 이름이 영원히 칭송받았으면 좋겠다!"라고 묘사한다. 괴테는 "내가 보기에 젊은 쇼펜하우어는 묘한 구석이 있으면서 나름대로 흥미로운 젊은이인 것 같았다"고 보고한다. 이 작가를 향한 아르투어 쇼펜하우어의 감정들은 결코 충분한 보답을 받지 못한다. 쇼펜하우어가 바이마르를 떠날 때 괴테는 그를 위해서 2행시를 쓴다.

만약 그대가 인생에서 즐거움을 얻기를 원한다면,

그대는 이 세상에 가치를 부여해야만 하네.

쇼펜하우어는 이 시에 감명을 받지 못하고, 자신의 노트에 괴테가
적어준 글 옆에 샹포르(1741-1794. 프랑스의 모럴리스트. 인간성에 대한
성찰이 담긴 에세이, 격언집, 단장 등을 남겼다/역주)로부터 인용한 글을
덧붙인다. "사람들을 있지도 않은 모습으로 받아들이기보다는, 지
금 그대로의 모습으로 그냥 두는 것이 더 낫다."

1814-1815년. 쇼펜하우어는 드레스덴에서 논문("충족 이유율充足理
由律의 네 가지 근원에 관하여")를 쓴다. 그에게는 친구가 거의 없었는
데, 간혹 친구들의 대화에 끼어들 때도 그들에 대한 기대치를 낮
추어서 말했다. "간혹 남자나 여자와 말을 할 때 나는 어린 소녀
가 자기 인형에게 말을 걸듯이 한다. 물론 그 소녀는 인형이 자신
의 말을 이해하지 못한다는 것을 안다. 그렇지만 그 소녀는 자기
자신을 위해서 유쾌하고 의식적인 자기 기만을 통하여 대화의 기
쁨을 만들어낸다." 그는 자신이 즐기는 베니스산 살라미 소시지와
버섯을 넣은 소시지, 파르마산 햄을 내놓는 이탈리아식 선술집의
단골이 된다.

1818년. 쇼펜하우어는 스스로 걸작이 될 것으로 믿은 『의지와 표
상表象으로서의 세계』의 집필을 끝낸다. 그 책에서 그는 자신에게
친구가 없는 것을 이렇게 설명한다. "천재성을 타고난 사람은 좀
처럼 사교적이기가 어려운데, 그 어떤 대화가 자신의 독백만큼 실
로 지적이고 유쾌할 수 있겠는가?"

1818-1819년. 책의 완성을 축하하기 위해서 쇼펜하우어는 이탈

리아로 여행을 떠난다. 비록 기분은 여전히 무기력했더라도, 그곳의 예술과 자연, 기후는 마음에 들었다. "사람이면 누구나 자신의 존재를 종식시키기 위해서 언제든지 칼이나 독약을 집어들려는 마음 상태에서 그다지 멀지 않다는 사실을, 그리고 이런 사실을 믿지 않는 사람들도 사고나 병, 운명의 급격한 변화, 혹은 기후의 변화에 의해서 쉽게 반대편으로 설득당할 수 있다는 사실을 우리는 늘 염두에 두어야 한다." 그는 피렌체, 로마, 나폴리, 베니스를 방문하고 연회장에서 매력적인 여성들을 많이 만난다. "나는 그 여자들을 매우 좋아했는데, 그들이 나를 받아들이기만 했다면……" 그 여자들의 퇴짜는 그에게 이런 관점을 고취시켰다. "오직 성적 충동에 의해서 정신이 흐려진 남자 지식인들만이 자그마하고, 어깨가 좁고, 엉덩이가 넓고, 다리가 짧은 성性을 여성이라고 부를 수 있을 것이다."

1819년. 『의지와 표상으로서의 세계』가 출간된다. 이 책은 230부가 팔린다. "모든 인생사는 고통의 역사이다." "살모사와 두꺼비까지 나와 대등하다는 환상만을 제거할 수 있더라도, 나에게 큰 도움이 될 것이다."

1820년. 쇼펜하우어는 베를린 대학교에서 철학교수 자리를 얻으려고 시도한다. 그는 "철학개론", 즉 "이 세상과 인간 정신의 정수에 관한 이론"이라는 강의를 맡는다. 학생 다섯 명이 수업을 듣는다. 가까운 건물에서는 그의 라이벌인 헤겔이 300명의 청중에게 강의하는 소리가 들린다. 헤겔의 철학에 대한 쇼펜하우어의 평가는 이렇다. "그의 철학의 근본을 이루는 개념들은 불합리하기 짝이 없는 공상이며, 전도되어 있는 세계이고, 철학적 익살인데,……그 내용은 공허하기 짝이 없고, 돌대가리들에 의해서 지금까지 축적된 단어들을 이치에 맞지 않게 뒤죽박죽 나열한 것에 지나지 않고 그리고 표현은……더없이 충동적이고, 횡설수설 엉터리여서 떠버리 광인을 떠올리게 한다." 이로써 그는 학계에 대해서 품었던 환상에서 깨어나기 시작한다. "그리스도교를 믿는 보통사람들의 믿음이 교황의 믿음에 결코 뒤지지 않는 것처럼 보통사람들도 철학에 진지할 수 있다는 생각은 누구에게도, 특히 철학을 강의하는 사람에게는 결코 떠오르지 않는다."

1821년. 쇼펜하우어는 열아홉 살의 가수 카롤린 메동과 사랑에 빠진다. 그 관계는 그럭저럭 10년이나 이어지지만, 쇼펜하우어는 그 만남을 공식화하고 싶어하지 않았다. "결혼한다는 것은 서로에게 혐오스러운 존재가 되기 위해서 가능한 한 모든 노력을 다 하는 것을 의미한다." 그럼에도 불구하고 그는 일부다처제에 대해서는 우호적인 생각을 가진다. "일부다처제가 가진 수많은 장점 중 하나는 남편이 장모들과 그렇게 밀접하게 가까이하지 않아도 좋다는 점이다. 그 두려움이 지금 수많은 결혼을 가로막고 있다. 한 사람이 아니라 열 명의 장모면 어떨까!"

1822년. 두 번째로 이탈리아(밀라노, 피렌체, 베니스) 여행을 한다. 여행길에 오르기 전에 그는 친구 프리드리히 오잔에게 "책이나 잡지, 정기간행 문학지 같은 곳에 나에 대한 어떤 언급"이라도 있는지 살펴봐달라고 부탁한다. 오잔은 그 일이 많은 시간을 요하는 것이 아님을 깨닫는다.

1825년. 학자로서 실패한 쇼펜하우어는 번역가가 되려고 노력한다. 그러나 칸트를 영어로, 『트리스트럼 샌디』(18세기 영국 소설가 로런스 스턴의 소설/역주)를 독일어로 옮기겠다는 그의 제안은 출판사에 의해서 묵살당한다. 그는 어느 편지에서 결코 뜻을 이루지 못할, "중산층 사회에서 한 자리"를 얻으려는 울적한 희망을 털어놓았다. "만약 이 세상을 만든 존재가 어떤 신이라면, 나는 결코 신이 되고 싶지 않다. 이 세상의 비참함과 절망은 나의 가슴을 갈갈이 찢어놓고 말았다." 다행히도 그는 음울한 순간에 자신의 가치를 인식한다. "일상사에서……나의 영혼과 정신은 꼭 오페라하우스의 망원경, 아니면 산토끼 사냥에 동원된 대포와 같다는 사실을……나는 얼마나 자주 깨달아야 하는가?"

1828년. 마흔이 된다. "마흔이 된 후로" 그는 스스로를 위로한다. "우수한 사람은 누구나……어느 정도의 염세로부터 자유롭지 않을 것이다."

1831년. 마흔세 살이 된 쇼펜하우어는 베를린에 살면서 결혼을 다시 한번 생각한다. 그는 이제 막 열일곱 살이 된, 아름답고 생기발랄한 소녀 플로라 바이스에게 관심을 가진다. 어느 뱃놀이 파티 중에, 그는 그녀를 황홀하게 하려는 꿍꿍이속으로 웃음을 지으며 백포도 한 송이를 건넸다. 플로라는 그녀의 일기에 이렇게 털어놓는다. "나는 그 포도를 원하지 않았다. 늙은 쇼펜하우어가 건드렸기 때문에 나는 혐오감을 느꼈다. 그래서 그 포도를 슬그머니 내 옆의 물 속으로 빠뜨려버렸다." 쇼펜하우어는 서둘러 베를린을 떠난다. "인생 자체에는 고유의 가치가 전혀 없지만, 그래도 인생은 오직 욕망과 환상에 의해서 굴러가고 있다."

1833년. 그는 인구 약 5만 명의 도시인 프랑크푸르트의 한 검소한 아파트에 정착한다. 유럽 대륙의 금융 중심인 그 도시를 그는 "자그마하고, 딱딱하고, 내적으로 세련되지 않고, 으쓱거리는 듯하고, 그리고 내가 가까이하고 싶지 않은 '웃는 철학자' 같은 사람들이 많고 또 농민을 자랑으로 여기는 곳"이라고 묘사한다.

이제 그와 가장 가까운 관계를 맺는 존재는, 그가 느끼기에 인간이 결여하고 있는 겸손과 상냥함을 지닌 푸들들이다. "어떤 동물이든 눈에 보이기만 하면 그 즉시 나에게 기쁨을 주고 나의 가슴을 흐뭇하게 만든다." 그는 이 푸들들을 "선생"이라고 높여 부르면서 애정을 듬뿍 쏟고 동물의 복지에 예민한 관심을 가진다. "사람에게 가장 진실하고 충직한 친구인, 매우 영리한 개를 사람들이 고리로 묶어두다니! 나는 그런 처지의 개들을 볼 때마다 개에게는 심심한 동정을, 개의 주인에게는 강한 분노를 느끼지 않을 수가 없다. 나는 몇 년 전에 『더 타임스』에 보도된 한 사건을 흐뭇한 마음으로 떠올린다. 그 당시 X경卿이라는 사람은 커다란 개를 묶어두고 있었다. 그러던 어느 날 그는 안마당을 걷다가 다가가서 개를 쓰다듬어주고 싶다는 생각이 문득 들었다. 바로 그 순간 그 동물은 주인의 팔을 통째로 물어뜯어버렸다. 맞아, 바로 그거야! 그같은 행동으로 그 개가 말하려고 했던 것은 '당신은 나의 주인이 아냐, 짧기만 한 나의 삶을 망치려는 악마일 뿐이지!' 개의 목을 묶어놓은 모든 사람들에게 이와 똑같은 벌이 내리기를."

이 철학자는 하루를 정해진 시간표에 따라서 매우 엄격하게 지

　　　　　　　철학의 위안

낸다. 그는 아침에 세 시간 글을 쓰고, 한 시간 동안 플루트(로시니)를 연주하고, 그리고 말을 파는 시장인 로스마르크트에 있는 영국식 식당 엥리셔 호프에서 점심을 먹기 위해서 흰색 넥타이를 매고 정장을 한다. 그는 식사를 할 때면 다른 손님들이 알아보는 것을 꺼려하지만, 커피를 마실 때면 경우에 따라서 대화에 끼어들기도 한다. 식사하던 손님 중 한 사람은 그를 "우스꽝스럽고 뚱한 모습이지만, 사실은 남에게 피해를 끼치지 않고 천성이 착한 듯한 쉰 목소리의 주인공"이라고 묘사한다.

또다른 한 손님은 종종 쇼펜하우어가 자신의 남다른 치아 건강에 대해서 자신이 다른 사람보다 우수함을, 아니면 그의 표현대로 "두 발을 가진 평범한 동물"보다 뛰어남을 말해주는 증거라고 자랑했다고 전한다.

점심식사 후, 쇼펜하우어는 자신의 클럽인 인근의 카지노 소사이어티의 도서관을 찾아가는데, 그곳에서 그는 이 세상의 비참함을 가장 잘 알려준다고 느끼고 있던 신문 「더 타임스」를 읽는다. 저녁 무렵이 되면 그는 나직한 목소리로 속삭이며 개와 함께 마인 강변을 따라 두 시간 가량 산책을 한다. 밤에는 오페라 공연장이나 극장을 방문하는데, 그곳에서 그는 늦게 입장하는 사람들의 잡담이나 신발을 끄는 소리, 기침 소리 때문에 종종 분노를 느끼고는 당국을 향해서 그런 사람들을 다스릴 엄격한 조치를 마련하라고 촉구한다. 비록 그는 세네카를 읽고 매우 존경하게 되었다고 하더라도, 잡음에 대한 그 로마 철학자의 판단에는 동의하지 않는다. "누구든지 별 무리 없이 견뎌낼 수 있는 소음의 양은 그 사람의 정신력과 반비례한다는 의견을 나는 오랫동안 간직해왔다.……문을 닫을 때 손으로 닫지 않고 습관적으로 쾅 닫는 사람은……예절이 잘못되었을 뿐 아니라 난폭하고 좁은 마음의 소유자이다.……오직 휘파람이나 고함, 포효, 망치 소리, 채찍질……등으로……모든 사고하는 존재의 의식을 방해하는 것이 더 이상 누구의 권리도 아닐……때에만 우리는 비로소 문명화될 것이다."

1840년. 그는 하얀 암컷 푸들을 새로 한 마리 얻어 이름을 브라만의 우주령宇宙靈을 본따서 "아트마"로 짓는다. 그는 대체로 동양 종교에, 그중에서도 특히 브라만교(그는 매일 밤 『우파니샤드』 몇 쪽을 읽는다)에 끌린다. 그는 브라만을 "가장 고귀하고, 가장 오래된 사람들"이라고 묘사하며, 자신의 청소부인 마가레타 슈네프에게 그의 서재에 놓여 있던 불상의 먼지를 털지 말라는 자신의 지시를 무시할 때에는 해고하겠다고 협박한다.

쇼펜하우어는 점점 더 많은 시간을 홀로 보낸다. 그런 그를 보는 어머니의 걱정도 깊어진다. "방에 박혀 사람 얼굴 하나 안 보고 두 달을 지내는 것은 좋지 않을뿐더러, 이 어미를 슬프게 만든단다, 아들아. 사나이라면 그런 식으로 자신을 고립시킬 수도 없고 그렇게 해서도 안 돼." 그는 낮에 많은 시간을 잠자는 데에 할애한다. "만약 삶과 존재가 즐길 만한 것이라면, 누구나 수면이라는 무의식 상태에 접근하기를 꺼리고, 잠에서 깨어날 때는 기쁜 마음이 될 것이다. 그런데 실제로는 그 반대이다. 누구나 잠자리에는 기꺼이 들려고 하지만, 일어날 때는 무척 힘들어하지 않는가." 그는 자신이 가장 좋아했던 사상가 두 명과 자신을 비교하면서 잠에 대한 탐욕을 정당화한다. "인간 존재는 개명되면 될수록……그리고 뇌의 활동이 활발하면 할수록 잠을 더 많이 자야 한다. 몽테뉴도 자신에 대해서 언제나 잠을 많이 자는 존재라고, 수면에 인생의 상당 부분을 투자했다고, 그리고 나이가 들어서도 여전히 여덟 시간 내지 아홉 시간을 내리 잤다고 설명하고 있다. 데카르트도 상당히 많은 잠을 잤던 인물로 전해오고 있다."

1843년. 쇼펜하우어는 프랑크푸르트에서, 도시 한가운데를 흐르는 마인 강 근처 ("아름다운 경관"이라는 뜻을 가진) 쇠네 아우스지히트 17번지 새집으로 이사한다. 그는 자신의 여생을 그곳에서 살 작정이었으나, 1859년에 그의 개를 둘러싸고 집주인과 한바탕 싸운 뒤에 16번지로 다시 옮긴다.

1844년. 그는 『의지와 표상으로서의 세계』에 한 권을 더 추가하면서 첫 권의 재판도 찍는다. 그는 서문에 이렇게 쓴다. "나의 동시대인이나 나의 동포가 아니라 전 인류에게 나는 이 완결판을 바친다. 인간에게 유익하지 않을 리 없으리란 확신을 품고서. 어떤 형태의 것이든 고결한 것들의 운명이 다 그렇듯이, 비록 그 가치가 뒤늦게 인정받는다고 하더라도." 그 책은 300부도 팔리지 않는다. "우리 인간의 가장 숭고한 기쁨은 존경을 받는 데에 있다. 그렇지만 존경을 보내야 할 사람들은, 그렇게 해야 할 이유가 너무도 명백한 데도, 자신들의 존경을 표현할 만큼 감각이 예민하지 못하다. 그래서 가장 행복한 존재는 어떤 식으로든 스스로를 존경하려고 애쓰는 사람이다."

1850년. 아트마가 죽는다. 그는 훗날 자신이 가장 아끼는 개가 될,

"부츠"라는 이름의 갈색 푸들을 한 마리 산다. 군악대가 자신의 집 앞을 지나갈 때면 쇼펜하우어는 대화 도중에도 벌떡 일어나서 부츠가 바깥을 내려다볼 수 있도록 창가에 의자를 놓아주었다고 한다. 그 동물은 이웃의 어린이들 사이에 "꼬마 쇼펜하우어"로 불린다.

1851년. 그는 에세이와 금언을 골라 엮은 『소논문과 보충 논문』(국내에서는 『쇼펜하우어의 인생론』이라는 제목으로 번역 출간되었다/역주)을 출간한다. 저자 자신도 깜짝 놀랄 정도로 이 책은 뜻밖에 베스트셀러가 된다.

1853년. 그의 명성은 이제(그의 표현을 빌리면, "명성의 코미디"같이) 유럽 대륙으로 퍼져나간다. 그의 철학을 강의해 달라는 요청이 본, 브레슬라우, 예나의 대학들에서 답지한다. 그는 팬레터도 받는다. 슐레지엔의 한 여인은 그에게 열정을 유발하는 장시長詩를 보내온다. 또 보헤미아의 한 남자는 매일 쇼펜하우어의 초상화 앞에 화환을 놓는다는 내용의 편지를 보내온다. "한 인간은 무의미함과 무관심 속에서 오랜 세월을 살아왔는데, 말년에야 사람들은 드럼을 치고 트럼펫을 울리면서 그의 삶이 위대하다고들 떠드는군." 그의 반응은 이런 식이지만, 만족하는 마음 또한 내비친다. "숭고한 정신의 소유자들 치고, 대중의 의견, 말하자면 협소한 정신에서 나오는 의견의 변덕스런 환영幻影을 자신의 길잡이 별로 받아들이면서 자신의 목표를 달성하고 불후의 명작을 남긴 인물이 있었는가?" 철학적 성향이 강했던 프랑크푸르트 시민들은 그에 대한 존경의 표시로 푸들을 산다.

1859년. 명성이 높아지고 따라서 그에 대한 여성들의 관심도 더

커가자 여성에 대한 쇼펜하우어의 시각 또한 부드러워진다. 여성들에 대해서 "유치하고, 터무니없고, 안목이 좁아, 한마디로 말해 평생 덩치 큰 어린이에 지나지 않기 때문에 어린이들을 돌볼 간호원이나 선생들로나 적합한 존재"라고 보았던 시각을 버리고, 이제는 여성들도 무사무욕無邪無慾과 통찰력을 보여줄 수 있는 존재라고 판단한다. (나폴레옹 군대의 원수元帥의 후손이자) 매력적인 조각가로 그의 철학을 흠모했던 엘리자베트 네이가 10월 프랑크푸르트로 와서 그의 흉상을 만드느라 그의 아파트에 한 달 동안 머문다.

"그녀는 나의 집에서 하루 종일 작업한다. 내가 점심을 먹고 돌아오면 우리 둘은 커피를 즐기는데, 소파에 함께 앉아 있으면 결혼한 듯한 느낌이 든다."

1860년. 건강이 자주 나빠져 종말이 가까웠음을 암시한다. "순식

간에 벌레들이 나의 육신을 먹어 치워버릴 것이라는 생각은 견딜 수 있다. 그러나 철학교수들이 나의 철학을 물어뜯는 상상은 나를 전율하게 한다." 9월 말, 그는 마인 강변 산책을 끝내고 집으로 돌아와 호흡이 불편하다고 호소하다가 눈을 감는다. 여전히 "인간 존재는 일종의 오류임에 틀림없다"는 확신을 품은 채.

～

우리의 사랑에 역사상 유례가 없는 도움을 주게 될 한 철학자의 삶은 이러했다.

2
현대인의 러브 스토리 한 토막
쇼펜하우어의 해설을 곁들여

한 남자가 에든버러와 런던을 오가는 기차 안에서 일을 하려고 애쓰고 있다. 따스한 어느 봄날 오후 이른 시간이다.

그의 앞 테이블에는 서류와 다이어리가 놓여 있고, 의자 팔걸이에는 책이 한 권 펼쳐져 있다. 그러나 그 신사는 한 여성이 열차에 올라 통로 저편에 자리를 잡았던 뉴캐슬에서부터는 정신을 집중하지 못한다. 그녀는 한동안 무표정하게 창 밖을 내다보다가 관심을 잡지들로 돌린다. 달링턴 이후로 그는 잡지 『보그』를 읽고 있다. 그녀는 그 남자에게 크리스텐 쾨브케가 그린 회 굴드버그 부인(비록 그 사람은 이런 이름들을 정확히 기억하지는 못하지만)의 초상화를 떠올리게 하는데, 그는 몇 년 전 덴마크의 한 박물관에서 그 그림을 보면서 왠지 모를 감동과 함께 슬픔을 느꼈던 적이 있다.

그러나 회 굴드버그 부인과는 달리, 그녀는 짧은 갈색 머리와 청바지에 티셔츠, 그리고 그 위에 밝은 노란색의 V자형 스웨터를 입고 있다. 그는 그녀가 창백하고 주근깨가 점점이 박힌 손목에 어울리지 않을 만큼 커다란 스포츠용 디지털 시계를 차고 있다는 사실을 깨닫는다. 그는 자신의 손으로 그녀의 밤색 머리카락을 어루만지고 그녀의 목덜미를 애무하다가 스웨터의 소맷자락 안으로 자신의 손을 부드럽게 집어넣으면서, 그녀가 그의 옆에서 입을 약간 벌린 채 잠에 빠져드는 모습을 지켜보는 것을 상상한다. 그는 또 벚나무가 거리에 쭉 늘어서 있는 남부 런던의 어느 집에서 그녀와 함께 사는 모습을 그려본다. 그는 그녀가 첼리스트 아니면 그래픽 디자이너, 혹은 유전자 연구에 매달리는 의사일지도 모른다고 상상해본다. 그의 마음은 그녀와 대화를 나눌 작전을 짜느라고 바삐 움직인다. 시간을 물어야 할까, 연필을 빌려달라고 할까, 아니면 화장실이 어느 쪽인지 물어야 할까, 그것도 아니면 날씨가 어떤지, 혹은 그녀의 잡지 중 한 권을 좀 빌려달라고 하면 어떨까? 그는 이것저것 다 고려해본다. 심지어 그는 열차가 충돌하는 사고가 일어났으면 하고 바란다. 그렇게 되면 그들이 탄 열차는 지금 막 그들이 지나친 드넓은 보리밭 들판으로 내동댕이쳐질테지. 그 혼란의 와중에서 그는 그녀를 열차에서 안전한 곳으로 끌어내어 그녀와 함께 구조대원들이 근처에 세워놓은 텐트로 가서 따끈한 차를 얻어마시며 서로의 눈을 뚫어져라 바라볼 것이다. 그 몇 년 뒤, 그들은 처참했던 에든버러 특급열차 충돌 사고에서 만난 적이 있다는 사실을 빌미로 서로에게 끌릴 수도 있을 것이다. 그러나 그 열차는 결코 탈선하지 않을 것이기 때문에, 그리고 비록 그런 행위가 수상쩍고 가소로운 짓인 줄 잘 알면서도 그 남자는 목소리를 가다듬으면서 그 천사 쪽으로 몸을 굽혀 여분의 볼펜이 있는지를 묻지 않을 수 없다. 그 행위는 마치 아주 높은 다리 난간에서 아래로 뛰어내릴 때의 기분과 같을 것이다.

1. 전통적으로 철학자들은 사랑의 감동에는 냉담했다. 사랑의 시련은 너무나 유치한 것이어서 연구의 대상으로 삼을 만한 가치가 없다고 판단했기 때문이다. 그런 주제는 시인이나 히스테리를 일으키는 사람들에게 맡기는 것이 더 낫다는 발상이었다. 손을 맞잡는 일이나 달콤한 편지에 대해서 깊이 생각하는 것은 철학자의 임무가 아니라는 식이었다. 이런 무관심이 쇼펜하우어로서는 무척 당혹스러웠다.

> 대체로 인간의 삶에서 아주 중요한 부분을 차지하는 그 인간사人
> 間事가 지금까지 철학자들에게 철저히 무시당해온 결과, 그것이
> 지금껏 우리 앞에 완전히 날것으로, 전혀 손을 대지 않은 그대로
> 남아 있다는 사실에 우리는 놀라지 않을 수 없다.
>
> ─『의지와 표상으로서의 세계』

그와 같은 무시는 인간의 이성적인 자아상을 파괴하는 삶의 한

철학의 위안

모습인 사랑을 오만하게 거부한 결과처럼 보였다. 쇼펜하우어
는 어색하기 짝이 없는 인간의 현실에 관해서 역설했다.

> 사랑이라는 것은……가장 신중한 일까지 수시로 훼방놓는다. 그
> 리고 가끔은 가장 위대한 정신까지도 한동안 당혹스럽게 만든
> 다. 사랑은 정치인들의 협상과 학자들의 연구를 간섭하는 데에
> 도……조금의 주저도 없다. 심지어 사랑은 성직자의 서류가방과
> 철학자의 원고 속으로 애정의 쪽지나 반지를 은근 슬쩍 밀어넣는
> 방법을 안다.……간혹 그것은……건강의 희생을, 어떤 때에는
> 부와 지위와 행복의 희생을 요구한다. ―『의지와 표상으로서의 세계』

2. 그보다 255년 전에 태어난 가스코뉴의 수필가(몽테뉴/역주)처럼,
   쇼펜하우어는―어쩌면 모든 생물체 중에서 가장 이성적일지
   도 모르는―인간을 덜 이성적으로 만드는 것들에 관심을 보였
   다. 쇠네 아우스지히트에 있던 그의 아파트 서재에는 몽테뉴의
   저서가 한 질 있었다. 쇼펜하우어는 이성이 어떻게 하여 방귀나
   점심시간의 포식, 혹은 점점 자라나는 발톱에 힘을 잃고 마는지
   에 대해서 읽었으며, 비록 인간이 거만하게도 그 반대를 굳게
   믿고 있었음에도 불구하고, 인간의 마음은 육체에 종속되어 있
   다는 몽테뉴의 관점과 의견을 같이했다.

3. 그러나 쇼펜하우어는 여기에서 한 걸음 더 나아갔다. 그는 이성
   이 자기 지위를 잃는 예를 나열하는 데에서 그치지 않고, 우리
   의 내부에 도사리고 있는 그 힘에 이름까지 부여했다. 그 힘이

란 쇼펜하우어의 생각으로는 언제나 이성보다 우위에 서며, 이성의 계획이나 판단 모두를 뒤틀어놓을 만큼 막강하다. 그것을 그는 생에 대한 의지Wille zum Leben, will-to-life라고 불렀는데, 인간 존재의 내부에 고유한, 살아남고 싶어하고, 번식하고 싶어하는 본능적 욕구로 정의되었다. 생에 대한 의지는 심지어 자신을 심각한 우울증 환자라고 밝히는 사람들까지도 선박이 난파될 위기에 처하거나 중병에 걸리면 생존을 위한 투쟁을 벌이도록 만든다. 그런 의지가 있기 때문에 더없이 지성적이고 출세를 추구하는 개인들도 깔깔거리는 어린 아기에게 넋을 놓을 수 있고, 비록 그런 아기의 모습에 감동을 전혀 느끼지 못한다고 하더라도, 아기를 임신하게 되고 아기가 세상에 태어나면 그 귀여운 존재를 치열하게 사랑하기 마련이다. 그리고 사람들이 장거리 열차 안에서 우연히 만난, 통로 저편의 어여쁜 승객에게 이성을 놓아버리도록 하는 것 또한 생에 대한 의지인 것이다.

4. 쇼펜하우어는 사랑의 한 속성인 정신의 분열 상태를 못마땅하게 생각했을지도 모른다(여학생에게 포도를 바치는 것은 결코 쉬운 일이 아니다). 그러나 그는 그것을 우연적인 것이거나 어울리지 않는 것으로 인식하지는 않았다. 그것도 사랑의 작용으로 전적으로 적절한 것이었다.

> 이 모든 소란과 흥분은 왜 생길까? 이런 조급함과 아우성, 고민과 격렬함은 왜 생길까?……왜 그런 하찮은 것이 이다지도 중요하게 다가올까……? 여기서 의문의 대상이 되는 것은 결코 하찮

철학의 위안

은 것이 아니다. 그와는 반대로 중요한 것은 성실하고 열정적인
노력으로 그것을 철저히 지켜나가야 하는 데에 있다. 모든 사랑
놀이의 궁극적인 목표는……인간 삶의 다른 어떤 목표보다도 실
제로 더 중요한 것이다. 그러므로 사랑을 추구하기 위해서라면
누구든지 아무리 심각해져도 지나치지 않을 것이다.

—『의지와 표상으로서의 세계』

그렇다면 그 목표란 무엇인가? 친교나 성적 해방도 아니고, 이해
나 오락도 아니다. 사랑이 삶을 지배하는 이유는 다음과 같다.

사랑에 의해서 결정되는 것은 무엇보다도 다음 세대의 구성
을……이를테면 앞으로 다가올 시대에 인간 종의 존속과 특별한
구성을 확보하는 것이다.　　　　—『의지와 표상으로서의 세계』

쇼펜하우어가 사랑을 우리 인간의 망상 중에서 가장 불가피하
고도 이해하기 쉬운 것이라고 판단한 이유는, 사랑이야말로 우
리로 하여금 생에 대한 의지가 가진 두 가지 위대한 명령 중에
서 두 번째의 것을 향해서 나아가도록 밀어붙이기 때문이다.

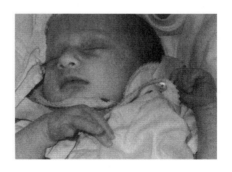

5. 우리가 상대방에게 전화번호를 요구할 때 마음속에 종種의 지속

따위를 떠올리지 않는다고 해서 앞의 이론에 반대할 근거는 되지 못한다. 쇼펜하우어의 암시에 따르면, 우리 인간은 의식적인 자아와 무의식적인 자아로 나뉜다. 무의식의 세계는 생에 대한 의지의 지배를 받는 반면, 의식의 세계는 생에 대한 의지에 부차적인 것이기 때문에 생에 대한 의지가 가지고 있는 모든 계획을 알지 못한다. 의식적인 마음은 주권을 가진 실재實在라기보다는, 아이에게 홀딱 반하는 생에 대한 의지의 하인으로 그 일부분만 겉으로 드러난다.

> [지력은] 의지의 결정이 이루어지는 은밀한 작업장을 관통하지는 못한다. 물론 지력은 의지의 절친한 친구이긴 하지만, 의지의 모든 것을 다 알지는 못하는 그런 친구이다.
>
> —『의지와 표상으로서의 세계』

지력은 생식의 장려에 필요한 만큼만 의지를 이해하는데, 그것은 아마 아주 조금만 이해한다는 뜻일 수도 있다.

> [그것은] 그 자체의 의지의 진정한 결의와 은밀한 결정들로부터 상당히 배제된 채로……남는다. —『의지와 표상으로서의 세계』

그와 같은 배제는, 우리가 무의식의 세계에서는 다음 세대의 번식을 꾀하는 어떤 힘에 쫓기면서도 의식의 세계에서는 또 다른 누군가를 다시 보고 싶어하는 욕망을 강하게 느끼게 되는 배경을 설명해줄 것이다.

도대체 그런 기만은 왜 필요한가? 쇼펜하우어의 시각에서 보면, 우리는 먼저 정신을 잃지 않은 상태에서는 후손을 번식하는데에 동의하지 않을 것이기 때문이다.

6. 이와 같은 분석은 반드시 이성적인 자아상self-image에 상처를 준다. 그렇지만 이 분석은, 적어도 낭만적인 사랑은 심각한 일들로부터의 일탈이긴 하되 피할 수 있는 것이라고, 또 여가 시간이 지나치게 많은 젊은이들이 달빛에 황홀해하거나 침대 시트 밑에서 흐느끼는 짓은 용서할 수 있으되, **나이 든 사람들이 기찻간에서 어떤 얼굴을 흘끗 본 뒤에 일을 게을리 하는 것은 불필요하고** 미친 짓이라는 암시를 배척한다. 사랑을 생물학적으로, 불가피한 것으로, 또 종의 지속에 꼭 필요한 것으로 인식함으로써, 쇼펜하우어의 생의 의지 이론은 우리가 사랑이 유발하는 갖가지 엉뚱한 행동에 대해서 보다 관용적인 자세를 취하도록 고무한다.

그 남자와 여자는 북부 런던의 어느 그리스 식당의 창가 테이블에 자리를 잡았다. 그들 사이에는 올리브 한 사발이 놓여 있는데도 둘 다 단단한 씨를 기품 있게 뱉어낼 방법을 찾지 못했기 때문에 올리브 사발은 손을 대지 않은 채 그대로이다.

그녀는 볼펜을 가지고 있지 않았으나, 그에게 대신 연필을 내놓았다. 잠시 말이 없다가 그녀는 자신이 장거리 기차 여행을 얼마나 싫어하는지에 대해서 털어놓았다. 당시 그 남자가 필요로 했던 약간의 용기를 불어넣어줄 수 있는 피상적인 발언이었다. 그녀는 첼리스트도 아니었고, 그래픽 디자이너도 아니었으며, 다소 의외이다 싶게 어느 기업에서 법인 자금을 전문으로 다루는 변호사였다. 그녀는 원래 뉴캐슬 출신이었으나, 런던에서 8년 동안 살고 있다. 기차가 유스턴에 섰을 때 그는 이미 전화번호를 받아냈고 저녁식사를 암시하는 초대도 약속받았다.

웨이터가 주문을 받으러 온다. 그녀는 샐러드와 황새치를 시킨다. 그녀는 직장에서 곧바로 왔기 때문에 연한 회색 정장을 입고 있고, 그 전에 보았던 시계를 그대로 차고 있다.

그들은 이야기를 시작한다. 그녀는 주말에 가장 즐기는 것이 암벽타기라고 설명한다. 그녀는 학교 다닐 때부터 시작하여 지금까지 프랑스, 스페인, 캐나다에 원정을 다녀왔다. 그녀는 계곡 바닥으로부터 수백 피트 높이의 암벽에 매달리는 스릴을, 그리고 밤이면 높은 산에서 캠핑하는 스릴을 묘사한다. 아침에 잠에서 깨면 텐트 안에는 고드름이 열린다고 한다. 그녀와 저녁을 함께 하고 있는 남자는 아파트 건물 2층에서도 현기증을 느끼는 사람이다. 그녀의 또 다른 열정은 춤이며, 그녀는 활력과 자유를 사랑한다. 할 수 있다면 그녀는 밤을 꼬박 새우기도 한다. 그 남자는 밤 11시 30분에 잠자리에 눕고 싶어한다. 그들은 일에 대해서 이야기를 나눈다. 그녀는 특허권을 둘러싼 소송에 관여하고 있다. 프랑크푸르트 출신인 주전자 디자이너가 영국 회사를 상대로 저작권 침해 소송을 제기한 것이다. 이 회사는 1977년에 제정된 특허권법 60조 1항 a에 의거하여 책임을 지게 되어 있다.

그는 그녀가 준비하고 있다는 소송에 대한 긴 설명을 이해하지는 못하

　　　　　　　　　철학의 위안

지만, 그녀의 높은 지성을 확신하고 자신과 그녀가 더할 나위 없이 잘 어울린다는 생각을 하게 된다.

1. 사랑의 가장 심오한 미스터리의 하나는 "왜 하필 그 남자인가?"와 "왜 하필 그 여자인가?"이다. 하고많은 후보자들 중에서 우리의 욕망이 바로 그 존재에게 그토록 강하게 집착하는 이유는 무엇인가? 그들이 저녁식사를 하면서 나누는 대화가 가장 계몽적이지도 않고, 그들의 습관 또한 가장 적절한 것도 아닌데, 다른 모든 사람을 제쳐두고 서로를 가장 귀중하게 여기는 이유는 무엇인가? 그리고 훌륭한 의도임이 확실한데도 불구하고, 우리가 객관적으로 보아서 매력적이고 또 함께 살기에 더 편할 수 있을 것 같은 다른 어떤 사람에게는 성적 관심을 품지 못하는 이유는 무엇인가?

2. 그런 선택도 쇼펜하우어를 놀라게 만들지는 않았다. 우리는 마음대로 모든 사람과 사랑에 빠지지는 않는데, 그 이유는 모든 사람으로부터 건강한 아이를 얻을 수는 없기 때문이다. 생에 대한 의지는 우리가 아름답고 지적인 후손을 가질 기회를 더 많이 줄 수 있는 사람 쪽으로 향하도록 한다. 당연히 생에 대한 의지는 그런 기회가 적은 사람들을 멀리하게 한다. 사랑이란 것은 생에 대한 의지가 이상적인 상대(부모의 한쪽)를 발견했다는 것을 의식 밖으로 드러내는 것에 다름 아니다.

　　[두 사람이] 서로를 사랑하기 시작하는, 이를테면 가장 적절한

영어 표현 "to fancy each other", 즉 서로에 대해서 환상을 품는 순간은 실제로 완전히 새로운 개인의 형성이 처음 시작되는 순간이다.　　　　　　　　　　　　　　　　─『의지와 표상으로서의 세계』

만남의 초기에 일상적인 대화를 나눌 때 두 사람의 무의식 세계는 둘 사이의 성교를 통해서 언제 건강한 아이가 태어날 수 있을지를 저울질할 것이다.

두 청춘 남녀가 처음으로 만나 서로를 보며 생각할 때의 그 깊고 무의식적인 진지함과, 그들이 서로에게 던지는, 탐색하고 꿰뚫는 듯한 시선과, 그리고 둘의 신체와 생김새에 초점이 맞추어지는 정밀검사에는 매우 특별한 무엇인가가 있다. 이런 조사와 검사는 자신들을 통해서 생길 수 있는 한 인간에 관한 종種의 특성을 숙고하는 일이다.　　　　　　　　　─『의지와 표상으로서의 세계』

3. 그렇다면 생에 대한 의지는 그러한 검사를 통해서 무엇을 추구하는 것일까? 건강한 자식을 얻으리라는 확신을 찾고 있는 것이다. 생에 대한 의지는 둘 사이에 태어날 다음 세대는 위험천만한 세상에서도 살아남을 수 있을 정도로 정신적으로도 육체적으로도 적절해야 할 것이라는 확신을 원한다. 따라서 생에 대한 의지는 자신의 아이의 신체(키가 너무 작지도 크지도 않는)와 정신상태(너무 소심하지도 너무 무례하지도 않고, 너무 냉담하지도 너무 감성적이지도 않는)가 균형 잡혀 있기를 원한다.

우리 부모들이 구애하는 과정에서 잘못된 선택을 했기 때문에 우리는 완벽하게 균형 잡힌 몸매를 타고나지 않았을 가능성이 크다. 대체로 사람들은 너무 크거나, 너무 우악스럽거나, 너무 여성다운 모습으로 태어난다. 코는 비정상적으로 크고 뺨은 작다. 만약 그런 불균형이 계속되도록 내버려두거나 더 악화된다면, 인간이라는 종은 짧은 세월 안에 존속할 확률이 크게 떨어질 것이다. 그렇기 때문에 생에 대한 의지는 바로 우리 자신의 결함을 바로잡아줄(납작코와 커다란 코가 결합하면 완벽한 코를 약속한다) 사람 쪽으로 향하도록 우리를 유도함으로써, 우리가 다음 세대에서 육체적, 심리적 균형을 되찾도록 도와주어야 한다.

모든 사람은 다른 개인을 통하여 자신의 나약함과 결함, 그리고 전형典型으로부터의 일탈을 제거하려고 애쓴다. 태어날 아기에게만은 그런 부정적인 것들을 물려주지 않기 위해서거나, 극단적인 비정상으로 악화되는 것을 막기 위해서이다.

—『의지와 표상으로서의 세계』

중화 이론中和理論, neutralization은 쇼펜하우어에게 남녀간의 끌림이 오가는 길을 예상할 수 있다는 확신을 주었다. 키 작은 여인은 키 큰 남자와 사랑에 빠질 것이고, 키 큰 남자가 키 큰 여자를 사랑하는 예(무의식적으로 거인의 출산을 두려워한다)는 극히 드물 것이다. 운동을 좋아하지 않는, 여자 같은 남자들은 종종 머리를 짧게 깎은 (그리고 견고한 손목시계를 차고 있는) 소년 같은 여자에게 끌릴 것이다.

> 두 개인의 중화는……남자가 가진 남자다움의 정도가 특정한 여자가 가진 여자다움의 정도에 정확히 일치할 것을 요구한다. 그래야만 각각 한쪽의 발달한 부분이 상대방의 발달한 부분을 정확히 소멸시킬 것이다. —『의지와 표상으로서의 세계』

4. 불행하게도 끌림의 이론theory of attraction은 쇼펜하우어로 하여금 너무나 처량한 결론에 도달하게 만들었다. 만일 곧 결혼을 앞둔 독자들의 경우에 자신들의 계획을 재고하는 불상사를 막으려면, 다음 몇 단락을 읽지 않고 그냥 지나치는 것이 최선의 방법일 것이다. 어쨌든 아기 생산에 매우 적절한 상대는 거의 대부분 본인에게는 매우 적절한 존재가 아니라는 것이다(비록 결혼할 당시에는 생에 대한 의지에 의해서 눈에 콩깍지가 씌워지기 때문에 그런 사실을 깨닫지 못할지라도).

"안락함과 열정이 함께하는 사랑은 극히 드문 행운"이라고

철학의 위안

쇼펜하우어는 관찰했다. 우리의 아이들이 거대한 턱이나 나약한 기질을 타고나지 않도록 해줄 연인은 우리를 평생토록 행복하게 만들 인물이 아니기 십상이다. 개인적인 행복의 추구와 건강한 아이의 생산은 근본적으로 상충하는 두 개의 프로젝트인데, 사랑이라는 것이 장난을 쳐서 꼭 필요한 몇 년 동안에는 그 두 가지 프로젝트가 마치 하나인 것처럼 우리를 착각하도록 만든다. 그렇기 때문에 친구로도 결코 지낼 수 없을 듯한 사람들이 결혼을 한다고 해도 놀랄 일은 결코 아니다.

사랑이란 것은……성적 관계는 별도로 하더라도, 혐오스럽고 경멸할 정도이고 심지어 상극으로까지 보이는 사람에게도 자신을 맡기게 한다. 그러나 종種의 의지가 개인의 의지보다 훨씬 더 강하기 때문에 그 연인은 자신의 특질과 상반되는 모든 특질들에 눈을 감아버리고 모든 것을 간과하고 모든 것을 그릇되게 판단하고 자신의 열정의 대상이 된 인물과 자신을 영원히 함께 묶어버린다. 그런 환상에 빠진 사람은 제정신을 차리지 못하는데, 그 환상은 종의 의지가 다 충족되고 나면 금방 사라지고 이젠 평생을 혐오하면서 살아야 할 파트너만 남게 된다. 바로 여기서, 매우 이성적이고 심지어 탁월하기까지 한 남자들이 종종 잔소리가 심하고 악마 같기도 한 여자들과 사는 이유, 그리고 그렇게 살면서도 왜 자신들이 그런 선택을 하게 되었는지를 인식하지 못하는 이유에 대한 설명이 가능해진다.……사랑에 빠진 남자는 자기 신부에게서 자신에게 비참한 삶을 약속하는, 도저히 참을 수 없는 성격적인 혹은 기질적인 결함을 확실히 파악하고 쓰라림을 느낄지 모르지만, 그 문제 때문에 놀라 달아나지는 않는데……그 이유는 그 남자가 종국적으로 추구하는 것이 그 자신의 이익이 아니라 아직 이 세상에 존재하지 않는 제3자의 이익이기 때문이다. 비록 그 남자 본인은 자신이 추구하는 것이 마치 자신의 이익인 것 같은 환상에 빠져 있다고 하더라도 말이다. ─『의지와 표상으로서의 세계』

쇼펜하우어의 이론이 암시하는 바에 따르면, 생에 대한 의지가 우리 인간의 행복보다는 의지 그 자체의 목적을 달성하는 데에 더 큰 능력을 발휘한다는 점은 섹스 직후 두 남녀에게 종종 엄습하는 나른함과 슬픔에서 아주 명확하게 감지된다.

섹스를 끝내자마자 악마의 웃음소리가 들린다는 사실을 아직 깨닫지 못했단 말인가? ─『소론과 보유』

그래서 어느 날, 남자 같은 여자와 여자 같은 남자는 그들 자신들뿐만 아니라 (피로연에 나타난 극소수의 쇼펜하우어주의자를 제외하고는) 그 누구도 머리 속에 떠올릴 수 없는 목적을 가지고서 주례석으로 다가갈 것이다. 얼마 지나지 않아 생에 대한 의지의 욕망이 상당히 채워지고, 건강한 소년이 교외 정원을 누비며 공을 차고 놀 때면, 그 계략이 드러날 것이다. 그러면 부부는 헤어지거나 적대적인 침묵 속에서 저녁식사를 마칠 것이다. 쇼펜하우어는 우리에게 선택을 제시한다.

결혼에서는, 개인이나 종種의 이익 중 어느 하나는 잘못되는 것 같다. ─『의지와 표상으로서의 세계』

그러면서도 쇼펜하우어는 우리로 하여금 종이 그 자체의 이익을 확보하는 탁월한 능력에 대해서는 의문을 품지 않도록 했다.

철학의 위안

미래의 세대는 현 세대의 희생으로 가능하다.

—『의지와 표상으로서의 세계』

그 남자는 저녁식사 대금을 지불하고 자연스러움을 가장하면서 자기 아파트로 가서 함께 술 한잔 나누는 것도 좋지 않겠느냐고 묻는다. 그녀는 미소를 지으며 식당 마룻바닥을 응시한다. 테이블 밑으로 그녀는 종이 냅킨을 사각형으로 접고 있다. "그것도 괜찮을 듯하군요. 정말 그렇겠네요"라고 그녀는 말한다. "하지만 회의를 위해서 프랑크푸르트행 비행기를 타려면 내일 아침 일찍 일어나야 하는 걸요. 5시 30분쯤, 아니 더 일찍, 아쉽지만 다른 때 기회가 있겠죠. 아주 멋질 거예요. 정말로, 그럴 거예요." 또다시 미소를 띤다. 냅킨은 짓눌려 구겨져 있다.

남자의 절망은 그 여자가 독일에서 전화를 걸겠다는 약속에, 그리고 멀지 않은 날에, 아마 그녀가 돌아오는 바로 그날에 다시 만날 수도 있다는 약속에 약간 누그러진다. 그러나 약속한 그날 늦도록 전화가 없다. 마침내 그녀가 프랑크푸르트 공항 공중전화 부스에서 전화를 걸어온다. 뒤에서는 군중들과 오리엔트행 비행기의 출발을 알리는 금속성 음성들이 들린다. 그녀는 그 남자에게 창문 밖으로 거대한 비행기가 보이는 이곳은 마치 지옥 같다고 말한다.

그녀는 빌어먹을 루프트한자 항공편이 지연되는 바람에 다른 항공사에 좌석을 얻으려고 백방으로 노력하고 있지만, 자기를 기다리지 않는 게 좋겠다고 말한다. 그리고 한동안 침묵이 흐르고 드디어 최악의 사태가 확인된다. 그녀는 지금 인생에서 참으로 복잡한 상황에 처해 있다는 것이다. 그녀는 계속 말을 잇는다. 자신이 무엇을 원하는지 잘 모르지만, 자신에게 지금 얼마간의 시간과 공간이 필요하다는 사실을 알고 있다고 말한다. 그리고 그 남자만 괜찮다면, 그녀는 언젠가 자신의 머리가 약간 맑아지면 그에게 전화를 걸겠노라는 말을 남긴다.

1. 쇼펜하우어라는 철학자는 우리가 사랑에 빠지는 이유에 대해서 결코 유쾌하지 않은 설명을 내놓았다. 그러나 그 설명에는 상대방으로부터 거부당할 경우에 대비한 위안이 들어 있었다. 말하자면 버림받을 때 우리가 고통을 느끼는 것은 지극히 정상이라는 사실을 알게 됨으로써 얻게 되는 위안이 그것이다. 우리는 단 며칠간 희망을 품은 결과로 생길 수 있는 좌절의 깊이에 낭패감을 느낄 필요가 전혀 없다. 하긴 2세를 낳아 기르도록 우리를 몰아붙일 만큼 막강한 그 열정이, 목표 달성에 실패했을 경우, 아무런 파괴의 자취를 남기지 않고 빠져나가리라고 생각하는 것은 비합리적이다. 사랑은 상상 가능한 가장 큰 행복을 약속하지 않고는 종을 번식시키도록 우리를 유혹할 수 없다. 다른 사람으로부터 거부당함으로써 생긴 상처가 너무 깊다는 사실에 충격을 받는 것은, 다시 말하면, 사랑을 받아들이는 데에 수반되는 것들을 무시하고 있는 것이다. 그런 심각한 고통을 받는

것이 이상하다고 되뇌며 고통을 더욱 복잡하게 악화시켜서는 곤란하다. 그런 일을 당하고도 만약 충격을 받지 않는다면, 오히려 그것이 비정상일 것이다.

2. 더욱 중요한 것은, 우리는 본래부터 사랑스럽지 않은 존재가 아니라는 점이다. 우리 자신에게는 잘못된 것이 전혀 없다. 성격도 혐오감을 일으키지 않고, 얼굴도 못생기지 않았다. 둘의 결합이 이뤄지지 않았다면, 그것은 그 사람과 인연을 맺어서는 균형 잡힌 아이를 낳을 수 없었기 때문이다. 자신을 미워할 이유도 전혀 없다. 당신은 언젠가는 (당신의 턱과 그의 턱이 생에 대한 의지의 관점에서 바람직한 조합을 이룬다는 이유로) 당신에게서 아름다움을 느낄 수 있고, 그리고 예외적으로 자연스러움을 느낌으로써 서로 마음을 터놓을 수 있는 누군가를 만나게 될 것이다.

3. 우리는 자신을 거부한 사람들을 용서하는 법을 일찍이 배워야 한다. 어떤 사람이 상대방에게 서로가 더 많은 시간을 가질 필요가 있다고 말할 때, 그리고 아직은 상대방에게 미래를 약속할 만큼 확신이 서지 않는다는 사실을 서툴게나마 알려주려고 노력할 때, 그 사람은 생에 대한 의지에 따른, 기본적으로 무의식적이고 부정적인 판단을 지적知的으로 보이도록 포장하고 있다. 그의 이성은 상대방의 특질들을 높이 평가할 수도 있지만, 그의 생에 대한 의지는 그렇지 못하기 때문에 시비를 불러일으키지 않을 방식으로 그렇게 말하도록 하는 것이다. 그렇게 함으로써

그는 아예 상대방에 대한 성적 관심을 비워버린다. 비록 그런 그가 우리보다 훨씬 덜 지적인 사람에게 유혹당한다고 해도, 우리는 그를 천박한 존재라고 손가락질해서는 곤란하다. 쇼펜하우어가 설명하듯이, 우리는 다음과 같은 것을 기억해야 한다.

> 결혼에서 사람들이 추구하는 것은 지적 유희가 아니라 아이의 출산이다.
> ―『의지와 표상으로서의 세계』

4. 우리는 모든 거절에 담긴, 아기의 출산에 반대하는 자연의 명령을 존중해야 한다. 번개의 섬광이나 용암의 분출을 경외하듯이. 이런 자연의 활동은 무섭긴 하지만 분명히 우리 인간들보다 더 막강하지 않은가? 우리는 다음과 같은 사고에서도 위안을 찾을 수 있어야 한다.

> 남녀가 서로의 사랑을 거부하는 것은 그 두 사람이 결합할 경우 신체 구조가 매우 나빠 그 자체로 조화롭지 못한 불행한 존재를 출산할 수도 있다는 우려를 선언하는 것이다.
> ―『의지와 표상으로서의 세계』

우리는 연인으로 인하여 행복했을지는 몰라도, 자연은 행복하지 않았다. 그것이 바로 우리가 사랑하는 사람을 잡았던 손아귀를 푸는 보다 큰 이유이다.

한동안 그 남자는 우울증에 빠져 지낸다. 주말이면 배터시 공원에서 산책을 하다가 템스 강이 내려다보이는 벤치에 앉는다. 그는 1774년 라이프치히에서 처음 출간되었던 괴테의 『젊은 베르테르의 슬픔』 페이퍼백 한 권을 손에 들고 있다.

아기를 태운 유모차를 끌거나 아이의 손을 잡고 거니는 부부들이 보인다. 청색 옷을 입은 한 어린 소녀가 히드로 공항을 향해서 하강하고 있는 비행기를 가리킨다. "아빠, 저 안에 하느님이 있어?"라고 아이가 묻는다. 하지만 아빠는 허둥거리며 왠지 기분이 언짢아 보인다. 그는 소녀를 번쩍 들어올리면서, 마치 길을 묻는 질문을 받기라도 한 것처럼, 자기는 알지 못한다고 대답한다. 네 살짜리 소년이 세발자전거를 타다가 나무에 부딪혀 엄마를 크게 외쳐 부른다. 아이의 엄마는 풀이 듬성듬성한 풀밭 위에 담요를 깔고서 이제 막 눈을 붙인 터였다. 그녀는 남편에게 아이를 도와주라고 요구한다. 남편은 이번에는 아내가 도와줄 차례라고 무뚝뚝하게 대답한다. 그리고 그는 아무 말이 없다. 그녀는 남편을 향해서 "멍청이"라고 쏘아붙이며 몸을 일으킨다. 가까운 벤치에서 늙은 부부가 달걀과 샐러드로 만든 샌드위치를 말없이 나눠 먹고 있다.

1. 쇼펜하우어는 그런 비참함에도 놀라지 말라고 우리에게 당부한
   다. 우리는 연인 관계에서든 부부 관계에서든, 본질적인 요소들
   이 늘 살아 꿈틀거리기를 요구해서는 안 된다.

2. 쇼펜하우어의 서재에는 자연과학 서적들이 매우 많았다. 그중
   에는 윌리엄 커비와 윌리엄 스펜스의 『곤충학 개론』, 프랑수아
   위베르의 『꿀벌론』, 카데 드 보의 『두더지론』이 있었다. 쇼펜하
   우어는 개미와 장수풍뎅이, 벌, 파리, 메뚜기, 두더지와 철새에
   관해서 읽었고, 이 모든 생명체들이 열렬하면서도 맹목적인 삶
   에 대한 애착을 어떤 식으로 나타내는지를 동정심과 당혹스런
   마음으로 고찰했다. 그는 특히 발육장애로 인해서 괴물처럼 생
   긴 두더지에게 특별한 동정을 표시했는데, 두더지는 축축하고
   좁은 굴 속에 살기 때문에 햇빛을 거의 보지 못하고 새끼들은
   젤리 모양의 벌레처럼 보였지만, 살아남기 위해서 그리고 그 자
   신을 영속시키기 위해서 사력을 다하는 존재였다.

   > 삽처럼 생긴 커다란 발로 끊임없이 땅을 파는 것은 두더지가 평
   > 생 해야 할 일이다. 두더지의 주변에는 영원한 어둠뿐이다. 두더
   > 지의 눈이 덜 발달한 것은 단지 빛을 피하기 위해서인데……즐
   > 거움이라고는 하나도 없는, 고난으로 꽉 찬 일생을 통해서 두더
   > 지는 무엇을 얻을까?……삶의 고난과 근심은 삶에서 얻는 과실
   > 이나 이득에 비하면 터무니없이 가혹하다.
   >
   > —『의지와 표상으로서의 세계』

   쇼펜하우어가 볼 때, 이 지구상의 모든 생명체들은 무의미한 생

존을 위해서 똑같이 전력투구하고 있는 것 같았다.

불운한 작은 개미들의 끊임없는 움직임을 주의 깊게 숙고해보
면……대부분의 벌레들의 삶은 자신들의 알에서 태어날 미래의
자손들을 위한 양식과 주거 공간을 준비하느라 줄기차게 노력하
는 근면의 시간에 지나지 않는다. 그 자손들이 영양분을 다 소모
하고 번데기 단계로 들어간다. 그런 뒤 이 자손들이 번데기에서
나오면서 삶의 현장으로 뛰어들어 똑같은 일을 시작한다.……
이런 노력으로 개미들이 무엇을 얻는지 우리는 묻지 않을 수 없
다.……허기와 성적 열정을 만족시키는 것 외에 달리 보여줄 것
은 아무것도 없다. 그리고……끝없는 욕구와 진력 사이에서 때
때로 이루어지는……약간의 덧없는 만족……

—『의지와 표상으로서의 세계』

3. 쇼펜하우어는 굳이 비슷한 예를 끄집어낼 필요가 없었다. 우리
   인간도 사랑을 추구하고, 장래 파트너가 될 사람과 카페에서 잡

담을 나누고, 아기를 가지고, 두더지나 개미와 비슷한 선택의 과
정을 겪게 되는데, 그런 생명체보다 별로 더 행복하지도 않다.

4. 쇼펜하우어는 우리를 우울하게 만들려는 의도는 없었다. 오히
려 비통함을 불러일으키는 헛된 기대들로부터 우리를 자유롭
게 풀어주려는 의지를 가지고 있었다. 사랑이 우리를 낙심하게
만들 때, 사랑의 본래 계획에는 행복이란 것이 절대로 없었다는
이야기를 듣는 것은 위안이 된다. 역설적이게도, 가장 염세적인
사상가들이 가장 쾌활할 수도 있다.

> 천부天賦의 잘못이 딱 하나 있다. 우리는 행복해지기 위해서 존재
> 한다는 관념이 바로 그것이다.……이 천부의 잘못을 우리가 고
> 집하는 한……이 세상은 모순으로 꽉 차 있는 것처럼 보인다. 그
> 이유는, 우리가 위대한 일에서든 아니면 하찮은 일에서든 이 세
> 상과 삶은 행복한 존재를 돕게 되어 있지 않다는 사실을 경험하
> 지 않을 수 없기 때문이다.……그런 까닭에 늙은 사람들의 얼굴

철학의 위안

을 보면 거의 대부분 실망이라고 부를 만한 표정을 짓고 있다.

―『의지와 표상으로서의 세계』

만약 사랑에 빠질 때, 그 사랑에 적당히 기대할 수만 있다면, 사람들은 결코 그 정도로까지는 실망하지 않을 것이다.

젊은 시절을……방해하고 불행하게 만드는 것은……행복이란 살아 생전에 꼭 손에 넣어야 하는 것이라는 확고한 가정 아래서 행복 사냥에 나서는 일이다. 여기서부터 희망은 늘 좌절하기만 하고 그로 인해서 불만이 생겨난다. 우리가 꿈꾸는 막연한 행복의 기만적인 이미지들이 변덕스런 모습으로 우리들 앞을 맴돌고, 우리는 그 실체들을 헛되이 찾고 있다.……적절한 충고와 가르침으로, 젊은이들의 마음에서 이 세상이 그들에게 줄 것이 아주 많다는 그릇된 관념을 털어낼 수만 있다면, 그들은 많은 것을 얻게 될 것이다.

―『소론과 보유』

3

우리 인간에게는 두더지에게 없는 한 가지 장점이 있다. 우리도 두더지처럼 생존을 위해서 투쟁을 벌여야 하고, 짝을 찾고, 자식들을 가질 것이다. 그러나 우리는 그에 덧붙여 극장과 오페라, 콘서트 홀을 찾고, 밤에 침대에서 소설과 철학, 서사시를 읽을 수 있다. 쇼펜하우어가 생에 대한 의지의 요구에서 놓여날 수 있는 최고의 원천을 찾았던 것도 이런 활동에서이다. 예술과 철학 작품들에서 우리가 만나는 것들은 객관적으로 옮겨놓은, 이를테면 소리와 언어 혹은 이미지로 재현되고 정의된 우리 자신의 고통과 투쟁이다. 예술가들과 철학자들은 우리에게 우리가 느꼈던 것을 보여줄 뿐만 아니라 우리의 경험까지도 우리 자신이 할 수 있는 것보다 훨씬 더 지적으로, 그리고 더 통렬하게 드러내준다. 그리고 그들은 우리가 자신의 것으로 알고는 있지만, 결코 명쾌하게 이해하지는 못하는 삶의 모습들에 형태를 부여한다. 그들은 우리가 처한 조건을 설명해주고, 그렇게 함으로써 우리가 그런 조건에서도 조금이라도 덜 외로워하고 혼란을 겪지 않도록 도와준다. 우리는 아마굴을 계속 파야 할 의무가 있는지도 모른다. 하지만 창조적인 작업을 통해서 적어도 우리의 고뇌를 통찰할 순간들을 얻을 수는 있

철학의 위안

다. 이런 통찰이야말로 우리가 공포와 소외(심지어 박해까지도)로 번민할 때 그 고민에서 벗어나게 하지 않는가. 쇼펜하우어의 표현을 빌리자면, 예술과 철학은 서로 다른 방식으로 인간이 고통을 지식으로 승화시킬 수 있도록 도와준다.

쇼펜하우어는 어머니의 친구인 괴테가 사랑이 안겨주는 고통의 상당 부분을 승화시켜 지식으로 만들었다는 점에서 그를 무척 존경했다. 그 점은 괴테의 나이 스물다섯 살 때 출판되어 그의 이름을 전 유럽에 떨치게 했던 소설에서 가장 두드러졌다. 『젊은 베르테르의 슬픔』은 어느 한 청년의 젊은 여인(베르테르처럼 『웨이크필드의 목사』를 좋아하고, 소매에 분홍빛 리본이 달린 하얀 드레스를 입었던 매혹적인 여인 로테)을 향한 짝사랑을 묘사했다. 그러나 그 소설은 동시에 그의 독자(나폴레옹도 이 소설을 아홉 번이나 읽었다는 이야기가 있다) 수천 명의 사랑 유희를 묘사한 것이었다. 가장 위대한 예술 작품들은 우리를 알지 못하면서도 우리에게 말을 걸어온다. 쇼펜하우어가 남긴 말처럼 말이다.

> 그……시인은 삶에서 매우 독특하고 개인적인 것을 발견하며, 그것을 독특한 개성으로 정확히 묘사한다. 그러나 이런 방식으로 시인은 인간 존재의 전부를 드러낸다. 시인은 비록 특정한 것에 관심을 가진 것처럼 보이지만, 실제로는 어느 곳에서나 어느 시기에나 통할 수 있는 것들에 관심을 가지고 있다. 바로 여기에서 문장들이, 특히 극시인劇詩人의 말들이 보편적인 격언이 되지 못할 때에도 현실의 삶에 종종 적용되는 이유가 드러난다. —『의지와 표상으로서의 세계』

괴테의 독자들은『젊은 베르테르의 슬픔』에서 자신의 존재를 인식하는 데에서 그치지 않고 자신을 보다 깊이 이해하게 된다. 그이유는 괴테야말로 미숙하고 덧없는 사랑의 순간들이, 말하자면 그의 독자들이 비록 진실을 정확히 꿰뚫어보지는 못했을지라도, 이미 경험한 사랑의 순간들이 어떤 의미를 가지는지를 명쾌하게 밝혀주기 때문이다. 그는 순수한 사랑의 법칙들을 제시했던 것이다. 그것들을 쇼펜하우어는 낭만적인 심리에 필수적인 "이데아 Idea"라고 표현했다. 예컨대 괴테는 어떤 인물을 사랑하지 않는 사람이 그 인물 앞에서 보여주는, 겉으로 보기에 분명히 친절한 태도(알고 보면 더없이 잔인하지만)를 완벽하게 파악하고 있었다.『젊은 베르테르의 슬픔』말미에서, 자신의 감정을 다스리지 못함으로써 극도로 괴로워하는 베르테르는 로테 앞에서 허물어진다.

"로테"라고 그는 울부짖는다. "나는 당신을 다시는 만나지 않겠어!" "왜 만나지 않겠다는 거야?"라고 그녀가 묻는다. "베르테르, 당신은 나를 만날 것이고, 또 우리는 다시 만나야만 해요. 그렇지만 당신은 흥분하는 성격을 조금 죽여야겠어요. 오, 당신은 왜 이렇게 치열한 성격일까, 애착을 가지는 모든 것에 이렇듯 걷잡을 수 없는 열정을 보이다니." 그녀는 그의 손을 잡으면서 말을 계속 한다. "조금 진정해요. 당신의 정신, 당신의 지식과 당신의 재능이 당신에게 안겨줄 수많은 환희를 생각해요!"

그 소설에 담긴 것들을 제대로 평가하기 위해서 우리가 군이 18세기 후반의 독일에서 살아야 할 필요는 없을 것이다. 이 세상에 오가는 이야기는 지구상에 존재하는 사람의 수에 비해 터무니없이 적고, 이야기의 구성은 주인공의 이름과 배경만 바뀔 뿐 끊임없이 되풀이된다. "예술의 정수는 그 하나의 이야기가 수천 명에 적용된다는 데에 있다"는 사실을 쇼펜하우어는 너무도 잘 알고 있었다.

더불어, 우리의 이야기가 수천 명의 이야기 중 하나에 지나지 않는다는 사실을 깨닫는 것에도 위안이 따른다. 쇼펜하우어는 두 번, 1818년과 1822년에 피렌체로 여행했다. 그도 아마 산타 마리아 델 카르미네 성당의 브란카치 예배당을 방문했을 것이다. 그곳에서 마사초는 1425년과 1426년 사이에 프레스코 화 시리즈를 그렸다.

낙원을 떠나는 아담과 이브의 절망은 그들만의 것이 아니다. 두

인물의 얼굴과 몸짓에서 마사초는 절망의 정수를, 이를테면 절망의 개념을 포착했던 것이다. 그의 프레스코화는 말하자면 인간의 오류성과 연약함의 보편적인 상징이라고 할 수 있다. 아담과 이브가 낙원을 떠나는 순간 우리 모두가 그곳에서 추방된 셈이었다.

그러나 비극적인 사랑의 이야기를 읽음으로써, 사랑을 거부당한 사람은 자신이 처한 상황을 극복한다. 그는 더 이상 혼자서만 고통받고 외로워하고 혼란을 겪는 것이 아니라고 생각하게 된다. 마침내 그는 인류사에 종의 번식을 위해서 애 쓰느라 다른 인간을 사랑했던 수많은 인간군의 일원이 되는 것이다. 그의 고통은 약간 통증이 누그러지면서 보다 이해할 수 있는 것이 되고, 개인적인 저주는 조금씩 빛을 잃게 된다. 이런 객관성을 확보할 수 있는 사람에 대해서, 쇼펜하우어는 이렇게 말한다.

> 그 자신의 삶의 여정에서, 그리고 삶의 불행에서 그는 이제 자신의 개인적인 운명보다는 전체로서 인류의 운명을 더 돌아볼 것이다. 따라서 그는 **고통받는 존재**로서보다는 **세상을 아는 존재**로서 행동해야 할 것이다. ㅡ『의지와 표상으로서의 세계』

어둠 속에서 땅을 파는 사이사이에 우리는 자신의 눈물을 승화시켜 지식으로 바꾸도록 부단히 노력해야 한다.

6장 어려움에 처한 존재들을 위하여

1

비참한 기분을 높이 평가한 철학자들은 거의 없었다. 현명한 삶이란 예로부터 고통을, 곧 번민, 절망, 분노, 자기멸시, 비탄을 줄이려는 노력과 결부되었다.

2

게다가 철학자의 대다수는 늘 "멍청이"였다고 프리드리히 니체는 역설했다. "인류 역사상 처음으로 **품위 있는** 인간 존재가 되어야 하는 것이 나의 운명이다"라고 그는 1888년 가을에 멋쩍어하면서 선언했다. "나는 내가 언젠가 **신성한 사람**으로 선언될까 몹시 두렵다." 그리고 그는 그 날을 세 번째 밀레니엄이 동틀 무렵으로 못박았다. "2000년경이면 사람들은 [나의 저작을] 읽도록 **허용될** 것이다." 그는 후세 사람들이 분명히 자기 책을 즐겨 읽으리라고 확신했다.

　내가 쓴 책들 중 한 권을 뽑아 손에 쥐는 것은 그 사람이 누구이든

자신에게 부여할 수 있는 가장 귀하고 비범한 선택이 될 것이다. 심
지어 나는 그 독자가 책을 읽을 때 신(장화는 말할 것도 없고)을 벗을
것이라고 짐작한다.　　　　　　　　　　　　　　　 ─『이 사람을 보라』

니체의 책을 읽는 것이 비범한 까닭은, 수많은 멍청이들 중에서 유
일하게 니체만이, 인생의 완성을 추구하는 사람이라면 누구나 모
든 어려움을 기꺼이 받아들여야 한다는 것을 깨달았기 때문이다.

그대는 가능하다면─'가능하다면'이라는 전제보다 더 터무니없는
것은 없는데─**고통을 파괴하기**를 원한다. 그런데 실제로 우리는 그
렇게 함으로써 오히려 고통을 증폭시키고 그 전보다 더 악화시키는
것 같다!　　　　　　　　　　　　　　　　　　 ─『선악을 넘어서』

친구들에게 자신의 안부를 전할 때 좀 엄격하게 굴긴 했지만, 니
체는 그들에게 무엇이 필요한지를 마음속으로 잘 알고 있었다.

나와 약간이라도 인연을 맺고 있는 인간 존재들에게 나는 고통, 절
망, 질병, 냉대, 경멸이 내려지기를 바란다. 나는 그들이 지독한 자
기경멸과 자기불신의 고문, 패배당한 자의 열등감과 무관하게 지
내지 않기를 바란다.　　　　　　　　　　　　　　 ─『힘에의 의지』

이런 글들은 그의 저작이 비록 그 자신이 그렇게 표현했다고 하더
라도, "[인류에게] 지금까지 주어진 가장 위대한 선물(『이 사람을 보
라』)"의 반열에까지 오른 이유를 설명하는 데에 도움이 되었다.

3

우리는 외모에 놀라서는 안 된다.

처음 만나는 사람들의 눈에는……우리는 보통 그 눈에 비친 단 하나의 개인적 특성에 지나지 않는데도 그 특성이 우리의 전체 인상을 결정하게 된다. 그렇기 때문에 가장 신사적이고 합리적인 사람도, 만약 턱수염을 길게 기르고 있다면……언제나 긴 턱수염이 우선 생각나는 존재로만 보일 뿐이다. 이를테면 쉽게 화를 내고 간혹 난폭해지기도 하는 군인형으로 생각된다. 그는 그런 인간형으로 대접받게 될 것이다.   ─『서광』

4

그렇다고 니체가 늘 어려움을 그런 식으로 좋게 생각했던 것은 아니었다. 그의 최초의 견해들을 그는 자신이 라이프치히 대학교에 다니던 스물한 살 때 발견한 한 철학자에게 신세를 졌다. 1865년 가을, 라이프치히의 블루멘 거리의 헌책방에서 그는 우연히 『의지와 표상으로서의 세계』를 뽑아들었는데, 그 책의 저자는 니체가 살던 곳에서 서쪽으로 300킬로미터 떨어진 프랑크푸르트의 한 아파트에서 5년 전에 세상을 떠난 인물이었다.

> 처음에 나는 [쇼펜하우어의 책을] 아주 생소한 것을 집듯이 집어들고는 책장을 넘겼다. 어떤 수호신이 나를 향해서 "이 책을 집에 가져 가거라"라고 속삭이고 있었는지도 모른다. 어쨌든, 절대로 책을 서둘러 사지 않는 나의 버릇과는 반대로 그런 일이 벌어졌다. 집으로 돌아가자마자 나는 새로운 보물을 안고 소파 귀퉁이로 몸을 날리고는 그 역동적이고 음울한 천재에게 나 자신을 맡겼다. 행간마다 단념과 거부, 체념이 아우성치고 있었다.
>
> ―『나의 라이프치히 체류 2년 동안의 회고』

그 늙은이가 이 젊은이의 삶을 바꾸어놓았다. 쇼펜하우어의 설명에 따르면, 철학적 지혜의 정수精髓는 아리스토텔레스의 『니코마코스 윤리학』에 담겨 있었다.

> 가장 분별 있는 인간은 즐거움이 아니라 고통으로부터 자유를 얻으려고 애쓴다. ―『의지와 표상으로서의 세계』

마음의 평온을 추구하는 사람에게 우선 필요한 것은 완성의 불가능성을 인정하는 것이다. 그렇게 함으로써 완성을 추구하다 보면 으레 맞닥뜨리게 되는 어려움과 고민을 피하게 된다.

> [우리는] 삶에서 유쾌하고 마음에 드는 것들을 목표로 삼을 것이 아니라, 무수히 많은 악惡을 가급적 피하는 것에 목표를 두어야 한

철학의 위안

다.……가장 행복한 운명은 육체적 혹은 정신적으로 큰 고통을 받지 않고 삶을 마무리 짓는 사람의 것이다.　　　　　　　　-『소론과 보유』

그후 나움부르크에 있던 홀어머니와 열아홉 살의 여동생에게 편지를 쓸 때, 니체는 자신의 식사와 학업 진도에 대한 보고 대신에 자제와 체념이라는 자신의 새로운 철학을 요약하여 보냈다.

> 삶이란 고통으로 이루어진 것이라는 사실을 우리는 압니다. 또 삶을 즐기려고 애쓰면 애쓸수록 우리는 그만큼 더 삶의 노예가 된다는 것을 잘 압니다. 바로 그런 이유 때문에 우리는 삶의 아름다운 것을 얻기를 포기하고 금욕을 실천해야 합니다.

그의 어머니에게 이런 글들은 이상하게 비쳤다. 그래서 어머니는 "이 어미는 이런저런 소식이 듬뿍 담긴 평범한 편지보다 그런 식의 과시나 의견을 결코 더 좋아하지 않는단다"라는 내용의 답장을 보내면서 아들에게 하느님에게 귀의하고 제발 음식을 잘 챙겨 먹으라고 당부했다.

그러나 쇼펜하우어의 영향력은 사라지지 않았다. 니체는 신중하게 살기 시작했다. 그가 "개인의 망상"이라는 제목 아래 나열해 놓은 목록에는 섹스가 유난히 두드러졌다. 나움부르크에서 군복무를 하는 동안에도 그는 자신의 책상 위에 쇼펜하우어의 사진을 놓아두고 어려운 순간에는 "쇼펜하우어, 나를 도와주오!"라고 외치곤 했다. 그는 스물넷의 나이에 바젤 대학에서 고전문헌학 교수직을 맡았을 때 염세적이고 사려 깊었던 프랑크푸르트의 그 현자를 사랑하는 점이 같다는 이유로 리하르트 바그너와 그의 아내 코지마 바그너와 친해지게 되었다.

5

그렇게 바그너와 10년 이상 애착을 느끼며 우정을 나누어오던 1876년 가을, 니체는 이탈리아 여행을 하면서 정신세계의 급진적인 변화를 겪었다. 거기서 그는 예술을 열정적으로 사랑하던 부유한 중년 여성 말비다 폰 마이젠부크의 초대를 받아들여 나폴리 만의 소렌토에 있는 한 빌라에서 그녀와 한 무리의 친구들과 몇 달을 함께 지냈다.

소렌토 끄트머리의, 나무가 무성한 어느 큰길에 있던 루비나치 빌라를 처음 보고 니체가 보인 반응에 대해서 말비다는 "나는 그렇게 활력이 넘치는 그의 모습을 전에는 결코 본 적이 없다. 그는 정말 순수한 기쁨에서 우러나오는 웃음을 크게 웃었다"라고 전했다. 거실에 들어서면 나폴리 만과 이스키아 섬, 그리고 베수비우스 산이 한눈에 들어왔으며, 무화과나무와 오렌지나무, 측백나무,

포도나무가 가꾸어진 집 앞의 자그마한 정원은 곧장 바다에 닿아 있었다.

그 집의 손님들은 수영을 즐겼고, 폼페이와 베수비우스, 카프리, 그리고 파에스툼에 있는 그리스 신전을 찾았다. 식사 시간이면 그들은 올리브 유로 조리한 간단한 음식을 먹었으며, 밤에는 거실에 모여 함께 책을 읽었다. 그리스 문명과 몽테뉴, 라 로슈푸코(1613-1680, 프랑스의 비평가, 모럴리스트/역주), 보브나르그(1715-1747, 프랑스의 모럴리스트, 문예비평가.『성찰과 잠언』을 썼다/역주), 라 브뤼예르(1645-1696, 프랑스의 모럴리스트.『사람은 가지가지』,『정숙주의에 대한 대화』가 유명하다/역주), 스탕달, 괴테의 발라드『코린트의 신부』와 그의 희곡『서출의 딸』, 헤로도토스, 투키디데스, 그리고 플라톤의『법률』(아마 플라톤을 혐오한다는 몽테뉴의 고백에 자극을 받았을 테지만, 니체도 점차 플라톤에 염증을 느끼고 있었다. "플라톤식의 대화, 이를테면 고약한 자기만족과 유치하기 짝이 없는 논법은 지금까지 훌륭한 프랑스 저자[몽테뉴/역주]의 책을 한번도 읽지 않은 사람에게는 오직 자극적인 효과밖에 주지 않는다……플라톤은 지겨워")에 대한 야콥 부르크하르트(1818-1897, 스위스의 역사가. 독일과 이탈리아의 미술을 연구한 미술사로 유명하다.『이탈리아 르네상스의 문화』에서 "르네상스"란 용어를 일반화시켰다/역주)의 강의도 들었다.

그리고 그는 지중해를 헤엄치고, 버터가 아닌 올리브 유로 요리한 음식을 먹고, 따뜻한 대기를 호흡하고, 몽테뉴와 스탕달을 읽으면서("이런 사소한 것들, 이를테면 음식과 장소, 기후, 오락, 그리고 이기적인 모든 궤변들이 지금까지 중요한 것으로 생각해왔던 그 어느 것과도 비교할 수 없을 정도로 매우 중요한 개념들이다"), 그동안 주장해왔던 고통과 쾌락의 철학을, 그리고 더 나아가서 그런 철학관에 따라서 형성되는, 어려움에 대한 시각을 차츰 변화시켜 나갔다. 1876년 10월 말경 나폴리만 너머로 해가 떨어지는 광경을 바라보면서 니체는 쇼펜하우어의 존재관과는 매우 다른 새로운 존재관으로 충만하게 되었다. 그는 자신이 인생의 초기 단계에서부터 이미 늙어버렸다는 느낌을 받았으며, 이제야 구원을 받게 되었다는 생각에 눈물을 흘렸다.

6

그는 1876년 말에 코지마 바그너에게 보낸 편지에서 자신의 정신적 각성을 공식적으로 선언했다. "만약 내가 그 무엇인가를, 이를테면 점진적으로 생성되었지만 다소 급작스럽게 나의 의식 속으로 들어온 무엇인가를 고백한다면, 당신은 대경실색하게 될까요? 쇼펜하우어의 가르침에 동의하지 못하겠다는 것이 그것이고. 사실상 일반론적인 명제 모두에서 나는 그의 편이 아닙니다."

그런 명제들 중의 하나는, 인간의 완성이란 환상이기 때문에 현명한 사람이라면 쾌락을 추구하기보다는 쇼펜하우어가 조언한 것처럼 "방화시설이 잘된 자그마한 방안에 틀어박혀" 조용하게 살면서 고통을 피하는 데에 자신을 바쳐야 한다는 주장이다. 이런 주장은 이제 니체에게는 어리석고 진실과 거리가 먼 허튼 충고로 와닿았으며, 니체가 몇 년 뒤 경멸적으로 표현했듯이, 그것은 "수

줍은 사슴처럼 숲속에 숨어 안주하려는" 터무니없는 노력으로 비쳤다. 완성이란 고통을 피함으로써 달성되는 것이 아니고, 고통의 역할을 "선한 무엇인가를 이루는 과정에서 겪는 자연스럽고 또 피할 수 없는 단계"로 인정함으로써만 달성할 수 있는 것이었다.

7

음식과 공기 외에, 니체의 견해를 바꾸게 한 것은 인류 역사를 통해서 완성에 가까운 삶을 산 것 같은 몇몇 개인에 대한 회고였다. 그 개인들은 (니체의 용어 중에서 가장 많은 논란을 불러일으킨 표현을 사용하면) "초인Übermensch"으로 묘사해도 전혀 손색이 없을 듯한 인물이었다.

이 단어의 악명과 부조리함은 니체 자신의 철학 때문이라기보다는 그 뒤에 니체의 여동생 엘리자베트(그녀가 히틀러와 악수를 나누기 훨씬 전에 프리드리히 니체는 여동생을 "복수심에 불타는 반유대주의자 멍청이"라고 표현했다)이 국가사회주의(나치)에 매료된 것과 더 관계가 깊다. 또 초기에 니체의 저작을 영어로 옮겼던 번역자들이 부주의하게 번역한 탓도 컸는데, 그들은 초인, 곧 위버멘쉬에게 전설적인 만화 주인공의 이름Superman을 붙여주었다.

그러나 니체의 초인은 하늘을 휙휙 나는 인물이나 파시스트와는 아무런 관계가 없었다. 그것의 정체성을 보다 잘 암시하는 대목은

히틀러와 엘리자베트 니체
(바이마르, 1935. 10)

니체가 그의 어머니와 여동생에게 보낸 편지 중에서 눈에 두드러
지게 띄는 다음과 같은 구절이다.

> 진실로, 이 세상에 살아 있는 인물들 중에는 내가 궁금해하는 인물
> 은 하나도 없습니다. 내가 좋아하는 인물들은 오래 전에 죽은 사람
> 들입니다. 예를 든다면, 아베 갈리아니, 스탕달, 혹은 몽테뉴 같은
> 이들……

그는 또 다른 영웅 괴테를 덧붙일 수도 있었을 것이다. 이들 네 사
람은 아마 원숙기를 맞은 니체가 "완성된 삶"을 어떤 식으로 이해
했는지를 파악하는 데에 가장 귀중한 실마리를 제공하는 인물들
일 것이다.

그들은 공통점이 많았다. 그들은 많은 호기심을 보였고, 예술적인
재능을 타고났고, 성적으로도 매우 왕성했다. 그들은 어두운 면을

철학의 위안

가졌음에도 불구하고, 호탕하게 웃고 춤을 즐겼다. 그들은 "따뜻한 햇살과 원기를 돋우는 맑은 공기, 남부의 식물, 바다의 숨결, 그리고 육류와 과일, 달걀로 이어지는 식사"에 끌렸다. 그들 중 몇 명은 니체처럼 섬뜩한 유머를, 말하자면 염세적인 정신의 바탕에서 우러나오는 유쾌하면서도 사악한 웃음을 지을 줄 알았다. 그들은 자신의 가능성을 탐험했고, 니체가 생Leben이라고 부른 것들, 이를테면 용기와 야망, 위엄, 강인한 품성, 유머, 독립심을 가지고 있었다(경건함과 순종, 분노와 까다로움은 그만큼 없었다).

몽테뉴(1533-1592)

아베 갈리아니(1728-1787)

괴테(1749-1832)

스탕달(1783-1842)

그들은 이 세상에 깊숙이 관여했다. 몽테뉴는 보르도 시장市長을 두 차례나 지냈으며 말을 타고 유럽을 가로지르는 여행을 하기도 했다. 나폴리 사람이었던 아베 갈리아니는 파리 주재 대사관의 서기관을 지냈으며, 화폐 공급과 곡류 배급에 관한 저술(이들 책에 대해서 볼테르는 몰리에르의 재치와 플라톤의 지성을 적절히 결합했다고 높이 평가했다)을 남겼다. 괴테는 10년 동안 바이마르 궁정의 대신을 지냈으며, 농업과 산업, 빈민구제 분야의 개혁안을 제안했고 외교적 임무를 수행하면서 나폴레옹을 두 차례 알현했다.

1787년에 이탈리아를 방문했을 때 괴테는 파에스툼에 있던 그리스 신전들을 찾았고, 베수비우스 산 분화구에는 만약의 경우를 대비하여 돌과 재의 분출을 겨우 피할 수 있을 만큼 가까운 거리까지 세 차례나 올랐다.

철학의 위안

니체는 괴테를 "위대한 인물" "내가 존경하는 마지막 독일인"이라고 불렀다. "그는 실용적인 활동을……잘 활용했는데……자신을 삶에서 유리시키기는커녕 오히려 삶 깊숙이 던져넣었다.……[그는] 가능한 한 많은 책임을 떠맡았다.……그가 원했던 것은 총체감이었다. 그는 이성과 관능, 느낌, 의지를 서로 분리하는 데에 반대하는 투쟁을 벌였다."(『우상의 황혼』)

스탕달은 나폴레옹의 군대를 따라서 유럽 전역을 돌아다녔다. 그는 폼페이의 폐허를 일곱 번이나 방문했으며, 새벽 다섯 시 보름달 달빛이 비치는 퐁 뒤 가르를 찬미했다("로마의 원형경기장도 나를 그보다 더 깊은 환상의 세계로 몰아넣지는 못했다.……").

니체가 꼽은 영웅들은 또한 거듭 사랑에 빠졌다. "이 세상의 모든 온전한 움직임은 성교로 향한다"라는 사실을 몽테뉴는 잘 알았다. 일흔네 살의 나이에, 마리엔바트에서 맞은 어느 휴일 괴테는 열아홉 살의 귀여운 처녀 울리케 폰 레베초에게 혼을 빼앗기고 말았는데, 그녀의 손을 잡고 결혼하자고 제안하기 전에(물론 거절당했지만, 「마리엔바트 비가」를 썼다), 그는 차茶와 산보를 함께하자고 초대했다. 『젊은 베르테르의 슬픔』을 잘 알고 있었고 또 그 책을 사랑했던 스탕달은 그 책의 저자 못지않게 열정적이어서 그의 일기는 수십 년에 걸친 여성 편력으로 가득했다. 나폴레옹의 군대와 함께 독일에 주둔하던 스물네 살 때 스탕달은 여관 주인의 딸을 침대로 끌고 간 이야기를 일기에 자랑스럽게 늘어놓았다. 그는 그 여자에 대해서 "나와 관계를 가진 여자 중에서 오르가슴을 느낀 뒤 완전히 뻗어버린 첫 독일 여성이었다"고 적었다. "나는 애무로 완전히 그녀를 달구었고, 그 사실에 그녀는 매우 놀라워했다."

그리고 마지막으로, 이 남자들은 한결같이 예술가였고("예술은 삶의 위대한 자극제"라고 니체는 인정했다), 『수상록』, 『상상 속의 소크라테스』, 『로마의 비가悲歌』, 『연애론』 등을 완성했을 때 더할 나위 없는 만족을 느꼈음에 틀림없다.

8

니체는 이런 것들이 인간 존재가 완성된 삶을 사는 데에 없어서는 안 되는 요소들 중 일부라고 암시했다. 그는 여기에다 사소하지만 중요한 사항을 한 가지 더 보탰다. 한때 극도의 비참함을 느껴보지 않고는 그런 것들을 확보하는 것은 불가능하다는 점이었다.

310   철학의 위안

쾌락과 불만은 서로 단단하게 묶여 있기 때문에 한 가지를 가능한 한 많이 **원하는** 사람은 누구나 불가피하게 다른 한 가지도 경험할 수밖에 없다.……당신은 선택을 해야 한다. **불만을 가능한 한 적게** 경험하면서 고통 없는 시간을 짧게 가지든지……아니면 이제까지 좀처럼 누리기 힘들었던, 형언하기 어려운 쾌락과 환희를 즐기면서 그 대가로 **불만을 가능한 한 많이** 겪든지, 둘 중 하나를 선택해야 한다면? 만약 전자의 길을 결정하고 인간적인 고통의 정도를 줄이거나 낮추기를 원한다면 그대는 또한 그 고통이 줄 수 있는 **환희에 대한 기대의 수준도** 줄이고 낮추어야 한다. ―『즐거운 학문』

가장 충실한 인생 설계는 어느 정도의 고통과는 분리할 수 없는 것처럼 보였다. 인간에게 가장 큰 환희를 주는 원천들은 역시 우리에게 가장 큰 고통을 주는 원천들에 바짝 다가서 있었다.

가장 훌륭하고 가장 알찬 결실을 남긴 사람들의 삶을 찬찬히 뜯어보면서, 그대 자신에게 악천후와 폭풍을 견디지 못하는 나무들이 장래에 거목으로 훌쩍 자랄 수 있을지 한번 물어보라. 불운과 외부의 저항, 어떤 종류의 혐오, 질투, 완고함, 불신, 잔혹, 탐욕, 폭력. 이런 것들이 **호의적인** 조건에 속하지 않는지 곰곰이 따져보라. 이런 것들을 경험하지 않고는 어떤 위대한 미덕의 성장도 좀처럼 이룰 수 없다. ―『즐거운 학문』

9

왜 그럴까? 그 누구도 경험 없이는 위대한 예술품을 창작할 수 없고, 아무런 준비 없이 세속의 지위를 얻을 수 없으며, 첫 시도에서 아주 훌륭한 연인이 될 수 없는 것과 마찬가지이다. 그리고 처음의 실패와 뒤이은 성공 사이의 간격에는, 또 우리가 언젠가 이루고자 하는 인간형과 현재의 모습 사이의 간극에는 고통과 고뇌, 부러움과 굴욕감 등이 채워져야 한다. 우리는 인간 완성에 필요한 요소들을 아무런 힘을 들이지 않고는 두루 갖출 수 없기 때문에 고통을 받는 것이다.

니체는 인간 완성이란 것을 쉽게 이룰 수 있다든지 아니면 영원히 이룰 수 없다는 식으로 생각하는 사람들의 믿음을 고쳐보려고 무척 애썼다. 이런 믿음이야말로 그것이 인간에게 미치는 영향을 따져보면 가히 파괴적이라고 할 수 있다. 왜냐하면 그런 믿음은 인간으로 하여금, 만약 값진 것들을 얻기 위해서는 그만큼의 야비한 경험을 각오해야 한다는 사실을 알고 준비만 했더라면, 충분히 극복할 수 있었을 도전에서도 쉽게 포기하게 만들기 때문이다.

우리는 몽테뉴의 『수상록』이 전적으로 그의 정신에서 불쑥 튀어나온 것이라고 상상하기 때문에, 자신의 삶의 철학을 글로 쓰려다가 실패하기라도 하면, 그 서투름을 자신에게는 그런 과업을 이룰 만한 능력이 주어지지 않았다는 신호로 받아들인다. 우리는 그렇게 주저앉을 것이 아니라 최종적으로 세상에 얼굴을 내미는 걸작의 이면에 숨어 있는, 뼈를 깎는 작가적 투쟁의 증거들을, 말하자면 『수상록』이 태어나기까지 치러야 했던 수많은 첨삭과 퇴고를 발견해야 한다.

『적과 흑』, 『앙리 브륄라르의 생애』, 『연애론』도 『수상록』보다 결코 집필이 쉽지 않았다. 스탕달은 수많은 희곡의 얼개를 짧게 쓰는 방식으로 예술가의 경력을 시작했다. 그 하나는 국외로 망명한 프랑스인들이 조직한 군대가 키베롱에 상륙하는 사건(등장인물에는 윌리엄 피트와 찰스 제임스 폭스를 포함시킬 계획이었다)에 초점을 맞추었고, 다른 하나는 보나파르트의 집권을 그렸으며, 세 번째 것은 가제假題를 "지배당할까 두려워하는 사람"으로 잡았는데, 한 늙은이가 노망해가는 과정을 묘사한 것이었다. 스탕달은 "희롱 plaisanterie", "조소ridicule", "희극comique" 같은 단어들의 사전적 의미를 베끼느라 국립도서관에서 몇 주일을 보내기도 했지만, 그런 노력도 자신의 변변찮은 극작을 개선시키기에는 충분하지 않았다. 그런 식으로 수십 년에 걸쳐 땀을 흘린 결과 걸작들이 탄생할 수 있었던 것이다.

니체에 따르면, 만약 대부분의 문학작품들이 『적과 흑』에 비해서 작품성이 떨어진다면, 그것은 그 작품의 작가들이 천재성을 결여해서가 아니라 작품을 창작하는 데에 따르는 고통이 얼마나 큰 것인지를 잘 몰랐기 때문이다. 이는 하나의 소설 작품을 남기려면 얼마나 많은 피와 땀을 쏟아야 하는지를 말해주는 대목이다.

훌륭한 소설가가 되기 위한 비법을 내놓기는⋯⋯무척 쉽지만, 그 비법을 실천에 옮기는 데에는 사람들이 "나는 재능이 부족해"라고 말할 때 흔히 간과해버리는 그 자질들이 요구된다. 작가를 희망하는 사람은 소설을 위한 밑그림을 100편 정도 그리되 밑그림마다 두 쪽을 넘지 않아야 하고, 또 그 밑그림에 동원된 단어들은 거기에 꼭 들어맞는 정확성을 확보해야 한다. 그리고 매일매일 일상의 일화들을 적어두어야 한다. 그런 것들을 가장 충만하고 효과적인 형식으로 다듬는 요령을 터득할 때까지 그리고 지치지 않고 다양한 인간형과 성격들을 포착하고 묘사해야 한다. 무엇보다도 일상의 모든 일이나 사물을 다른 것과 연결짓고, 또 그런 것들이 야기하는 결과에도 눈과 귀를 늘 열어두어야 한다. 여행할 때는 풍경화가나 의상 디자이너가 되어야 한다.⋯⋯마지막으로 인간 행동의 동기에 대해서 숙고하고, 그런 동기를 말해주는 단서를 절대 무시하지 말아야 하며, 밤낮으로 이런 사소한 것들을 수집해야 한다. 이와 같은 다각

적인 연습을 **10여 년**을 게을리 하지 않은 끝에 공방에서 탄생하는
것이라야……이 세상에 내놓아도 좋을 만한 작품이 될 것이다.

—『인간적인, 너무나 인간적인』

철학은 결국 인간 잠재력에 대한 극단적인 믿음(위대한 소설을 집필
하는 일이 그렇듯이, 인간 완성도 우리 모두에게 열려 있다)과 극단적인 고
통(우리는 첫 번째 책을 쓰느라 **10여 년**을 비참하게 살아야 할지도 모른다)
의 묘한 혼합으로 귀착되었다.

니체가 산을 이야기하는 데에 그렇게 많은 시간을 할애했던 것
도 우리로 하여금 고통의 정당성에 익숙해지도록 하기 위해서였다.

10

니체의 저서를 읽다보면 불과 몇 쪽마다 꼭 높은 산에 관한 묘사
를 만나게 된다.

『**이 사람을 보라**』(Ecce Homo, 십자가에 매달리기 전에 가시 면류관을 쓴 예
수 그리스도를 가리키며 빌라도가 군중을 향해서 한 말이다/역주) : 내 글의
공기를 호흡하는 방법을 아는 사람은 그것이 높은 곳의 공기, **활기
찬 공기**라는 사실을 안다. 사람들은 그 공기를 느낄 수 있도록 노력
해야 한다. 그러면 감기에 걸릴 위험이 전혀 없다. 얼음은 가까이
있고, 홀로 있음은 처절하다. 그러나 그 모든 것이 햇살 속에 얼마
나 평화롭게 자리 잡고 있는가! 숨쉬기는 또 얼마나 자유로운가!
발밑으로 얼마나 많은 것을 느끼는가! 철학은, 내가 지금까지 이해

해왔고 살아온 것처럼, 얼음으로 뒤덮인 고산에서 자발적으로 사는 삶이리라.

『**도덕의 계보학**』: [나의 철학을 이해하려면] 이 시대에 조우하게 되는 것과는 또 다른 종류의 정신이 필요한데……그 정신은 비유적인 의미로 높은 곳의 보다 희박한 공기에, 그리고 겨울 여행과 얼음과 산에 순응할 필요가 있다.

『**인간적인, 너무나 인간적인**』: 진실이라는 산맥을 타는 일은 결코 헛되지 않을 것이다. 그러면 바로 오늘 더 높은 곳으로 올라가든지, 그렇지 않더라도 내일 더 높은 곳을 오르기 위해서 힘을 단련하는 결과가 될 것이다.

『**반시대적 고찰**』: 한 철학자가 올랐던 것과 같이, 고산의 순수한 얼음 같은 공기 속으로, 모든 안개와 흐릿함이 걷히고 사물의 근본적인 본질이 거칠고 엄격하긴 하지만 분명히 이해할 수 있는 소리로 말할 수 있는 높이로 올라가야 해!

그는 현실적인 의미로나 영적인 의미로나 산과 관계가 깊었다. 니체가 1869년 4월 스위스 시민권을 취득했기 때문에 니체를 스위스의 가장 유명한 철학자로 여길 수도 있을 것이다. 그런데도 그는 스위스 사람이라면 거의 경험하지 않았을 것 같은 감정에 종종 압도되었다. 그는 시민권을 얻은 1년 후 "내가 스위스인이라는 사실이 괴로워요!"라고 자기 어머니에게 불평을 털어놓았다.

서른다섯의 나이에 바젤 대학의 교수직에서 물러나자 그는 겨울은 주로 제노바와 니스 등 지중해에서, 여름은 알프스 지역인 스위스 남동부의 엥가딘 지역의 해발 1,800미터의 질스-마리아라는 자그마한 마을에서 보내기 시작했다. 생 모리츠에서 몇 킬로미터 떨어진 질스-마리아는 이탈리아에서 불어오는 바람이 북부의 차가운 돌풍을 만나는 곳인데, 그 때문에 하늘이 남옥색藍玉色이 되는 것이 특징이었다.

1879년 6월 엥가딘을 처음 방문했던 니체는 곧 그곳의 기후와 지세地勢에 반해버렸다. 그는 파울 레에게 "나는 지금 유럽에서 가장 활기차고 맑은 공기를 호흡하고 있네"라고 말했다. 그는 페터 가스트에게는 "이곳은 나의 천성과 닮았네"라고 운을 뗀 뒤에 "이곳은 스위스가 아닐세.……정말 많이 달라. 적어도 훨씬 남부적이지. 여기와 비슷한 곳을 발견하려면 태평양을 굽어보는 멕시코의 고원지대(예를 들면 옥사카)로 가야만 하겠지. 그곳의 식물은 물론 적도의 것일 테고. 하여튼 나는 나 자신을 위하여 이곳 질스-마리아에 머물걸세"라고 말했다. 그리고 예전의 학교 친구였던 카를 폰 게르스도르프에게는 "여기가, 다른 어느 곳도 아닌 바로 여기가 나의 진정한 고향이요, 온상이라는 느낌이 드는군"이라고 설명했다.

니체는 질스-마리아의, 소나무 숲과 산들이 보이는 농가에서 일곱 번의 여름을 보냈다. 그곳에서 그는 『즐거운 학문』, 『차라투스트라는 이렇게 말했다』, 『선악을 넘어서』, 『도덕의 계보학』, 『우상의 황혼』의 전부 혹은 핵심적인 대목들을 썼다. 그는 아침 다섯 시에 잠자리에서 일어나서 정오까지 일을 했으며, 마을을 에워싸고 있던 거대한 봉우리들을, 이를테면 코바치 봉峰, 라그레브 봉, 데 라 마그나 봉을 오르곤 했다. 들쑥날쑥 천연 그대로의 모습을 자랑하던 이 산들은 지각변동에 따른 맹렬한 압력을 견디지 못해 이제 막 지표를 뚫고 솟아나온 듯했다. 밤이면 그는 방에 홀로 남아 햄과 달걀과 롤빵 몇 조각을 먹고 일찍 잠자리에 들곤 했다("적어도 하루의 3분의 1을 열정이나 친구, 그리고 책과 함께하지 않고서 어떻게 사상가가 될 수 있겠는가?").

당연한 일이지만, 오늘날 질스-마리아에는 박물관이 있다. 몇 프랑만 내면 누구든지 그 철학자의 침실로, 안내책자에 적힌 설명에 따르면, "니체가 살던 당시의 모습 그대로 수수하게 단장된" 공간으로 초대받게 된다.

그렇지만 니체가 그곳에서 자신의 철학과 산 사이에 유사점을 느낀 이유를 이해하려면, 그 침실을 나와 질스-마리아의 수많은 스포츠 상점 중 하나에 들러 등산화, 배낭, 물병, 장갑, 나침반, 곡괭이를 구입하는 것이 최선의 방법이다.

니체의 집에서 겨우 몇 킬로미터 떨어진 코바치 봉을 오르다보면, 니체의 철학이 담고 있는 정신과 어려움에 대한 옹호, 니체가 쇼

철학의 위안

펜하우어의 사슴 같은 수줍음과 결별한 이유 등을 그 어떤 박물관에서보다 더 잘 이해하게 될 것이다.

그 산 밑에는 커다란 주차장 한 곳과 한 줄로 늘어선 재활용 쓰레기통, 쓰레기 트럭 차고, 소시지와 뢰스티(감자를 잘라 강판에 밀어 가늘게 채를 만들어 양파 참과 베이컨을 넣고 볶아 만드는 독특한 스위스 요리/역주)를 파는 식당이 하나 있다.

산기슭의 풍경과는 대조적으로 정상은 장엄하다. 엥가딘 전 지역이 시원하게 내려다보인다. 청록빛을 자랑하는 제글 호수와 질바플라나 호수, 그리고 생 모리츠 호수, 남쪽으로는 이탈리아와 접경한 거대한 젤라 빙하와 로젝 빙하까지. 대기에는 범접할 수 없는 정적이 감돈다. 이 세상의 지붕까지 건드릴 수 있을 것 같다.

엄청난 높이는 우리의 호흡을 멎게 하지만, 신기하게도 정신은 오히려 의기양양해진다. 특별한 이유가 없으면서도 싱긋 웃음을, 아니 존재의 내부 깊숙한 곳에서부터 우러나오는, 살아 있다는 이유로 그런 장관을 볼 수 있다는 근원적인 기쁨을 표현하는 순진무구한 웃음을 터뜨리지 않을 수 없다.

그러나 니체의 산 철학이 담고 있는 도덕 문제를 파악하기 위해서 해발 3,451미터를 오르기란 쉽지 않다. 적어도 다섯 시간이 요구된다. 먼저 좁고 가파른 길을 올라야 하고, 커다란 바위라도 만나면 돌아가야 하고, 울창한 소나무 숲을 헤쳐야 하고, 점점 더 희박한 공기 속으로 들어가게 되어 숨이 가빠지는 것을 견뎌야 하고, 바람과 싸우기 위해서 옷을 몇 벌 더 껴입고 끝없는 눈 속을 뚫고 나가야 한다.

철학의 위안

니체는 산에 빗댄 비유를 하나 더 제시했다. 질스-마리아에 있던 그의 방에서 겨우 몇 걸음만 벗어나면 엥가딘에서 가장 비옥한 펙스 계곡으로 이어지는 좁은 길이 하나 나타난다. 그 계곡의 완만한 언덕은 대규모 농사를 짓는 지역이다. 여름이면 소들이 금방이라도 초록색 물이 뚝뚝 떨어질 듯한 풀들을 한가로이 뜯고, 이 풀밭에서 저 풀밭으로 옮겨 다닐 때에는 목에 달린 종이 딸랑딸랑 소리를 울린다.

들판을 가로질러 시냇물이 영롱한 소리를 내며 유리 위를 흐르듯이 졸졸 흐른다. 깨끗하고 작은 농장(모두가 국기와 지방기를 휘날리고 있다) 옆에는 정성 들여 가꾼 채소밭이 자리 잡고 있다. 그곳에는 여러 가지 성분이 고루 잘 섞인 토양에서 자라난 싱싱한 콜리플라워와 근대, 당근, 상추가 자라고 있어서 두 무릎을 꿇고 앉으면 토끼처럼 뜯을 수 있다는 듯이 지나가는 사람들을 손짓하여 유혹한다.

그곳에 그렇게 훌륭한 상추가 자랄 수 있는 것은 펙스 계곡이 빙하지형이기 때문인데, 그런 토양은 빙하가 물러나면 미네랄이 풍부해지는 것이 특징이다. 깨끗한 농장들이 자리 잡은 곳에서부터 몇 시간 더 힘들여 계곡을 깊이 들어가면 거대하고 장엄한 빙하와 마주칠 수 있다. 빙하는 마치 펼쳐주기를 기다리고 있는 식탁보처럼 보인다. 그렇지만 그 접은 주름 하나하나는 집채만하고 면도날처럼 예리한 얼음덩어리로 이루어져 있으며, 간혹 여름 햇살 아래에서 제 몸을 스스로 정렬하느라고 괴로운 울음소리를 토해내기도 한다.

이 대단한 빙하의 끝자락에 서 있을 때는 이 거대한 얼음 덩어리가 어떻게 해서 몇 킬로미터 떨어진 계곡의 채소와 푸르른 풀들을 무성하게 하는 데에 도움이 되는지 도무지 짐작하기 어렵다. 또

철학의 위안

빙하처럼, 푸른 들판과는 전혀 어울리지 않을 그 어떤 것이 들판의 비옥함을 가져오는 직접적인 원인이라는 것을 상상하기도 쉽지 않다.

연필과 가죽 노트("오직 **산책**에서 얻는 사고만이 가치를 지닌다")를 옆구리에 끼고서 종종 펙스 계곡을 걷곤 했던 니체는 인간의 삶에서 긍정적인 요소들과 부정적인 요소들, 이를테면 완성과 어려움의 상호 의존성을 이끌어냈다.

> 빙하가 쌓여 있는 주름진 계곡들을 바라보고 있으면, 그곳에서 시냇물을 먹고 자라는 나무들이 무성해지고 풀이 가득한 계곡이 펼쳐질 날이 오기는 거의 불가능하다는 생각이 든다. 인류의 역사에서도 역시 그렇다. 더없이 잔혹한 세력들이 길을 만들었으며 그들은 또 대부분 파괴적이었다. 그러나 그럼에도 불구하고 그들의 업적은 훗날 보다 고귀한 문명이 꽃을 피우기 위해서는 꼭 필요한 것이었다. 악惡으로 불리는 끔찍한 힘들도 인간성의 거대한 건축가이자 도로 건설자 역할을 한다. ─『인간적인, 너무나 인간적인』

12

물론 끔찍한 어려움만으로는 충분하지 않다. 모든 삶은 다 힘겹다. 그리고 그들 중 몇 명을 완성된 삶으로 승화시키는 것은 고통을 받아들이는 태도에 달려 있다. 모든 고통은 어렴풋이 뭔가 잘못되어가고 있음을 말해주는 신호이다. 그런 고통도 당하는 사람의 정신력과 현명함의 정도에 따라서 좋은 결과를 낳기도 하고 나쁜 결과를 낳기도 한다. 고뇌는 정신적 공황상태를 야기할 수도 있지만, 문제의 본질을 정확하게 분석하는 결과를 낳을 수도 있다. 불공평에 대한 인식은 살인으로 이어질 수도 있지만, 경제이론 분야에서는 선구적인 업적을 낳을 수도 있다. 부러움 또한 비통한 마음을 부르기도 하지만, 라이벌과의 경쟁심을 자극하여 걸작을 탄생시키기도 한다.

니체가 존경했던 몽테뉴가 『수상록』 마지막 장에서 설명했듯이, 삶의 기술은 역경에 처할 때 그것에 어떤 의미를 부여하느냐에 달려 있다.

> 우리는 피할 수 없는 것이면 무엇이든지 그 고통을 감내하는 법을 배워야 한다. 우리의 삶은, 이 세상의 조화처럼, 달콤하고 거칠고, 예리하고 단조롭고, 부드럽고 떠들썩한, 다양한 음색뿐만 아니라 서로 조화를 이루지 못하는 음색으로 이루어진다. 만약 어느 음악가가 한 음색만을 좋아한다면 어떤 노래를 부를 수 있겠는가? 음악가는 모든 음색을 활용하여 조화를 일구어낼 줄 알아야 한다. 우리 역시 삶을 구성하는 선과 악을 가지고 그렇게 요리할 수 있어야 한다.
>
> ─『수상록』 III

그리고 약 300년 뒤, 니체는 그런 사상으로 회귀했다.

> 우리가 만약 비옥한 들판이라면, 어떤 것이든 다 흡수하지 않고 그저 흙바닥을 통과하게 내버려두는 일은 없을 것이며, 어떤 사건이나 사물, 사람에서도 유익한 비료를 발견할 수 있을 것이다.
>
> ─『인간적인, 너무나 인간적인』

　　철학의 위안

그렇다면 비옥할 수 있는 방법은 무엇일까?

13

1483년 우르비노에서 태어난 라파엘로가 아주 어릴 때부터 그림에 대단한 관심을 보이자 그의 아버지는 명성이 자자하던 피에트로 페루지노의 견습생으로 일하도록 아들을 페루자로 데려갔다. 그 소년은 곧장 스스로 작품을 그리기 시작하여 십대 말에는 우르비노 궁정의 인물 몇 명의 초상화를 그렸다. 또한 우르비노에서 산맥을 가로질러 페루자로 가는 도중에 있던, 말을 타면 하룻길인 치타 디 카스텔로의 교회의 제단 그림을 그리기도 했다.

그러나 니체가 가장 사랑했던 화가 중 한 사람인 라파엘로는 당시 자신이 위대한 예술가가 아니라는 사실을 잘 알았다. 이미 두 거장인 미켈란젤로 부오나로티와 레오나르도 다 빈치의 작품들을 보았기 때문이다. 두 거장의 작품들을 보면서 라파엘로는 자신이 움직이는 대상들을 잘 그리지 못한다는 사실과 자신이 그림에서 기하학적인 요소들을 중요시하는 경향을 가지고 있음에도 불구하고 선투시도법線透視圖法을 전혀 파악하지 못하고 있다는 사실을 잘 알았다. 그런 부러움은 라파엘로에게 소름 끼치는 결과를 낳을 수도 있었을 것이다. 그러나 라파엘로는 그 결점을 자신을 위한 자양분으로 승화시켰다.

1504년 스물한 살의 나이에 라파엘로는 두 거장의 작품들을 연구하기 위해서 우르비노를 떠나 피렌체로 향했다. 그는 레오나르도 다 빈치가 앙기아리 전투를, 미켈란젤로가 카시나 전투를 각각 그렸던 시의회 홀을 찾아서 그들의 밑그림들을 면밀히 검토했다. 라파엘로는 레오나르도 다 빈치와 미켈란젤로의 해부학적인 스케치에서 얻은 가르침을 가슴에 새기고는 시신을 해부하듯이 그들의 예를 따랐다. 또한 그는 레오나르도 다 빈치의 「동방박사의 경배」와 「마리아와 아기」를 그린 밑그림들에서 많은 것을 배웠고, 레오나르도 다 빈치가 귀족 프란체스코 델 조콘도에게서 젊고 예쁜 자신의 아내를 신비스런 미소를 머금은 모습으로 그럴듯하게 그려달라는 부탁을 받고 그린 좀 특이한 초상을 세심하게 관찰했다.

　라파엘로가 쏟은 노력의 결과는 곧 명백해졌다. 우리는 라파엘로가 피렌체로 옮기기 전에 그린 「한 젊은 여자의 초상」과 몇 년 뒤 완성한 「한 여자의 초상」을 비교해볼 수 있다.

철학의 위안

「모나리자」를 통해서 라파엘로는, 피라미드형 구도에서 두 팔이 기부基部 역할을 하는, 상반신만 나오는 앉은 자세에 대한 아이디어를 얻었다. 「모나리자」는 그에게 초상화에 풍만함을 주기 위해서는 머리와 어깨, 두 손에 서로 대조적인 축을 사용해야 한다는 요령을 가르쳐주었다. 우르비노에서 그린 여인은 자신의 의상에 몸이 꽉 죄인 상태에다가 두 팔이 부자연스럽게 잘려 있지만, 피렌체에서 그린 여인에게서는 움직임과 편안함이 느껴진다.

이런 재능을 라파엘로가 저절로 얻게 되었던 것은 아니다. 그는 자칫 절망감에 빠질 수도 있었던 열등감 속에서도 현명하게 대처함으로써 훌륭한 예술가로 다시 태어날 수 있었던 것이다.

라파엘로가 걸었던 성공의 길은 고통을 현명하게 승화시켜야 한다는 니체의 가르침을 뒷받침하고 있다.

> 재능에 대해서는 이야기하지 말라. 타고난 재능이라고! 모든 분야에서 그다지 재능을 타고나지 않았으면서도 훌륭한 업적을 남긴 사람을 얼마든지 나열할 수 있다. 그들은 부족한 자질을 일궈가면서 스스로 위대함을 획득하여 (우리가 표현하는 것처럼) "천재"가 되었다. 그들 모두는 장인匠人의 근면함과 치열함을 갖추고 있어서 감히 훌륭한 완성품을 내놓기 전에 각 부분들을 정확하게 구축하려고 애쓴다. 그들이 그런 시간을 가지는 이유는 황홀한 완성품이 주는 효과보다, 보잘것없고 신통치 않은 것들을 더 훌륭하게 개선하는 작업 그 자체에 보다 많은 쾌감을 느끼기 때문이다.
>
> —『인간적인, 너무나 인간적인』

라파엘로 : 니콜리니-코퍼의 마돈나를 위한 연습 ; 니콜리니-코퍼의 마돈나

니체의 표현을 빌리면, 라파엘로는 창작 과정에서 부딪힌 어려움들을 승화시켜, 그것에 정신적 의미를 부여함으로써 결실을 많이 거둘 수 있었다.

14

니체는 원예에 은유적 관심뿐만 아니라 실제적 관심도 많았다. 1879년에 바젤 대학에서 물러나자마자 그는 전문적인 정원사가 되기로 결심했다. 자신의 행동에 놀라는 어머니에게 니체는 "제가 바라는 것은 소박하고 자연적인 삶의 방식이라는 사실을 아시는 지요"라고 일러주었다. "갈수록 그런 삶의 방식을 갈구하는 마음

철학의 위안

이 깊어지고 있습니다. 저의 건강을 되찾을 방법은 그 외에는 달리 없어요. 저에겐 진정한 일거리가, 이를테면 시간을 필요로 하고 또 정신적 긴장을 유발하지 않으면서도 **피로**를 유발시키는 실제적인 **일**이 필요합니다." 그는 나움부르크의 어머니 집 근처에 있던 오래된 성채가 생각났다. 니체는 성채를 세내어 그곳에 딸린 정원을 돌볼 계획이었다. 정원을 다듬는 삶은 1879년에 열정적으로 시작되었다. 그러나 곧 문제들이 나타났다. 시력이 약해서 자신이 손질하는 부분을 잘 보지 못했으며, 허리를 굽히는 데도 어려움을 겪었다. 그리고 (가을이어서) 나뭇잎이 지천으로 깔리자 3주일 후에는 그 일을 포기하는 것 이외에는 달리 대안이 없었다.

그래도 원예에 대한 열정의 흔적은 그의 철학에서 살아남았다. 어떤 대목에서는 우리 인간은 정원사처럼 자신의 곤경을 돌보아야 한다고 역설하기도 했다. 식물의 경우 뿌리 부분을 보면 썩 유쾌하지 않고 기묘하게 보일 수 있다. 하지만 식물의 잠재력에 대한 지식이 있고 또 그것을 믿는 사람이라면 식물들이 아름다운 꽃과 열매를 맺도록 가꿀 수 있을 것이다. 그런 것처럼, 삶에서도 식물의 뿌리에 해당하는 수준에서는 어려운 감정과 상황에 처할 수 있지만, 그럼에도 불구하고 그런 것들은 사려 깊은 재배를 통하여 더없이 위대한 업적과 환희로 결실을 맺을 수 있다.

> 사람은 누구나 정원사처럼 자신의 심리적 동인動因들을 이용할 수 있다. 그리고 이런 사실을 아는 사람은 별로 없지만, 분노와 동정, 호기심, 허무감이라는 어린 싹들을 생산적으로 유익하게 잘 경작하여 과일을 맺는 아름다운 나무로 키워 울타리로 삼을 수 있다. ─『서광』

예술, 아름다움, 사랑

분노, 연민,
호기심, 허영

그러나 우리 대부분은 어려움이라고 부를 수 있는 이들 어린 싹들에 빚을 지고 있다는 사실을 인식하지 못하고 있다. 흔히들 고민이나 시기하는 마음에는 우리가 배워야 할 만한 합당한 것들이 전혀 없다고 생각하기 때문에, 우리는 그런 감정이 생기면 그것들을 감정의 잡초로 여기고 제거해버린다. 니체가 표현했듯이, 우리는 "고귀한 것들은 저급한 것에서 성장하도록 **되어 있지 않고** 또 시간을 두고 성장하도록 **되어 있지 않기** 때문에……모든 일류들은 그 자체의 원인causa sui을 가지고 있는 것이 분명하다"고 믿어버린다.

그러나 니체는 역설하기를, "훌륭하고 존경받는 것들은 그와는 분명히 정반대인……사악한 것들과 교묘하게 얽혀 있고, 사슬로 꿰어져 있다"고 말했다. "사랑과 미움, 감사와 보복, 선한 본성과 분노는……서로 뒤얽혀 있다." 이 말은 그런 감정적인 것들을 더불어 함께 **표현해야** 한다는 뜻이 아니라, 긍정적인 것은 부정적인 것이 성공적으로 다듬어진 결과일 수 있다는 뜻이다. 그러므로,

　　　　　　　　　　　　　　　철학의 위안

미움과 시기, 탐욕, 그리고 지배욕이라는 감정들은 삶의 지배적인
감정인데……이런 것들은 삶이라는 총체적인 경제에서는 기본이
며 필수이다.　　　　　　　　　　　　　　　　　ー『선악을 넘어서』

부정적인 뿌리들을 모조리 잘라버리는 것은, 동시에 한참 뒤 그
뿌리에서 자라날 식물 줄기의 긍정적인 요소들을 질식시켜버리는
것을 의미한다.

　우리는 자신이 처한 어려움에 당혹감을 느낄 것이 아니라 그 어
려움으로부터 아름다운 무엇인가를 일구지 못하는 사실에 당혹해
야 한다.

15

니체가 존경하는 마음으로 고대 그리스인들을 되돌아보았던 까닭
은 그들의 바로 그런 관점을 높이 평가했기 때문이다.

니체는 1877년 초에 말비다 폰 마이젠부크와 함께 소렌토에서 얼마 떨어지지 않은 파에스툼에 있는 그리스 신전을 방문했다. 해질녘 정적에 파묻힌 신전들을 가만히 응시하노라면, 저런 신전이야말로 그것을 축조한 사람들이 자신이 속한 사회 속에서 혹은 자신의 마음 속에서 느꼈던 것들을 밖으로 구현한 것이기 때문에, 고대 그리스인들은 비상하리만큼 신중하고 자제력이 뛰어난 민족이었을 것이라는 상상을 하게 된다.

이는 탁월한 고전학자였던 요한 빙켈만(1717-1768, 독일의 미학자, 미술사가. 고전주의 사상의 선구자/역주)의 견해인데, 그 후에도 몇 대에 걸쳐 독일 대학 교수들의 지지를 얻었다. 그러나 니체는 고대 그리스 문명이 안온함에서 싹트기는커녕 가장 사악한 힘들의 승화에서 비롯되었다고 주장했다.

> 보다 위대하고 보다 놀라운 것은 그러한 열정들을 한 시대, 한 민족, 한 개인이 스스로에게 허용할 수 있었다는 것이고 따라서 그런 열정은 그만큼 더 위대하고 더 가혹한 것이다. 그 이유는 그들이 문화를 자신들보다 **더 우위에 두고서** 자신을 **하나의 수단으로** 이용할 수 있었기 때문이다.
> ─『힘에의 의지』

그 신전은 평온하게 보일 수도 있다. 그러나 그것은 잘 다듬어진, 검정 뿌리를 가진 식물들의 꽃인 셈이었다. 바로 디오니소스 축제가 검정 뿌리라는 어둠과 또 그것을 통제하고 지배하려는 노력을 동시에 보여주었다.

> 그리스 세계를 관찰하는 사람은, 그리스인들이 그들의 모든 열정과 악을 이따금 지극히 자연스런 취향으로 받아들이는 데서 끝나지 않

고, 더 나아가서 그들의 마음 속에 간직된 너무나 인간적인 것을 찬양하는 일을 일종의 공식 절차로까지 제도화했다는 사실을 발견할 때에 큰 충격을 받는다.……그리스인들은 이렇듯이 너무나 인간적인 것들을 피할 수 없는 것으로 받아들였기 때문에, 그것을 무력하게 만들려고 하지 않고 오히려 사회와 종교의 관습 안에서 관리함으로써 그 인간적인 것들에 일종의 2순위의 지위를 부여하는 쪽을 택했다. 실제로 그들은 인간이 소유한 힘을 신성한 것으로 여겨 그들의 신전 벽에 새겨넣었다. 그들은 악마적 특징으로 나타나는 본능적인 충동을 부인하지 않고 그것을 다스렸다. 그리스인들은 이처럼 야성이 넘치는 이런 물줄기들을 인간에게 피해를 가장 적게 주는 쪽으로 방향을 틀거나 넘쳐흐르게 할 규범적인 조치를 확보하여 그것들을 일정한 제식祭式과 기념일로 묶어버렸다. 이것이 고대인들로 하여금 도덕적으로 열린 마음을 가지게 했던 뿌리이다. 사람들은 악과 의심스러운 것들……을 적당하게 해방시켰으며 그런 것들을 절멸시키려고 애쓰지 않았다.　　ー『인간적인, 너무나 인간적인』

그리스인들은 자신에게 닥친 재난을 피하려 하지 않고 세련되게 활용했다.

　모든 열정에는 단지 재앙으로 작용하는 단계가 있게 마련이다. 이때 열정은 당사자를 어리석음의 무게로 짓누른다. 그리고 조금, 아니 한참 지나면 열정들이 영혼과 결합하여 스스로를 "영성화"하는 단계가 찾아온다. 아주 옛날에는 열정의 어리석음 때문에 사람들은 열정 그 자체를 상대로 전쟁을 벌였다. 그들은 열정을 파괴하기 위한 계획을 은밀히 세웠다……열정과 욕망이 지닌 어리석음과 그 어리석음에서 연유하는 불쾌한 결과를 피할 목적으로 그것들을 **파괴하는 것**은 오늘날 우리들에게는 그야말로 어리석음의 극치로 보인다. 이빨이 아프다고 해서 이빨을 **무조건 뽑아버리는** 치과 의사에게 우리는 더 이상 찬사를 보내지 않는다.   —『우상의 황혼』

인생의 완성은 삶을 갈갈이 찢어놓을 수 있는 어려움에 현명하게 대처함으로써 이룰 수 있다. 지나치게 고지식한 정신의 소유자는 아픈 어금니를 당장에 뽑아버리고, 코르바치 봉 기슭으로 내려가고 싶은 유혹을 받을 수도 있다. 그러나 니체는 우리에게 그런 어려움을 참고 견디라고 요구했다.

16

그리고 우연의 일치와는 거리가 멀지만, 니체는 절대로 술을 마시지 않았다.

사랑하는 어머니에게,

오늘 어머니에게 편지로 말씀드리는 것은, 제가 지금까지 저지른 일들 중에서 가장 불쾌하고 고통스런 사건에 관한 것입니다. 사실을 말씀드리자면, 저는 아주 불미스런 행동을 했습니다. 그리고 저는 어머니가 저를 용서하실 수 있을지, 잘 모르겠습니다. 아주 무거운 마음으로, 어렵게 펜을 듭니다. 특히 부활절 휴일에 어머니와 함께 보낸 즐거운 시간을 되돌아볼 때면 더욱 마음이 무겁습니다. 그때는 우리의 삶이 불화로 상처를 입었던 적이 한번도 없었지요. 지난 일요일 저는 술에 취했습니다. 변명의 여지가 없는 행동이었지요. 저의 주량이 얼마인지를 몰랐고, 그날 오후에 다소 흥분되어 있었다는 변명 외에는 달리 드릴 말씀이 없습니다.

1863년 봄 열여덟 살의 프리드리히 니체는 학교 근처에 있던 아텐부르크의 술집에서 맥주 네 잔을 마신 뒤에 어머니 프란치스카에게 이런 내용의 편지를 썼다. 그 몇 년 뒤, 본 대학과 라이프치히 대학에서 그는 자신의 동료 학생들이 알코올을 너무 좋아한다는 사실에 몹시 분노했다. "나는 종종 클럽하우스에서 오가는 친구들의 표현들이 더없이 역겹다는 사실을 깨닫는다.……나는 몇몇 사람의 경우, 맥주에 취한 그들의 유물론 때문에 도저히 참아줄 수 없었다."(『카를 폰 게르스도르프에게 보낸 편지』)

본 대학 재학 시절 니체가 속한 학생 친목회 회원들.
니체는 둘째 줄에 앉아 옆으로 비스듬히 기대고 있다.맨 아래 줄 가운데에 맥주통이 보인다.

니체의 그런 태도는 어른이 되어서도 변하지 않았다.

알코올 음료는 나에게 좋지 않다. 하루에 와인이나 맥주를 한 잔만 마셔도 나의 삶은 "뜬세상"이 된다. 뮌헨은 나의 상극들이 사는 곳이다.
—『이 사람을 보라』

그는 "독일 지성에 얼마나 많은 **맥주**가 흘러넘치고 있는가!"라고 불평을 터뜨렸다. "아마도 근대 유럽의 불만은 우리 조상들이 중세를

내려오면서 줄곧 술에 절어 지낸 데서 연유할 것이다.……중세는 유럽에 알코올이라는 독을 주입한 시대를 의미한다."(『즐거운 학문』)

1871년 봄, 니체는 여동생과 함께 루가노에 있는 파르크 호텔에서 휴가를 보냈다. 3월 2일부터 9일까지의 그 호텔의 계산서를 보면 그는 우유를 열넉 잔이나 마셨다.

그것은 개인적인 취향 이상의 것이었다. 니체는 행복을 추구하는 사람이라면 누구나 알코올 음료는 절대로 마셔서는 안 된다고 강력히 권고했다.

> 참으로 **보다 영적인 본성**을 소유한 사람들에게는 알코올을 자제하라고 아무리 심하게 권해도 지나치지 않다. 물만으로도 충분하다.
>
> —『이 사람을 보라』

왜 그럴까? 라파엘로도 1504년 우르비노에서 (미켈란젤로와 다 빈치에 대한) 질투심에서 벗어나기 위해서 술을 마시지는 않았기 때문이다. 라파엘로는 피렌체로 가서 위대한 화가가 되는 길을 배웠다. 스탕달도 1805년에 "지배당할까 두려워하는 사람"으로 인한 절망감에서 탈출하기 위해서 술을 입에 대지는 않았다. 그는 오히려 17년 동안 그 고통을 다스려 1822년에 『연애론』을 출판했다.

> 만약 당신이 당신의 고통에게 단 한 시간이라도 당신의 육신에 머물 기회를 주지 않는다면, 그리고 예상 가능한 고뇌들을 사전에 예방하고 막기 위해서 끊임없이 노력한다면, 또 고통과 불쾌감을 악마적이고 혐오스럽고 절멸시켜 마땅한 것으로, 더 나아가서 존재의 허물로 경험한다면, [당신은 마음 속에] **위안의 종교**를 [품고 있는] 것이 분명하다. 그렇지만 당신은 인간의 **행복**에 대해서, 마음이 편안한……

사람에 대해서 아는 것이 참으로 적다. 그 이유는 행복과 불행이란 자매, 더 나아가서 둘이 함께 성장하거나, 아니면 당신의 경우처럼 함께 성장을 멈추고 **하찮은 존재로 남는** 쌍둥이이기 때문이다.

17

니체의 알코올 혐오는 동시에 영국학파로서 도덕철학을 지배했던 공리주의와 그 철학의 위대한 주창자 존 스튜어트 밀에 대한 혐오를 설명하고 있다. 공리주의 철학자들은 도덕적 모호함이 판치는 세상에서 어떤 행동의 옳고 그름을 판단하는 방법은 그 행동이 일으키는 쾌락과 고통의 정도를 측정하는 것이라고 주장했다. 밀은 이렇게 제안했다.

> 어떤 행동은 행복을 증진하는 만큼 옳고, 행복에 반대되는 것을 낳는 만큼 그르다. 행복에 의해서는 쾌락과 함께 고통의 부재가 예상되고, 불행에 의해서는 고통과 함께 쾌락의 결핍이 예상된다.
>
> —『공리주의』

공리주의, 그리고 심지어 그런 철학을 발아시킨 나라에 대한 생각만으로도 니체는 격노했다.

> 유럽의 상스러움, 근대적 아이디어들의 비속함은 **영국**[의 작품이고 발명]이다. —『선악을 넘어서』
>
> 사람들은 행복을 추구하지 **않는다**. 오직 영국인만이 그렇게 한다.
>
> —『우상의 황혼』

　　　　　　　철학의 위안

물론 니체 또한 행복을 얻으려고 노력하고 있었다. 그는 단지 행복이란 고통을 치르지 않고서는 결코 얻을 수 없는 것이라고 믿었다.

> 모든 것의 가치를 **쾌락**과 **고통**에 따라서, 말하자면 어떤 행동의 결과로서 수반되는 이차적인 현상에 따라서 평가하는 사고방식에는, **창조적인 힘과 예술가의 분별력**을 가진 사람이면 누구나 조소를 흘리며 경멸해 마지않을 천진난만함이 있다. ─『선악을 넘어서』

여기서 예술가의 분별력을 언급한 이유는 예술적 창조의 경우 대단한 성취감을 주지만, 언제나 처절한 고통을 요구하는 행위의 가장 명백한 예이기 때문이다. 만약 스탕달이 자신의 예술에 대한 가치를 그 예술이 당장에 주는 "쾌락"과 "고통"에 따라서 평가했다면, 아마도 "지배당할까 두려워하는 사람"에서부터 자신의 창조력의 절정을 향하여 한 걸음도 나아가지 못했을 것이다.

니체는 우리들에게 낮은 곳에서 맥주를 마시고 있지 말고 높은 곳을 오르는 등정의 고통을 감내하기를 요구했다. 그는 또한 도시계획자들에게도 한 가지 제안을 했다.

존재를 통해서 가장 위대한 성취와 가장 위대한 즐거움을 일궈내는 비결은 **위험을 감수하며 사는 것이다!** 도시들을 베수비우스 산 기슭에 짓도록 하자!

—『즐거운 학문』

1879년 폭발 당시의 베수비우스 산(니체는 앞의 글을 폭발 3년 후에 썼다).

그리고 아직도 술을 마시고 싶은 유혹을 느끼지만 기독교에 대한 존경심이 전혀 없는 사람이 있다면, 니체는 그런 사람들로 하여금 술을 멀리할 수 있도록 할 논리를 하나 더 보탰다. 술 마시기를 좋아하는 사람들은 누구나 삶에 대한 태도가 근본적으로 기독교적이라고 그는 주장했다.

와인이 나를 유쾌하게 만들 것이라고 믿기 위해서는 먼저 내가 기독교인이 되어야 했을 것이다. 말하자면 그것은 터무니없는 것을 믿는 꼴이니까.

—『이 사람을 보라』

철학의 위안

18

니체에게는 알코올보다 기독교의 경험이 훨씬 더 많았다. 그는 작센 주의 라이프치히 시 근처의 뢰켄이라는 작은 마을에서 태어났다. 아버지 카를 루트비히 니체는 성직자였으며, 어머니는 그곳에서 한 시간 거리인 포블레스 마을에서 예배를 집전하던 성직자 다비트 에른스트 욀러의 딸로 역시 독실한 기독교 신자였다. 그들의 아들 니체는 1844년 10월에 뢰켄 교회에서 그 지방의 성직자들이 모인 자리에서 세례를 받았다.

프리드리히 니체는 자신이 겨우 네 살 때 죽은 아버지를 매우 그리워했으며 평생 동안 아버지를 기억하며 살았다. 1885년에 한 출판사를 상대로 제기한 소송에서 이겨 약간의 돈이 생기자, 그는 아버지 묘소에 놓을 커다란 묘석을 주문하고 그 위에 『고린도서』한 구절을 새겼다.

　　사랑은 언제까지나 떨어지지 않거늘.　　　─『고린도서』 13장 8절

"그(아버지)는 시골 목사의 완벽한 구현이었다"라고 니체는 카를

루트비히를 회고했다. "(아버지는) 큰 키, 날씬한 몸매, 잘생긴 얼굴, 다정다감하고 자비로운 성격에다 어딜 가나 따뜻한 동정심 못지 않게 재치 있는 대화로 환영받고 사랑받았으며, 영적 안내자로서 자신이 가진 능력을 다해서 말과 행동으로 축복을 베풂으로써 농민들로부터 존경과 사랑을 받았다."

그런데 이런 부자간의 사랑도 니체로 하여금 그의 아버지가, 그리고 일반적으로 기독교적 정신이 고통에 신음하는 사람들에게 베푸는 위안에 대해서 깊은 회의를 품지 않도록 막지는 못했다.

> 나는 기독교에 대하여 지금까지 어느 누구도 말하지 않았던 최악의 비난을 해야겠다. 나에게 기독교는 생각할 수 있는 가장 극단적인 타락의 형태이다.……[그것은] 이 세상 모든 것에 악행의 손길을 뻗쳤다.……나는 기독교를 **하나의** 큰 저주라고, 그 자체로 **하나의** 무서운 악행이라고 부르겠다.…… ─『反그리스도』

사람들이 『신약성서』를 읽을 때 장갑을 끼는 것은 당연하다. 더없는 불결함이 사람들로 하여금 어쩔 도리 없이 그렇게 하도록 만든다.……그 속에 있는 것들은 전부가 소심함이나, 자기기만, 자기 자신에 대해서 눈을 감는 것들이다.……그런데 『신약성서』 전체에 걸쳐서 존경해야 할 의무를 느끼는 인물이 오직 한 사람 있다는 사실을 덧붙여도 괜찮을까? 빌라도, 바로 로마 총독이다.　―『반反그리스도』

그는 단호하게 이렇게 선언했다.

　　기독교인이 되는 것은 상스러운 짓이다.　　　　　　―『반反그리스도』

19

『신약성서』는 우리가 어려움에 처할 때 어떻게 위안을 주는가? 아래와 같은 상황 중 많은 것이 전혀 어려움이 아닐 뿐더러 오히려 미덕이라는 식으로 위안을 주려고 한다.

　　만약 자신의 소심함이 걱정된다면, 『신약성서』는 이렇게 강조한다 :

　　온유한 자는 복이 있나니 저희가 땅을 기업으로 받을 것임이오.

　　　　　　　　　　　　　　　　　　　　　　　―『마태복음』 5장 5절

　　만약 친구가 없는 것을 걱정한다면, 『신약성서』는 이렇게 제안한다 :

　　인자로 인하여 사람들이 너희를 미워하며 멀리하고 욕하고 너희 이름을 악하다 하여 버릴 때에는……하늘에서 너희 상이 큼이라.

　　　　　　　　　　　　　　　　　　　　　　―『누가복음』 6장 22-23절

　　만약 착취당하는 것을 걱정한다면, 『신약성서』는 이렇게 충고한다 :

　　종들아 모든 일에 육신의 상전들에게 순종하되 사람을 기쁘게 하는 자와 같이 눈가림만 하지 말고 오직 주를 두려워하여 성실한 마음으로 하라. 무슨 일을 하든지 마음을 다하여 주께 하듯 하고 사람에게 하듯 하지 말라. 이는 유업의 상을 주께 받을 줄 앎이니 너희는 주 그리스도를 섬기느니라.　　　　　—『골로새서』3장 22-24절

만약 돈이 없는 것을 걱정한다면,『신약성서』는 우리에게 이렇게 말한다: 낙타가 바늘귀로 나가는 것이 부자가 하나님의 나라에 들어가는 것보다 쉬우니라.　　　　　—『마가복음』10장 25절

이런 말씀과 음주 사이에는 차이가 있을지 모른다. 그러나 니체는 그 둘이 본질적으로 같다고 고집했다. 기독교 정신과 알코올은 그것들을 받아들이기 전까지만 해도 우리 자신 혹은 이 세상과 결합된 것으로 여겨졌던 것들이 돌연 관심을 기울일 필요조차 없는 것이 되도록 하는 힘을 가지고 있다. 그 둘은 문제들을 잘 다듬어 좋은 결과를 일구려는 인간의 결심을 약하게 만들고, 또 우리에게서 성취의 기회까지 앗아간다.

　　유럽의 심각한 마취제 두 가지는 알코올과 기독교이다.

　　　　　　　　　　　　　　　　　　　　—『반反그리스도』

니체의 설명에 따르면, 기독교는 로마 제국의 어리석은 노예들의 정신에서 비롯되었는데, 산의 정상에 오를 배짱이 부족했던 그들은 산기슭에 머물러 있어도 기쁘기만 하다는 철학을 스스로 만들어냈다. 기독교인들은 성취감을 실제로 불러일으키는 요소들(세상의 지위, 섹스, 지적 정복, 창의성)을 즐기기를 원했지만, 그런 아름다운 것들이 요구하는 어려움을 극복할 용기가 없었다. 그래서 그들은 위선적인 믿음을 짜내기에 이르렀다. 말하자면 자신들이 원하기는

하지만 싸움을 벌여가며 얻기에는 역부족인 대상들을 거부하는 한편, 그들이 굳이 원하지는 않았는데도 어쩌다 손에 넣게 된 것들을 찬양한다는 식이었다. 무력함은 "선함"이 되었고, 천박함은 "겸양"이 되었다. 자신이 혐오하는 사람에 대한 종속은 "순종"이 되었고, 니체의 표현을 빌리면 "복수할 수 없는 것"은 "용서"로 둔갑했다. 허약함을 나타내는 모든 감정은 신성한 이름으로 덧씌워져 "자발적인 성취, 무엇인가를 갈망함으로써 선택된 것, 하나의 **행위**, 하나의 **성취**"처럼 보이도록 만들었다. "위안의 종교"에 빠진 기독교도들은 그들의 가치체계에서 바람직한 것보다는 쉬운 것에 우선권을 둠으로써 그들의 삶의 잠재력을 모두 낭비해버렸다.

20

어려움에 대하여 "기독교적" 관점을 가진 사람들은 기독교도들뿐만이 아니다. 니체가 보기에 그런 관점은 결코 사라질 수 없는 심리학적 문제이다. 마음속으로 은밀히 바라고 있으면서도 가지지 못한 그 무엇에 대해서 감히 무관심하다고 고백할 수 있을 때, 그리고 애정이 필요하지 않다거나 세속의 지위나 돈, 사랑, 창의력 혹은 건강이 필요 없다고 명쾌하게 말할 수 있을 때, 그 순간 양쪽 입술 끝은 비통함으로 실룩거리고 마음속으로는 우리가 공개적으로 거부한 그 대상을 잡으려고 총을 쏘면서 소리 없는 전쟁을 벌이겠지만, 어쨌든 결국에는 우리 모두가 기독교인이 된다.

니체는 우리가 좌절에 봉착할 때 어떤 식으로 접근하기를 원했을까? 원하는 것이면 무엇이든, 심지어 우리가 **그것을 가지지 않았을 때라도, 아니 결코 가질 수 없을** 때라도 그것을 손에 넣을 수 있다고 계속 굳게 믿어야 한다고 가르쳤다. 달리 표현하면, 어떤 선한 것들을 손에 넣기가 무척 어렵다는 사실 때문에 그것들을 모욕하고 악으로 치부하고 싶은 유혹에 굴하지 말라는 뜻이다. 그런 행동 방식의 가장 좋은 모델을 우리는 끝없이 비극적이었던 니체 자신의 삶에서 엿볼 수 있다.

21

에피쿠로스는 니체가 아주 젊었을 때부터 좋아했던 고대 철학자 중 한 사람이었다. 니체는 에피쿠로스를 "후기 고대의 영혼의 위로자" "가장 위대했던 사람들 중의 한 사람, 철학적 사색을 영웅적이고 목가적으로 표현하는 방식을 창조한 인물"라고 불렀다. 특히 니체의 마음을 움직였던 것은 행복이란 것은 친구들 사이에서 이루어지는 삶과 관계가 있다는 에피쿠로스의 개념이었다. 그러나 니체는 공동체가 주는 마음의 평온함을 거의 깨닫지 못한 채 살았다. "지적 은둔자가 되어 이따금 마음이 비슷한 누군가와 대화를 나누는 것이 우리의 운명이다." 서른 살에 니체는 고독에 대한 찬가를 작곡했으나, 완성까지 할 열의는 없었다.

배우자를 찾는 일도 슬픔의 정도가 덜한 것이 결코 아니었다.

철학의 위안

그 문제는 어느 정도 니체의 외모—터무니없이 길게 밑으로 축 처진 콧수염—와 수줍은 성격 탓도 있었는데, 퇴역한 대령 같이 무뚝뚝하고 경직된 니체의 태도도 바로 수줍음 때문이었다. 1876년 봄, 제네바를 여행하던 니체는 초록색 눈에 금발이었던, 스물세 살의 마틸데 트람페다흐에게 반했다. 그녀와 함께 헨리 롱펠로의 시에 대해서 이야기를 나누던 중 니체는 롱펠로의 『엑셀시오르』 독일어판을 아직 찾지 못했다고 말했다. 그러자 마틸데는 자기 집에 한 권이 있다면서 니체를 위해서 베껴주겠다고 제안했다. 이에 용기를 얻은 니체는 그녀에게 함께 산책을 하자고 초대했다. 그녀는 샤프롱으로 자신의 집주인 여자를 데리고 왔다. 그러나 며칠 뒤 그는 그녀에게 피아노를 쳐주겠다고 제안했다. 그 다음 그녀가 바젤 대학에서 고전 언어학을 가르치는 서른한 살의 교수로부터 들은 것은 청혼에 관한 것이었다. "우리 둘이 함께 있으면 각자가 혼자 외롭게 있을 때보다 더 좋을 것이고 더 자유로울 것이라고, 그래서 너무나 '엑셀시오르'(라틴어. '더 높이'라는 뜻/역주)할 것이라고 당신은 생각하지 않나요?"라고 장난꾸러기 대령 같은 그 사람이 물었다. "용기를 내어 삶과 사색의 모든 길을……나와 함께 걷지 않으시겠습니까?" 하지만 끝내 마틸데는 그런 용기를 보여주지 않았다.

여자들로부터 연이어 퇴짜를 맞으면서 니체는 결혼 문제에 지치게 되었다. 그의 우울증과 좋지 못한 건강을 염려한 리하르트 바그너는 두 가지 치유법이 있다고 단정지었다. "니체는 결혼을 하든가 아니면 오페라를 써야 한다." 그러나 니체는 오페라는커녕 그럴듯한 가곡을 작곡할 재능조차 타고나지 못했다(1872년 7월, 그는 작곡가 한스 폰 뷜로에게 자신이 쓴 피아노 2중주곡을 보내면서 솔직한 평가를 부탁했다. 그 곡에 대한 폰 뷜로의 답변은 "이루 말할 수 없이 터무니없는 방종이고, 지금까지 본 악보 중에서 나를 가장 화나게 만드는 비음악적인 음표들의 조합"이라는 것이었다. 그리고 폰 뷜로는 니체가 자신을 놀리고 있는 것은 아닌가라고 의심하기도 했다. "당신은 당신의 음악을 스스로 '끔찍하다'고 평했지요. 정말 그렇소이다").

바그너는 더욱 집요해졌다. "제발, 돈 많은 부인과 결혼이나 하라구!" 그는 목소리에 힘을 실어 말하면서 니체의 주치의 오토 아이저와 의견을 나누기 시작했다. 그는 오토 아이저와 함께 니체의 건강이 좋지 못한 것이 과도한 자위행위 때문이 아닐까 짐작하기도 했다. 니체가 진정으로 사랑을 느꼈던 부유한 부인이 바로 바그너의 부인인 코지마라는 사실은 정말 아이러니였다. 몇 년 동안 니체는 그녀를 향한 자신의 감정을 우정 어린 걱정으로 교묘하게 위장했다. 니체가 사랑의 감정을 겉으로 드러내는 때는 이성을 잃을 때뿐이었다. 니체가 "아리아드네, 당신을 사랑하오"라고 쓰거나, 1889년 1월 초에 토리노에서 코지마에게 보낸 엽서에 자신의 서명을 디오니소스라고 했을 때가 바로 그런 예이다.

그럼에도 불구하고 니체는 결혼의 중요성에 대한 바그너의 주장에 간헐적으로 동의했다. 결혼한 친구인 프란츠 오베르벡에게 보낸 한 편지에서 그는 이렇게 불평을 털어놓았다. "자네는 부인 덕택에 모든 것이 나보다 백 배는 낫네. 그대에겐 함께할 둥지가 있잖은가. 하지만 내게는 기껏 **동굴**밖에 없어. 간혹 사람을 접하는 일은 마치 축제일, 이를테면 진정한 '나 자신'을 되찾는 일 같군.……"

　1882년 니체는 다시 한번 자신에게 어울리는 여인을 발견했다. 그가 경험한 사랑 중에서 가장 고통스러웠으면서도 가장 위대했던 사랑, 바로 루 안드레아스-살로메였다. 스물한 살의 아름답고, 똑똑하고, 바람기가 많았던 그녀는 그의 철학에 매료되어 있었다. 니체는 속수무책이었다. "나는 더 이상 외롭고 싶지 않소. 다시 진정한 인간 존재가 되고 싶소. 아, 진정한 인간으로 새롭게 태어나기 위해서 실제로 내가 배워야 할 모든 것들은 여기 다 있다오!"라고 그는 고백했다. 그들은 함께 타우텐부르크 숲에서 2주일을 보냈고, 루체른에서는 둘의 친구였던 파울 레와 함께 좀 독특한 사진을 찍기 위해서 포즈를 취하기도 했다.

그러나 루는 남편으로서보다는 철학자로서의 니체에 더 관심이 많았다. 루의 거부는 그를 다시 한번 오랫동안 지속될 극심한 우울증으로 몰아넣었다. "나의 자신감 결여는 지금 대단히 심각한 상황이야"라고 그는 오베르벡에게 말했다. "들리는 말마다 사람들이 나를 경멸하고 있다는 생각을 들게 하고 있어." 특히 그는 루와의 관계에 사사건건 간섭했던 어머니와 여동생에게 원한을 품고 그들과 접촉을 끊었는데, 그래서 그의 고독은 더욱 깊어졌다("나는 어머니를 좋아하지 않는다. 그리고 여동생은 목소리를 듣는 것만으로도 고통스럽기 짝이 없다. 그들과 함께하면 어김없이 나는 몸이 아파온다").

그에게는 직업상의 어려움도 있었다. 그의 책 중에서 그가 제정신으로 살았던 동안에 2,000부 이상 팔린 것은 한 권도 없었다. 대부분이 겨우 몇 백 부 팔리는 데 그쳤다. 살아남기 위한 수단이라고는 약간의 연금과 숙모에게서 물려받은 약간의 유산밖에 없었던 니체는 새 옷을 거의 사지 못했으며, 그의 표현대로, "한 마리 산양처럼 털이 깎인" 몰골이었다. 호텔에서도 가장 싸구려 방에 머물렀으며 집세를 제때 내지 못할 때가 자주 있었다. 방을 따뜻하게 할 수 있는 여유도 없었고 그가 그렇게도 좋아했던 햄과 소시지를 살 돈도 없었다.

니체의 건강도 마찬가지로 문제의 소지가 있었다. 학창시절부터 그는 다양한 질병을 앓았다. 두통, 소화불량, 구토, 현기증, 실명失明에 가까운 시력 상실과 불면증, 그중 상당수는 그가 1865년 2월 쾰른의 매춘굴에서 옮은 것이 거의 확실한 매독의 징후들이었다(니체는 피아노 외에는 아무것에도 손길 한번 주지 않고 그곳을 빠져나

철학의 위안

왔다고 주장했다). 소렌토 여행을 하고 3년이 흐른 뒤에 말비다 폰 마이젠부크에게 쓴 편지에서 그는 이렇게 설명했다. "나 자신에 대한 부정과 괴로움에 대해서 말한다면, 지난 몇 년 동안 나의 삶은 그 어떤 금욕주의자의 삶에도 필적할 수 있을 것이다." 그리고 주치의에게 그는 다음과 같이 보고했다. "한 순간도 사라지지 않는 통증, 반신이 마비된 듯한 기분, 배멀미 비슷한 증상, 이런 상태에 빠져들면 말하는 것조차 어려운데, 이런 기분은 하루에도 몇 시간씩 지속되오. 그런 기분에서 벗어났다 싶으면 이번엔 격심한 발작이 덮쳐(최근에 발작이 일어났을 때는 사흘 밤낮을 토한 끝에 죽고 싶은 마음뿐이었소) 읽을 수도 없소! 겨우 몇 자 쓸 수 있을 뿐! 친구들도 잘 대하지 못하겠고! 음악조차 듣지 못하겠소!"

1889년 1월 초, 니체는 결국 체력이 쇠약해진 나머지 토리노의 카를로 알베르토 광장에서 말을 끌어안고 쓰러져 자신의 하숙집으로 실려갔다. 그곳에서 그는 독일 황제의 암살을 꿈꾸고, 반유대주의자들에게 맞설 투쟁을 계획하고, 시간에 따라 수시로 변했지만 자신을 디오니소스, 예수 그리스도, 신, 나폴레옹, 이탈리아 국왕, 붓다, 알렉산드로스 대왕, 카이사르, 볼테르, 알렉산데르 헤르첸(1812-1870, 러시아의 사회사상가. 러시아 사회주의의 아버지로 불린다/역주), 리하르트 바그너로 착각하기도 했다. 그러다가 그는 짐짝처럼 기차에 실려 독일의 한 보호시설로 보내진 뒤, 11년 후 쉰다섯 살의 나이로 삶을 마감할 때까지 그의 노모와 여동생의 보살핌을 받았다.

22

처절한 고독과 무명無名, 가난, 그리고 나쁜 건강으로 고통을 받으면서도 니체는 자신이 그토록 비난했던 기독교도들의 행동거지를 보이지는 않았다. 그는 우정에 반하는 행동을 하지 않았고, 명성과 부富와 행복을 공격하지도 않았다. 아베 갈리아니와 괴테는 여전히 그의 영웅으로 남아 있었다. 마틸데는 오직 시詩에 관한 대화만을 원했지만, 그는 "자기경멸이라는, 남자들에게 흔한 질병을 치유할 수 있는 가장 확실한 방법은 똑똑한 여성의 사랑을 받는 것"이라고 굳게 믿고 있었다. 병약하고 궁핍했지만, 몽테뉴나 스탕달이 능란하게 삶을 영위한 반면에 니체는 여전히 적극적인 생에 관한 이상에 집착했다. "아침 이른 시간에, 새 날이 동트는 때에, 신선함과 힘으로 충만한 여명黎明의 순간에 한 권의 책을 읽는 것을 나는 악이라고 부르겠다!"

그는 행복해지기 위해서 열심히 싸웠다. 그러나 그 목표에는 닿지 못해도, 그는 자신이 한때 갈구했던 그 대상을 결코 배반하지 않았다. 그는 자신의 눈에 고귀한 인간 존재의 가장 중요한 특징으로 보이는 것들을 끝까지 소중하게 생각했다. 말하자면 **"더 이상 부정하지 않는"** 어떤 존재가 되려고 애썼던 것이다.

23

쏟아지는 빗속을 일곱 시간 동안 걸은 끝에 구름 위로 우뚝 솟은 코바치 봉의 정상에 도달했을 때, 나는 거의 탈진한 상태였다. 그 구름은 아래로 아름다운 엥가딘 계곡을 굽어보고 있었다. 나의 배 낭 속에는 물 한 병과 에멘탈 샌드위치 한 조각과 질스-마리아의 에델바이스 호텔에서 가져온 봉투 하나가 있었다. 그 봉투 속에는 이탈리아 쪽을 바라보면서 해발 3,400미터 높이의 암벽과 바람을 향하여 읽을 작정으로 내가 그날 아침에 산山의 철학자가 남긴 한 구절을 옮겨 적은 종이가 들어 있었다.

목사였던 그의 아버지처럼, 니체는 위안이라는 임무에 매달렸 다. 그의 아버지처럼, 그도 우리에게 성취에 이르는 길을 펼쳐 보 이기를 원했다. 그러나 목사들, 아픈 이빨이면 무조건 뽑아버리 는 치과의사들, 그리고 뿌리에서 좋지 않은 냄새가 난다고 식물 들을 없애버리는 정원사들과는 달리 그는 어려움을, 성취를 위해 서 꼭 필요한 전제조건이라고 판단했다. 그렇기 때문에 달콤한 위안은 종국적으로 도움이 되기보다는 잔인한 결과를 낳는다고 생각했다.

인간의 병 중에서 가장 나쁜 병은 사람들이 자신의 병을 다스리는 방식에서 비롯되었다. 치유로 보이는 것이 결국에는 그 치유의 대 상이 되었던 병보다 더 독한 무엇인가를 낳았다. 즉각적으로 효과 를 나타내는 수단들, 마취와 도취, **이른바 위안들**이 어리석게도 실질 적인 치유책으로 생각되었다. 알려지지 않은 사실은……고통을 곧

어려움에 처한 존재들을 위하여 353

장 진정시키는 방법들은 그 고통을 낳은 불만을 일반적으로 더욱 깊이 악화시키는 대가를 치른다는 것이다. —『서광』

우리를 행복하게 하는 것들이라고 해서 다 좋은 것은 아니다. 우리를 아프게 하는 것들이라고 해서 다 나쁜 것은 아니다.

모든 괴로운 상태를 반드시 제거해야 하는 것으로, 불만스러운 것으로 간주하는 것은 [극히 어리석은] 짓이다. 그 결과로 나타나는 것은 일반적인 의미에서 진정한 재앙이다.······나쁜 기후를 제거하겠다는 의지만큼이나 비슷하게 우둔한 짓이다.

철학의 위안

서명 목록

인명 색인

철학의 위안